CLAIRE HOFFMANN

Die LIEBE zum REGEN

CLAIRE HOFFMANN

Die LIEBE zum REGEN

ROMAN

DIANA

MIX
Papier aus verantwortungsvollen Quellen
FSC® C083411
www.fsc.org

Verlagsgruppe Random House FSC® N001967

Neumarkter Straße 28, 81673 München
Redaktion: Dr. Katja Bendels
Umschlaggestaltung: FAVORITBUERO, München
Umschlagmotive: © Shutterstock/Aleks Melnik
Satz: Leingärtner, Nabburg
Druck und Bindung: CPI Books GmbH, Leck
Printed in Germany

ISBN 978-3-453-29192-8

www.diana-verlag.de
Besuchen Sie uns auch auf www.herzenszeilen.de
Dieses Buch ist auch als E-Book lieferbar.

Für Max

1

»Wer den Himmel im Wasser betrachtet, sieht die Fische auf den Bäumen.« Dieser Satz spukte schon seit dem Aufwachen durch Veras Kopf. Was bitte sollte das bedeuten? Sie musste ihn irgendwo gelesen haben. Vera schlug den Kragen ihres Mantels hoch. Es war immer noch zu kalt für April. Sie stand an einer besonders zugigen Ecke und wartete auf den Bus. Und was sollte dieser bissige Wind? Wenn sie fror, wurde sie philosophisch. Das war schon immer so gewesen. Genau wie sie schon seit Jahren montags die falschen Schuhe anzog. Sie hatte doch gewusst, dass sie zu leicht waren für diese Art von unberechenbarem Wetter. Der Montag war der einzige Tag, an dem Vera sich etwas derart Unvernünftiges wie mittelhohe Absätze gestattete. Obwohl es mühsam war, jede Woche ein neues Restaurant auszuprobieren, hatte diese Tradition, die ihr Mann vor bald sieben Jahren begründet hatte, durchaus ihre guten Seiten. Allerdings nicht, wenn man durchgefroren bis auf die Knochen zum Abendessen erschien. Vera trat von einem Fuß auf den anderen. Sie wollte gerade beginnen, ihre Erinnerung nach der Quelle für den rätselhaften Satz zu durchsuchen, als ein überraschender Windstoß ihr den Regenschirm aus der Hand zu reißen versuchte. Das konnte ihm so passen! Sie hielt den Schirm fest. Ein Geschenk ihres Mannes, der vielleicht keine Schönheit war mit seinem etwas faden Muster, aber Vera dachte nicht daran, ihn ohne Kampf herzugeben. Diese Böen waren eher ein Sturm und ziemlich übertrieben, selbst für Frühling in Norddeutschland. Vera umklammerte den silbernen Griff, was zur Folge hatte, dass sie erst beinah fortgeweht wurde und dann unelegant quer über den Gehweg hinter ihrem Schirm herstürzte. Zum Glück waren so gut wie keine Leute unterwegs. Doch der Wind war stärker als sie. Mit einem finalen Schlag wirbelte er an Vera hinauf, umkreiste sie dreimal, stülpte den Schirm plötzlich und mit beneidenswerter Mühelosigkeit um und entriss ihm mit einem Ruck seinen Stoff. Zurück blieb ein flatterndes, nutzloses Etwas von ehemaliger Schirmbespannung, das nur noch an einem Zipfel mit seinem Skelett verbunden war. Binnen Sekunden stand Vera ungeschützt im Freien und musste sich von ihrer Frisur verabschieden. Sie sah sich Schutz suchend um. Zum Glück, denn so sah sie gerade noch rechtzeitig, wie ein Lastwagen auf die enorme Pfütze vor ihren Füßen zusteuerte. Das fehlte ihr noch. Mit einem entschiedenen Sprung über die, zugegeben schmale, Rabatte rettete Vera sich im letzten Moment vor der Schmutzfontäne in Richtung Park.

Vera fand sich auf einmal in einer anderen Welt. Im Park war es still. Und irgendwie friedlich. Sie lief ein paar Schritte den gewundenen Weg entlang. Flirrendes Licht, der Duft von Erneuerung. Dass die Kirschen schon blühten! Sie hatte nicht das Geringste von dieser reinweißen Pracht mitbekommen. Das war ihr noch nie passiert. Früher hatte nichts sie davon abhalten können, bei der ersten Ahnung aufzubrechen, die Veränderungen wie einen Festtag zu begehen, das neue Wetter am eigenen Leib zu spüren. Der Wechsel der Jahreszeiten hatte sie immer eine Spur feierlich gestimmt. Diesmal hatte er ohne sie stattgefunden. Sie hatte ihn einfach verpasst, den Frühlingsanfang. Vera stand unter dem tropfenden Blütenmeer und wurde auf einmal von einer Welle von Müdigkeit erfasst. Etwas, das ihr in den letzten Wochen immer wieder passierte. Und zwar, wenn sie ehrlich zu sich selber war, mit einer sich schnell steigernden Häufigkeit. Ihr war, als würde die Anziehungskraft der Erde um einige Stufen höhergeschraubt. Nur mit Mühe widerstand sie dem Drang, sich auf der Stelle niedersinken zu lassen, ungeachtet der glitschigen Blätter, des stetigen Regens, der Spaziergänger um sie herum. Wie verlockend es wäre, einfach nachzugeben …

Vera erschrak, das hier nahm bedrohliche Formen an. Sie wies sich innerlich zurecht und zwang sich, vernünftig nachzudenken. Hinter dieser ungewohnten Schwäche, hinter solch abstrusen Ideen musste etwas anderes stecken. Sicher etwas lächerlich Simples, Vitaminmangel oder dergleichen. Bestimmt kein Grund zu übereilter Sorge. Sie warf den Schirm in den Mülleimer und wandte sich zum Gehen um. Da passierte es. Sie konnte es sehen, mit ihren eigenen Augen. Fische in den Bäumen. Der Regen hatte unversehens aufgehört, ganz so, wie er begonnen hatte, und das flache Becken, dem Vera nie viel Beachtung schenkte, reflektierte den eben aufreißenden Himmel. Die umstehenden Bäume hatten noch nicht ausgeschlagen, ihre Äste warfen ein filigranes Schattenmuster in das Glitzern der Spiegelung. Und dazwischen schwebten Fische. Vera hielt den Atem an. Als könnte sie das Fliegen stören, allein durch ihre Gegenwart den Zauber beenden.

Auf der Straße fuhr ein Bus vorbei. Der 112er, das sagte ihr irgendwas. War das nicht der, den sie nehmen musste? Vera fing an zu laufen. Sie winkte und rief und schaffte es im letzten Moment, in den Bus zu springen.

Veras Gedanken wanderten zurück zu dem Baum. Der Anblick der schweren Blütenballen hatte sie an eine Geschichte erinnert, die einer Freundin ihrer Mutter passiert war. Diese Freundin hatte sich immer schon gewünscht, dass der Kirschbaum vor ihrem Fenster einmal zu ihrem Geburtstag blühte. Da sie aber im März geboren war, hatte sich dieser Wunsch nie erfüllt. Bis sich ihr sehr viel jüngerer Freund entschloss, dem Glück etwas nachzuhelfen. Er schlich sich in den kalten Nächten, sobald sie schlief, in den Garten und wärmte den vereisten Baum mit einem Föhn, den er an einem Verlängerungskabel hinter sich über die Wiese zog.

Verrückt, dass sie seit Jahren nicht mehr an diese Geschichte gedacht hatte. Der Baum, der von einem Verliebten zu verfrühtem Blühen gezwungen worden war. Damals war Vera die Tat wie der Inbegriff inniger Hingabe vorgekommen. Das war jetzt vollkommen anders. Die Idee schien ihr albern, und der Baum tat ihr leid. Tränen stiegen in ihrer Kehle auf. Das hatte ihr gerade noch gefehlt. Warum nur fühlte sie sich heute so zerbrechlich? Sie war schließlich nicht ihre eigene Mutter, die in ihren letzten Lebensjahren zusehends sentimentaler geworden war, sondern erst siebenundfünfzig Jahre alt, kein Alter heutzutage, eigentlich. Vera hatte eben noch Zeit, sich zu fragen, ob die Freundin sich aufrichtig gefreut oder es nur vorgegeben und sich bald darauf beklommen von ihrem jungen Liebhaber getrennt hatte, als die Müdigkeit wieder zuschlug, und zwar noch heftiger als zuvor.

Es dauerte einen Augenblick, bis Vera ihren konfusen Zustand als Aufwachen identifizierte und ihre Umgebung als Bus. Sie streckte vorsichtig ihre steifen Gliedmaßen, spähte durch die mit Werbung verklebten Fenster und erkannte beschämt, dass sie geschlafen haben musste und noch dazu ziemlich lange. Denn der Bus stand nicht nur, das hier war dazu ein Ende der Stadt, von dem sie kaum den Namen kannte. So hätte es auch bleiben sollen. Kein hübscher Anblick, diese gottverlassene Gegend voll abgewohnter Sichtbetongebäude, ölverschmierter Industriebrachen und ehemaliger Parkplatzflächen, verödet und menschenleer. Der Busfahrer fiel ihr ein. Der hatte sie offensichtlich nicht bemerkt, sondern verspeiste in aller Ruhe ein riesiges belegtes Brötchen, warf einen Blick in sein Revolverblättchen und plante eher nicht, in naher Zukunft zurück in die Stadt zu fahren. Aber er hatte die Mitteltür offen gelassen, wahrscheinlich zwecks Frischluftzufuhr, die das Gefährt auch dringend nötig hatte. Wenn sie es geschickt anstellte, könnte Vera ungesehen entwischen und sich weitere Peinlichkeiten ersparen. Sie griff nach ihrer Handtasche, zog sich die Mantelärmel zum Schutz über die Hände und ließ sich langsam auf alle viere nieder. Ein leises Ächzen entfuhr ihr, als ihre Knie mit einem vernehmlichen Knackgeräusch den Boden berührten. Sie hielt inne und lauschte, aber nichts als das Rascheln der Zeitung war zu hören. Vera arbeitete sich Stück für Stück vor, die Tasche unter die Achsel geklemmt, den Atem angehalten, bemüht, das letzte bisschen Würde zu bewahren. Leider erfolglos, denn als es ihr eben gelang, sich auf dem Rockboden so um die eigene Achse zu drehen, dass sie sich rückwärts aus dem Bus schälen konnte, und sie unter Schmerzen begann, die Treppen hinunterzukrabbeln, ertönte eine joviale Stimme aus dem Lautsprecher: »Schönen Tag noch, Lady!«

Vera hatte eine Menge Zeit, darüber nachzudenken, wieso sie nicht auf die Idee gekommen war, ihn zu fragen, ob er vielleicht doch demnächst in die Stadt zurückfahren würde. Stattdessen war sie einmal mehr über ihren Stolz gestolpert, den sie seit frühester Kindheit mit sich schleppte und der sich ihr bei jeder Gelegenheit in den Weg stellte. So hockte sie nun schon eine Viertelstunde im Nichts auf einem Mäuerchen und wartete vergeblich auf ein Taxi. Die Bushaltestelle hatte keinen entzifferbaren Namen mehr, und so hatte sie der Dame in der Zentrale nicht sofort sagen können, an welchem Ende der Stadt sie sich befand. Vera scharrte mit den Füßen. Eine Laufmasche begann von ihrem Knie aus langsam das rechte Bein hinunterzulaufen.

Fünf Minuten später, Vera überlegte, ob sie zu Fuß gehen sollte, schob sich ein eierschalfarbenes Auto gleich einem abgehalfterten Rettungsboot um die Ecke. Vera lief ihm entgegen, riss die Tür auf und ließ sich erleichtert auf die Rückbank sinken. Den Namen des Restaurants hatte sie auf einen Zettel notiert, den sie nur leider auf dem Sideboard im Flur gelassen hatte, sie konnte ihn vor ihrem geistigen Auge dort liegen sehen. Zusammen mit ihrem Telefon. Vera wies die Fahrerin an, in Richtung Innenstadt zu fahren, und versuchte, sich ihn ins Gedächtnis zu rufen. Irgend so ein moderner Fantasiename, eine erfundene Verwandte oder ein französischer Begriff? Welcher Kritiker hatte es empfohlen? Gernot hatte ihn gestern Abend erwähnt. Sie wusste noch, wie diese Idee bei ihm aufgekommen war, erinnerte sich an die snobistischen Zeitschriften, die er abonniert hatte, an seine steigenden Ansprüche, daran, wie sein Geschmack immer erlesener wurde. Vera begleitete ihn natürlich, und sie mochte das bequeme Leben an der Seite ihres Mannes. Der Preis dafür war ein gewisser Grad von Anpassung. Die ihr nicht übermäßig schwergefallen war. Wenn Gernots Angewohnheiten es Vera auch nicht gerade leicht gemacht hatten, wie etwa seine übermäßige Liebe zur Pünktlichkeit. Es konnte vorkommen, dass einen Angeklagten allein aufgrund der Verspätung seines Anwalts ein deutlich härteres Urteil ereilte, als angemessen war. Weshalb Gernot in der Öffentlichkeit inzwischen ein nicht besonders schmeichelhafter Spitzname anhaftete – Richter Rigoros. Genau genommen passte er gut zu seiner ganzen Erscheinung. Zu seiner Frisur mit den rasierten Seitenpartien, seiner überkorrekten Art, sich zu kleiden, und vor allem zu dem papiernen Klang, den seine Stimme angenommen hatte. Dieser Ton, der auch außerhalb des Gerichts zu seinem Markenzeichen geworden war und der die Erinnerung an den Menschen, den Vera einst geheiratet hatte, überlagerte. Wie eine Schicht aus Staub, die alles verschluckte, was einmal anders gewesen war. Sie konnte förmlich hören, wie diese Stimme sie heute früh ermahnte.

»Le Chochotte, vergiss das nicht, Cho-cho-tte, mit c, am vorderen Ende der Elbchaussee!«

Na also, sie erinnerte sich. Vera wies die Fahrerin an und spürte erst jetzt, dass es sie schon länger fröstelte. Sie schälte sich aus dem feuchten Mantel, öffnete ihre Handtasche und blickte auf das Durcheinander darin. Beim Gedanken an Gernots akkuraten Scheitel war Vera die eigene Frisur eingefallen. Sie besah sich ihr Spiegelbild in der Reflexion des Seitenfensters. Selbst zerschnitten von den vorbeifliegenden Lichtern der Stadt konnte sie es deutlich erkennen. Sie sah aus wie ein bedauernswertes Nagetier, da gab es nichts zu beschönigen. Vera fuhr sich noch mit einem Kamm durch den kurzen aschgrauen Bob, der sich unbeirrt weiterkräuselte. Sie fand ihr Schminketui und öffnete den verspiegelten Deckel ihrer Puderdose. Ihre Augen waren umwölkt von dunklen Wimperntuscheschlieren, der beigefarbene Lippenstift hatte sich in Luft aufgelöst, und das ehemals dezente Rouge leuchtete unangenehm auf dem viel zu blassen Teint. Dazu dieser merkwürdige Ausdruck, sie sah sich selbst irgendwie zerrissen entgegen. Vera begann das Desaster zu beseitigen. Ihr ganzes Aussehen erinnerte sie an miteinander streitende innere Geister, an britische Schauerromane voll finsterer Moore, Unheil und Verbrechen, die sie früher während der überlangen Sommerferien auf einer karierten Decke liegend verschlungen hatte. Vor der Hitze versteckt, im Schatten ihres Lieblingsbaums, einer ausladenden, psychedelisch grünen Trauerweide, hatte sie damals endlose Stunden in abgegriffenen Taschenbüchern gelesen, umgeben vom süßen Duft des Grases, von sirrendem Sonnenlicht. Tagelang hatte sie sich weggeträumt, bis das Krabbeln eines Insekts über ihre nackten Beine sie in die Gegenwart zurückgeholt hatte. Eingehüllt in die Wärme der Erinnerung, wäre Vera beinah erneut in wohligen Schlummer versunken, hätte die Taxifahrerin nicht empörende 73,40 Euro von ihr haben wollen. Vera zahlte notgedrungen, ließ die Quittung schnell in der Seitentasche ihrer dunkelblauen Kostümjacke verschwinden und sah sich nach dem Lokal um. Sie entdeckte es auf der gegenüberliegenden Straßenseite, kühle Glasfronten, minimalistische Einrichtung, ganz nach Gernots Geschmack. Hoffentlich hatte sie sich nicht allzu sehr verspätet, das mochte er gar nicht. Immer noch benommen vor Müdigkeit stieg Vera aus dem Wagen und taumelte schräg über die Fahrbahn in Richtung Restaurant.

2

Gernot schien Vera nicht vermisst zu haben. Er sah nur kurz auf und vertiefte sich wieder in das Hochglanzprospekt, das seine ganze Aufmerksamkeit fesselte. Vera gab ihren Mantel an der Garderobe ab und legte die Uhr an, die er ihr zum letzten Geburtstag geschenkt hatte und die sie sich nicht überwinden konnte, permanent zu tragen, des schweinchenfarbenen Armbands wegen. Gernot konnte sich solche simplen Dinge in Bezug auf Vera einfach nicht merken. Wie etwa, dass sie Rosa nicht mochte, sie hatte es nie gemocht, ganz gleich in welcher Nuance, und das würde auch so bleiben.

Vera nahm Platz und wurde auf einmal von einer Flut von Traurigkeit überschwemmt. War ihm wirklich so wenig an ihr gelegen? Gernot sah sie an und lächelte. Ein Lächeln, das sein Gesicht für einen Sekundenbruchteil komplett verwandelte, zurück in den Mann, den sie kannte und der allein ihr gehörte. Seine Pupillen wurden einladend weit, und seine Ohren legten sich zurück wie bei einem jungen Fuchs. Wenn er sie so ansah, fühlte Vera sich immer an ihren ersten

Ausflug erinnert, an den Rummelplatz, das altmodische *verrückte Haus*, mit seinem Spiegelkabinett und dem sich drehenden Gang. Aber da war auch diese Rutsche ins Dunkle gewesen, vom obersten Balkon einmal quer durch das wacklige Gebäude. Vera hatte Stein und Bein geschworen, niemals würde sie in dieses schwarze Loch springen, sie sei schließlich nicht vollkommen durchgedreht. Doch er lächelte sie nur an, und sie sah, dass er sie wundervoll fand. Auf einmal begriff sie, er war dermaßen überzeugt davon, dass sie zusammen furchtlos sein konnten, dass sie gesprungen war. Es war ihre erste Verabredung gewesen und sie beide noch sehr, sehr jung.

Vera blickte auf den Mann, der ihr gegenübersaß, und wünschte, er würde aufstehen, hinter sie treten, sich zu ihr hinabbeugen und seine Wange sanft an ihre legen. Wie er es früher immer getan hatte. Sie setzte zu sprechen an, wollte von ihrem ungewollten Ausflug erzählen. Doch er überhörte sie und begann ungerührt von seinen Plänen zu reden. Ganz so, als hätte sie ihn eben unterbrochen.

»... zunächst eine Trekkingsafari, und damit meine ich das genaue Gegenteil einer dieser Pauschalreisen für lahme Freizeitsportler. Ich habe da diesen spezialisierten Anbieter entdeckt ...«

Wenn er einmal loslegte, war Gernot nicht zu stoppen. Er redete sich in Rage, und ob er gehört wurde, war ihm im Grunde egal. Vera hatte schon vor einigen Jahren den Versuch aufgegeben, ihn in ein echtes Gespräch zu verwickeln. Wenn er aber in dieser Verfassung war, war das vollkommen hoffnungslos. Inzwischen zog sie es vor, in Augenblicken wie diesem einfach wegzudriften. Einzelne Worte drangen zu

Vera vor, *Jugendtraum* und *Sabbatical*, was meinte er nur damit? Vera erinnerte sich nicht daran, Gernot jemals von Afrika reden gehört zu haben. Sie bestellte sich ein Glas weißen Bordeaux und ließ ihren Blick schweifen. Weg von dem Zeigefinger, mit dem ihr Mann auf großformatige Abbildungen von Antilopenaugen und unberührten Mangrovenwäldern deutete. Hinaus aus dem Fenster und hin zum lilafarbenen Abendhimmel, vor dem sich die Silhouette eines Baumes abhob. Sie vermisste den Anblick der schwerelosen Fische.

Nach dem Essen trank Vera einen doppelten Espresso. Das hatte sie noch nie getan. Gernots Stirn kräuselte sich. Er nahm ihre Hand und sah ihr besorgt ins Gesicht.

»Liebes, alles in Ordnung mit dir?«

Vera zuckte zusammen, war sie etwa schon wieder weggedämmert?

»Du wirst mir doch nicht hier mitten im Lokal zusammenklappen? Was ist denn los mit dir? Da stimmt was nicht, das rieche ich doch …«

Gernots vorwurfsvoller Tonfall gab ihr das Gefühl, in ein Kreuzverhör geraten zu sein.

»Ach, ich fühl mich nur nicht so …« Vera verstummte. Wie sollte sie ihm begreiflich machen, wie anstrengend das Dasein in letzter Zeit für sie war? Gernot bot ihr einen Löffel von seiner Dessertvariation an. Vera öffnete gehorsam den Mund. Hauptsache, nicht sprechen müssen. Sie schluckte das eigentümlich erdige Eis. Das musste Rote Bete sein, schoss es ihr durch den Kopf, ein Gemüse, das sie seit ihrer Kindheit verabscheute. Vera konzentrierte sich darauf, ihr Gesicht nicht zu verziehen, und es gelang ihr, sich ein mattes Lächeln abzuringen. Gernot betrachtete sie lange, er schwieg und blickte ihr forschend in die Augen. Vera kam es vor, als öffnete sich noch einmal eine Tür in seinem Gesicht, und der ursprüngliche Gernot winkte ihr daraus entgegen. Sie musste an die Kette von Zärtlichkeiten denken, die sich früher durch ihr Leben gezogen hatte, an ihre guten Tage und sehr viel gemeinsam verbrachte Zeit, und in diese Erinnerung hinein entschied sie, es ihm zu gestehen.

»Ich fürchte mich. Ich habe eine unerklärlich heftige Form von … Frühjahrsmüdigkeit. Mein Körper ist so sonderbar kraftlos. Wenn ich morgens aufstehe, habe ich das Gefühl, dass sämtliche Energie unmittelbar wieder versiegt. Sie versickert auf merkwürdige Weise, im Nirgendwo. Und ich kann nichts, einfach nichts dagegen tun …« Vera lächelte hilflos.

»Sport.« Gernot wirkte enttäuscht, als hätte er sich einen interessanteren Grund erhofft.

»Sport.« Er wiederholte sich ungeduldig. »Das predige ich schon seit Jahren.« Er schob sich einen Löffel knallgelbes Gelee in den Mund und kaute zufrieden darauf herum. »Ich bitte dich wirklich, mir nicht im Weg zu stehen, das wäre tatsächlich nicht gut für unsere Zukunft.«

Drohte er ihr? Konnte er nicht verstehen, worum es hier ging? Was war bloß in ihn gefahren? Vera schwieg. Was Gernot zum Anlass nahm, ihr die Details seiner Pläne auszuführen, die darin bestanden, dass er nächste Woche mal eben für ein ganzes Jahr fortgehen würde, zu seinem eigenen Vergnügen, in die hinterste Ecke von Afrika. Vera bemerkte erstaunt, dass sie immer noch lächelte. Sie hob den Blick und sah direkt in Gernots scharf geschnittenes Gesicht.

»Du wirst sehen, zwölf Monate gehen schnell vorbei.«

Zwischen Vera und die Decke des Restaurants, über die ausgefeilte Beleuchtung und die edlen Oberlichter, schien sich ein schiefergrauer Schatten zu schieben. Er flog einfach über sie hinweg. Ihr allzeit korrekter Ehemann erwies sich doch tatsächlich als eines dieser Überschallflugzeuge, die, wenn sie eigentlich schon fort sind, einen lauten Knall von sich geben.

»Alles in Ordnung, Liebes?«

Wie kam er darauf, dass irgendetwas in Ordnung sein könnte? Gernots Frage war rhetorisch gewesen, er erwartete keine echte Antwort, sondern strich ihr schnell über den Arm und fuhr fort, von sich und seinen hochfliegenden Plänen zu sprechen. Vera versuchte tief einzuatmen, aber es war, als wüsste sie nicht mehr, wie Atmen ging. Sie öffnete den Mund, sie probierte, sich zu ihrer wahren Größe aufzurichten. Was nicht wirklich möglich war, wenn man sich fühlte wie ziehharmonikahaft zusammengefaltet. Sie strengte sich an, die Bauchdecke anzuheben. Nichts. Was, wenn sie nie mehr atmen konnte? Vera gelang es, das große Glas in die Hand zu nehmen, sie hoffte, etwas Wasser würde das hässliche Japsen verhindern, das sie in sich aufsteigen fühlte. Sie wollte alles, bloß nicht schwach wirken. Vera riss sich zusammen, und es gelang ihr, einen Schluck zu nehmen. Ihre Hand zitterte nur ein klein wenig. Sie verschluckte sich nicht, und ihre Welt ging nicht unter. Das hob sie sich für später auf. In Gernots Gesicht konnte Vera lesen, wie die unterschiedlichsten Regungen miteinander kämpften. Gerade hatte Besorgnis die Oberhand gewonnen. Vera rang nach Luft. Ihr Atem ließ immer noch auf sich warten. Er legte seine Hand auf ihre und sah sie an. Ein klein wenig missbilligend vielleicht, weil sie schwieg. Vera wusste, dass ein Großteil der Leute von der Qualität der eigenen Menschenkenntnis überzeugt war. Das war natürlich schierer Blödsinn, angesichts der Vielzahl von erfolgreichen Betrügern, falschen Millionenerben und durchsichtigen Sektenführern, denen die Leute scharenweise auf den Leim gingen. Lemminge, hatte sie noch gedacht. Jetzt musste Vera sich leider eingestehen, dass sie selbst kein bisschen besser oder schlauer war. Der Schreck über ihre eigene Dummheit ließ sie unwillkürlich scharf Luft durch die Nase einziehen. Ein Lemming, das war auch sie, weiter nichts.

Endlich, der Sauerstoff kühlte ihre Stirn von innen. Vera trank einen weiteren Schluck, um zur Besinnung zu kommen. Sie könnte einen ganzen Fluss leer trinken, so gut tat das. Ewig weitertrinken, sich ins Vergessen trinken. Einfach nur noch trinkend existieren. Jetzt japste sie doch. Und hörte Gernot dazwischen weitersprechen. Von Schutzimpfungen und Gipfelbesteigungen und Safarigebieten. In Vera formierte sich eine kleine, aber gesunde Wut. Doch bevor sie ausbrechen konnte, verflog sie schon wieder, und Vera fielen die Augen zu. Schläfrigkeit hatte sie hinterrücks überfallen, und ihr ging die Kraft aus, weiter dagegen anzugehen. Sie konnte kaum mehr der Versuchung widerstehen, ihre Stirn auf die Tischdecke sinken zu lassen. Oder sich am glatten Lederpolster ihres Stuhls hinabgleiten zu lassen und sich auf der flauschigen Auslegeware auszustrecken, für ein paar Minuten nur.

3

Am folgenden Tag verschlief Vera zum ersten Mal, seit sie sich vor siebzehn Jahren entschieden hatte, die Musikalienhandlung ihrer Eltern weiterzuführen. Im Laufschritt hetzte sie zum Geschäft. Nachdem ihr Vater gestorben und die Mutter krank geworden war, hatte Vera über Nacht und aus reinem Pflichtgefühl die Verantwortung für das Geschäft wie auch für sämtliche Angestellte übernommen. Weshalb sie sich in deren Gegenwart für immer wie eine Anfängerin fühlen würde. Halbherzig hatte sie zwar probiert, einige kleine Änderungen durchzusetzen, die waren jedoch bald eine nach der anderen an der unschlagbaren Erfahrung, insbesondere von Herrn Krüger, zerschellt. Ein reizender Mensch, der ausschließlich pflaumenfarbene Hemden trug, die auf erstaunliche Weise mit seiner ausgefallenen Physiognomie harmonierten, und der seit den Anfängen der Beatles im Laden angestellt war. Aus etwa der gleichen Zeit mussten auch Herrn Krügers Frisur und die Ladeneinrichtung stammen. Vera hing an dem altmodischen Glanz der

Regale, und sie hielt an den längst überholten Brauntönen des Bodenbelags, an der sorgfältigen Schaufenstergestaltung fest. Fritzi, die spitznasige Auszubildende, war an ihrem ersten Tag in hingerissene Begeisterungsschreie ausgebrochen. Sie hatte aufgeregt von *retro* und *hip* gelispelt und sogleich selbst geschossene Bilder in irgendeinem Blog gepostet. Die Zeit hatte offenbar für das ehrwürdige Musikhaus Benthin gearbeitet.

Der Tag zog sich unerquicklich in die Länge. Vera konnte sich kaum konzentrieren, immer wieder musste sie sich zwingen, nicht in Grübeleien zu versinken oder die Nerven zu verlieren. Etwa als Fritzi ihr mit einer Pappvioline aus einem der Schaufenster zuwinkte, damit Vera sich ihren neuesten Dekorationsvorschlag ansah. Sie hatte ihre überlangen Gliedmaßen in das Fenster gefaltet, wie eine junge Giraffe, die sich unsicher das erste Mal zu einem Wasserloch herunterbeugte. Ein Bild, das sie schnell beiseitewischte, erinnerte es sie doch an die beunruhigenden Pläne ihres Ehemannes.

Endlich rang Vera sich dazu durch, beim Arzt anzurufen. Es gelang ihr allerdings kaum, der begriffsstutzigen Jugendlichen am anderen Ende der Leitung klarzumachen, dass es nötig war, einen Termin noch in diesem Jahrzehnt auszumachen. Erst als Vera eine Spur ausfallend geworden war, fand sich plötzlich eine Lücke, und zwar unangenehmerweise noch am selben Tag. Vera bedankte sich erschrocken und legte auf.

Mittags setzte sich Vera mit einem Salat auf eine Parkbank und stocherte reuig darin herum. Trotz der strahlenden Frühjahrssonne konnte sie nicht anders, als sich die eigene Zukunft in tristen Farben auszumalen. Würde sie heute noch erfahren, dass ein seltenes Virus, das ihr reisesüchtiger Mann von einer seiner Expeditionen in die Ehe eingeschleppt hatte, von Tag zu Tag mehr Einfluss auf ihren Organismus nehmen und ihr die letzten Kräfte rauben würde, bis der große Schlaf sie still überwältigen und endgültig verschlingen würde? Hauptsache, sie bekam nicht die peinlich modische Diagnose vom sogenannten *Burn-out* gestellt. Oder es handelte sich womöglich um Abnutzungserscheinungen der fortschreitenden Jahre. Vera schickte ein kleines Stoßgebet zu wem auch immer, mit der Bitte um eine Krankheit, die dramatisch genug war, um ihrem Mann einen kleinen, heilsamen Schreck einzujagen, der ihn von seinem hirnrissigen Plan abbringen würde. Plötzlich musste sie gähnen. Vielleicht gestattete sie sich für einen Moment die Augen zu schließen …

»Langeweile? Sinnkrise? Nicht verzagen, Melli fragen!«

Ein farbenprächtig gekleidetes Mädchen hatte sich vor Vera aufgebaut und wedelte ihr mit einem bedruckten Stück Papier vor dem Gesicht herum. Es strahlte sie an. Vera hob abwehrend die Hände, doch das Lachen wurde nur noch breiter. *Golden Granny, eine ganz neue Weise, die Welt zu erkunden,* las Vera auf dem Hochglanzflyer, den Melli ihr schneller in die Hand drückte, als sie *Nein danke* sagen konnte.

»Lesen Sie es einfach, Sie werden sicher begeistert sein, wie ich!«

»Warum machen Sie es dann nicht selbst?« Vera sah sie freundlich an. Ihr Blick fiel auf die Uhr an der U-Bahn-Station gegenüber, und sie sprang auf. Sie wollte dem Mädchen ihr

Prospekt zurück in die Hand drücken, zugleich musste sie dringend los, was zur Folge hatte, dass sich ihre Beine verhedderten und sie über den Bordstein kippte. Es gelang Vera gerade noch, sich am nächsten Laternenmast festzuhalten, statt der Länge nach hinzufallen. Dafür schürfte sie sich am rauen Gusseisen die Handflächen auf. Die junge Frau glitt auf ihrem silbern glänzenden Roller davon, begleitet von perlendem Lachen, die langen Haare flatterten im Wind.

»Weil ich zu jung bin dafür!«

Dr. Schneider sah Vera nicht ein einziges Mal ins Gesicht. Er blickte lieber auf seinen Bildschirm, dessen Licht sich in seinen Augen spiegelte, was ihnen einen kaltsilbrigen Glanz verlieh. Vera hatte zögerlich von ihrer Schwäche berichtet, von innerer Unruhe und Benommenheit. Worauf er einen Fragenkatalog hinunterratterte und ihre Antworten befriedigt nickend in die Tasten hämmerte. Was Vera irgendwie unangemessen schien. Sie dachte kurz darüber nach, den Inhalt seines Kaffeebechers über sein unbeteiligtes Gesicht zu leeren, entschied sich aber dagegen. Sie wusste, dass sie überreagierte. Aber warum eigentlich nicht? Wo sonst alle Welt unterreagierte?

Wenn Vera gehofft hatte, mit ein paar Pillen und einem aufmunternden Klaps wieder nach Hause geschickt zu werden, hatte sie sich jedenfalls geirrt. Reflexhaft begann sie die nächsten Fragen zu verneinen, auch wenn sie damit log. Sie wollte nicht krank sein, sie hatte noch nie verstanden, warum manche Menschen mit jedem Kinkerlitzchen zum Arzt eilten, und hatte von jeher eine Aversion gegen Leute, die sich in detailverliebten Beschreibungen ihrer Beschwerden ergingen. Am liebsten hätte sie ihm an den Kopf geworfen, dass sie ihn für den Arztberuf komplett ungeeignet halte, und ob sie Kopfweh oder Schluckprobleme habe, gehe ihn überhaupt nichts an. Stattdessen nahm sie den verschlossenen Brief entgegen, den er ihr mit der zartfühlenden Bemerkung übergab, eine weiterführende Untersuchung sei dringend angezeigt. Vera stand auf, raffte ihre Sachen zusammen und schritt durch die Praxis zur Tür. Sie war derart angestrengt damit beschäftigt, Unbekümmertheit zu suggerieren, dass sie fast einen gebeugten Mann übersehen hätte. Beim Ausweichen streifte sie den messingfarbenen Schirmständer, der natürlich mit ohrenbetäubendem Scheppern zu Boden ging, nickte der Sprechstundenhilfe besonders freundlich zu und floh durch die Tür.

Das Lächeln behielt Vera auch im Treppenhaus aufgesetzt. Eine Art Schutzschild, von dem sie hoffte, es würde sich vielleicht irgendwie nach innen richten und dort ihre tobenden Nerven beruhigen. Was hatte sie erwartet, wenn schon ihr Ehemann, die personifizierte Vernunft, nicht mehr bei Sinnen war und vorhatte, wochenlang in weit entferntem Staub umherzurobben? Irgendetwas war hier insgesamt aus dem Gleichgewicht geraten. Vera hielt sich am Geländer fest. Warum sollte ausgerechnet sie verschont werden? Ihr war schwindelig. Auch so ein Gehirntumorsymptom. Den sie nicht hatte. Auf gar keinen Fall.

Vera überquerte die Straße, ihre Beine hingen eigenartig schlackernd an ihr herunter. Sie beeilte sich, das nächste Lokal anzusteuern. Es war bestimmt besser, sich eine Weile zu setzen und etwas zu sich zu nehmen. Sie ignorierte ihre

Prinzipien und bestellte am Tresen einen Grog. Das einzige alkoholhaltige Getränk, das sie sich überhaupt erlaubte, bevor die Sonne unterging.

Vera ließ sich in einen der flaschengrünen Ledersessel fallen, trank in schneller Folge drei der ziemlich steifen Heißgetränke und gab sich Mühe, nichts zu denken. Sie hockte inmitten ihres Lebens, das auf einmal ein Tohuwabohu war. Einzelne Fetzen der Konsultation schwirrten ihr ungeordnet durch den Kopf … *Unregelmäßigkeit … weitere Tests … die Forschung ist heute schon sehr weit fortgeschritten …*

Vera musste an die Schießbudenhasen ihrer Kindheit denken, die dazu verdammt gewesen waren, auf unsichtbaren Schienen so lange hin- und herzufahren, angetrieben von einer geheimnisvollen Kraft, bis der Schütze sie getroffen hatte. Es war nur eine Frage der Zeit. Peng. Vera schaufelte sich die ganze Hand voller Erdnüsse und warf sich eine nach der anderen in den Mund. *Es ist nur ein Verdacht, ein Verdacht, ein Verdacht …* Dann war die Schale leer. Und mit der allerletzten Erdnuss strich Vera, in einem geheimen, feierlichen Akt, ein Wort aus ihrem Vokabular, radierte es weg und trieb es sich aus – Angst. Es war ab sofort verboten, komplett von gestern und absolut tabu. Cheers.

Vera lag die ganze Nacht im Bett und dachte über die Kreuzungen ihres Lebens nach. Über zerronnene Wahlmöglichkeiten und die eigene Trägheit, die ihr das Leben manchmal verklebte. Sie wandte sich um und betrachtete ihren Ehemann. Wie immer lag er auf dem Rücken und schlief, kerzengerade und diszipliniert. Nichts konnte ihn wach halten, nie störte etwas seine gerechte Nachtruhe. Sie fragte sich häufig, ob er sich überhaupt je im Schlaf bewegte. Sobald Gernot müde wurde, fiel er um, wie eine Fichte, von einer barmherzigen Motorsäge gefällt, und bekam exakt fünfeinhalb Stunden lang nichts mehr mit von dieser Welt. Oder von den Nöten seiner Frau. Undenkbar, dass er bemerkte, wenn sie sich über Stunden herumwälzte, schlaflos oder verzagt. Einmal hatte sie eine Kolik erlitten, und es hatte ein Glas Wasser gebraucht, das sie ihm ins Gesicht schütten musste, um ihn endlich zu wecken, damit er einen Arzt rufen konnte. Vera hatte ihm nichts von ihrem Besuch heute gesagt, nichts von dem erzählt, was in ihr vorging. Und er hatte nichts davon gespürt.

Als der Morgen graute, stand Vera auf, trat auf den Balkon und sah sich den Himmel an. Eine Illusion, Gas und Moleküle, weiter nichts. Gefährlich schön. Eine Fledermaus umkreiste das Haus. Sie flog eigentümliche Schlangenlinien, dann schlingerte sie um ihre eigene Achse und kreiselte abwärts in den Schatten der Kastanie, wo sie verschwand. Vera lehnte sich weit übers Geländer, aber sie konnte die Fledermaus nicht mehr sehen. Sie verspürte den unwiderstehlichen Drang, sich ausgiebig zu strecken. Sie tat es, und da erkannte sie es erst. Sie war zum ersten Mal seit Monaten hellwach.

4

Vera stand in der Küche und überlegte, was als Nächstes zu tun war. Denn eins war klar, sie würde hier nicht rumsitzen und untätig ihre Zeit vergeuden. Genauso wenig, wie sie einen weiteren Arzt aufsuchen würde. Vera goss sich einen Kaffee ein. Diese Tasse war ein wirklich scheußliches Exemplar, die türkisfarbene Linie am oberen Rand strahlte etwas unangenehm Zackiges aus. Ein Geschenk von Gernot, zu Weihnachten. Er war heute noch früher als sonst aufgestanden, sie hatte gehört, wie er auf dem Dachboden etwas suchte. Er plante weiter seine Reise und ging wahrscheinlich davon aus, dass Vera eigene Pläne machen würde, einen Aufenthalt in mildem Klima, mit Freundinnen auf einer Insel, etwas in der Art. Im Grunde hatte es ihn nie gekümmert, wie sie ihre Zeit verbrachte, solange sie ihn tun ließ, was er wollte. Sein Egoismus stieß Vera auf, als hätte sie etwas Falsches gegessen, etwas, das entschieden zu fettig war.

Veras Magen machte ein hungriges Geräusch. Sie holte eine Packung Gebäck aus ihrem Versteck unter der Spüle.

Gernot wollte keine *leeren Kohlenhydrate* im Haus. Sie öffnete die Schachtel, nahm einen der glasierten Kekse zwischen die Finger und drehte ihn genüsslich, während sie ihn betrachtete. Sie entschied sich für eine Stelle, leckte langsam die schmelzende Hülle ab, biss den Körper entzwei und drang mit der Zunge bis zu seinem Herz aus Karamell. Hingerissen schloss sie die Augen und ergab sich dem Rausch.

Als sie wieder zu sich kam, hatte Vera fast die ganze Packung geleert. Aber, und das war neu, sie hatte kein schlechtes Gewissen, entschied weder morgen das Abendessen ausfallen zu lassen noch doch noch mit Joggen anzufangen. Sie spürte einfach nur, wie wohl das tat. Entschlossen nahm sie das letzte Exemplar in die Hand. Als sie es sich zwischen die Lippen schob, kam Vera ein verwegener Gedanke. Alles stand infrage. Warum also nicht tun, was sie schon immer hatte tun wollen? Ab jetzt zählte nur noch, was sie selbst wollte. Keine Ausflüchte sollten mehr gelten, keine veraltete Rücksichtnahme Oberhand gewinnen, keine gefährliche Bequemlichkeit. Vera überlegte vergeblich, was das sein könnte. Das, was sie wollte. Und dachte eine ganze Weile nach und kam auf – nichts! Entgeistert verschluckte sie den Rest vom Keks. Konnte das wahr sein? Sie kannte sich nicht mal mit ihren eigenen Wünschen aus. Für einen Augenblick hatte sie sogar geglaubt, Gernot nach Afrika folgen zu müssen. Vera weigerte sich, an dieser Stelle auch nur einen Zentimeter weiterzudenken. Sie lief ins Schlafzimmer, setzte sich aufs Bett, sank hintenüber und fiel in unruhigen Schlaf.

Vera schreckte hoch. Verwirrt warf sie einen Blick auf die Uhr, es war bereits später Vormittag. Niemand hatte angerufen, kein Klingeln hatte sie geweckt. So viel war sicher, im Laden wurde sie nicht vermisst. Entschieden setzte sie sich auf. Sie würde sich auf keinen Fall gehen lassen oder weiterleben, als ob nichts gewesen wäre. Sie würde ausgehen, und zwar jetzt. Vera suchte ihre Sachen zusammen und verließ die Wohnung.

Im Treppenhaus sah sie flüchtig auf das Display ihres Handys, es zeigte dreiundzwanzig Anrufe von unbekannt an. Vera stutzte, sicher ein Fehler oder so eine unlautere Werbegeschichte. Sie stellte den Ton auf laut, zog die Wohnungstür zu und sperrte ab. In dieser Sekunde begann es gleichzeitig an der Tür, auf dem Handy und dem Festnetztelefon zu klingeln. Es schrillte anhaltend. Doch Vera ignorierte den sonderbaren Zufall und lief die Treppen hinunter. Sie griff nach der Klinke und zögerte. Ein irritierendes Geräusch lag in der Luft. Es kam von draußen, eine Art lautes Murmeln, jemand rief und hämmerte gegen das Holz.

Vera öffnete die Haustür und traute ihren Augen nicht. Eine ganze Meute von Menschen hatte gleich hinter der Tür gelauert. Fassungslos sah sie auf die Menge von Reportern, die hier offensichtlich warteten, telefonierten, gleichzeitig in ihre Computer hackten und sämtliche Klingeln am Tor malträtierten. Im Vorgarten stand ihr Nachbar umringt von Neugierigen und sonnte sich in der ungewohnten Aufmerksamkeit. Vera glaubte, den Namen ihres Mannes herauszuhören und Worte wie *Skandal* und *Haft*. Ein unwillkürliches Stöhnen entfuhr ihr, sofort drehten sich alle Köpfe in ihre Richtung, sie war entdeckt. Vera schlug die Tür zu und rettete sich in den Innenhof.

Die Fledermaus lag auf dem Boden, sie war tot. Fast wäre Vera in ihrer Panik auf das Tier getreten. Bei dem Gedanken, sie hätte es post mortem auch noch zerquetschen können, musste sie all ihren Optimismus zusammensuchen, um nicht in haltloses Weinen zu verfallen. Schnell kramte sie in ihrer Tasche, fand einen zerfledderten Zettel, strich ihn glatt und nahm den leblosen Körper damit auf. Sie schlug ihn in das Papier ein und trug ihn zu den Abfalltonnen. Vera hielt inne, in welche gehörte bitte ein kleiner Kadaver? Die Tür wurde aufgerissen. Ein Müllmann schlurfte herein, und mit ihm ergoss sich ein ganzer Schwall Journalisten in den Hof. Erschrocken warf Vera das Päckchen in den Altglascontainer und floh durch den Nebenausgang.

Im Laufen probierte Vera, ihren Mann zu erreichen, aber er antwortete nicht, und der Anschluss in seinem Büro war immer besetzt. Beim dritten Anruf hatte Gernot auf einmal eine neue Ansage aufgesprochen, mit der er verkündete, er sei auf unbestimmte Zeit verreist. Vera hinterließ ihm eine kopflose Nachricht, sie verstand das alles nicht.

Vera hatte sich in die Nähe des blühenden Kirschbaums geflüchtet. Sie saß auf einer Plastiktüte auf einer Bank in der Nähe der Alster und versuchte es immer wieder, doch Gernot meldete sich partout nicht zurück. Vera wartete einfach weiter, sie wusste nicht, was sie sonst hätte tun sollen.

Die Sonne tauchte kurz hinter einer Wolke auf, und über dem Wasser stieg langsam ein milder Nebel hoch. Ein junger

Mann mit Wollmütze und Brille lief vorbei, in der Hand eine Zigarette.

»Entschuldigen Sie, ich spreche normalerweise keine fremden Männer an …«

Er blieb stehen und musterte sie belustigt.

»Ich werd's überleben, das verspreche ich.«

»Ah, sehr gut, wären Sie eventuell so freundlich, mir eine Ihrer Zigaretten zu verkaufen?«

»Definitiv nein.«

»Oh, das ist natürlich …«

Er hielt ihr eine Zigarette hin, Vera blickte ihn verständnislos an.

»Es gibt Sachen, die verschenke ich bloß. Ich könnte allerdings ein Lächeln gebrauchen …«

Er gab ihr Feuer und sah ihr unverblümt ins Gesicht.

»Die sind leider heute aus …«

»Kein Problem.« Er grinste, während er rückwärts weiterlief. »Die wachsen nach!«

Vera konnte nicht anders, sie lächelte ihm, wenn auch krumm, hinterher. Sie zog an der Zigarette. Und mit dem herben Geschmack kam das ganze Schlamassel zurück. Ihr Mann, der sich scheinbar in Luft aufgelöst hatte. Was bei Licht besehen nicht die schlechteste Möglichkeit war. Verärgert blies Vera den Rauch in den Himmel und sah zu, wie er irgendwo im Nichts verging. Genau das würde sie selbst auch tun, wenn er sich nicht bald meldete. Einfach spurlos verschwinden, wie verführerisch das klang. Voll Wonne nahm sie einen weiteren tiefen Zug, sollte ihr doch schlecht werden. Dann wüsste sie wenigstens, wovon.

Ihr Handy klingelte.

Perplex starrte Vera auf die leuchtenden Buchstaben. Gernots Sekretariat. Mit einem Mal war sie gar nicht mehr so interessiert an der Wahrheit. Eigentlich war sie ihr gleichgültig. Immer gewesen. Vera wurde schwummerig, trotzig nahm sie einen weiteren Zug. Als ob sie ihn damit ärgern könnte, als wäre ihr das nicht sowieso längst egal. Es hörte auf zu klingeln. Sie trat den Stummel aus, es klingelte wieder. Vera begann zu überlegen, ob es klug wäre, das Ding in den nächsten Gully zu schmeißen. Aber sie konnte nicht anders, sie strich über das Display. Und brachte zunächst nur ein schwaches Krächzen zustande. Am anderen Ende meldete sich Gernots Vorzimmerdame. Sie klang gedämpft, als hielte sie sich irgendwo versteckt.

»Können Sie sprechen? Sind Sie allein? Frau Klapproth?«

»Was verflixt noch mal ist hier los?«

Die Dame schwieg, es rumpelte sonderbar, sie hielt offenbar den Hörer zu und fuhr jemanden an, was so gar nicht ihrer sonstigen Art entsprach. Plötzlich flüsterte sie wieder, verdächtig deutlich und langsam, als sei Vera nicht ganz richtig im Kopf.

»Wo sind Sie jetzt?« Ihre Stimme klang eine verdächtige Spur zu liebevoll.

»Im Park.« Vera flüsterte zurück. »Warum wollen Sie das wissen?« Sie hatte auf einmal das Bedürfnis, laut loszuprusten, das war mit Abstand die unmöglichste Situation, in der sie sich seit Urzeiten befunden hatte. Doch es sollte noch schlimmer kommen. Was sie in den nächsten Minuten erfuhr, verschlug ihr schlicht die Sprache. Ihrem Mann, dem stadtbekannten Juristen, wurde vorgeworfen, er habe Ladendiebstahl begangen. Und zwar wiederholt. In Parfümerien.

Vera begann zu frieren. Sie zwang sich, ruhig zu atmen. Ein. Aus. Sie räusperte sich in Richtung Hecke, hielt sich das Telefon wieder ans Gesicht und brummte, was hoffentlich irgendwie besonnen klang. Es dauerte etwas, bis sie ihre Stimme wiederfand. Vera versuchte ihre Stimme unbekümmert wirken zu lassen.

»Soll das ein Witz sein? Wenn ja, dann ist er wirklich nicht besonders gelungen, wissen Sie das …? Mein Mann hat ja keine Ahnung von Düften, und er hat auch absolut kein Interesse an Parfüm. Hat nie welches gezeigt.«

Veras Zähne begannen aufeinanderzuschlagen, es schien ihr unnatürlich kalt geworden zu sein.

»Leider nein. Das ist kein Irrtum. Es gibt sogar …« Die Vorzimmerdame hustete entschuldigend und stieß das nächste Wort nur mühsam hervor: »… Filmmaterial.«

»Das glaube ich nicht. Überhaupt gar nicht. Das kann ja nicht sein.«

»Ich verstehe Sie ja, Frau Klapproth, aber ich befürchte, dass das noch nicht einmal alles war.«

Die Dame klang inzwischen heiser.

»Was meinen Sie damit?«

Ein Mann mit Hund ging vorbei, zwei Frauen in weißen Jeans und übertrieben bestickten Jacken. Sahen sie Vera komisch an, oder schien ihr das nur so?

»Herr Klapproth ist weg.« Die Sekretärin wisperte.

»Was meinen Sie mit weg?« Vera wurde laut.

»Geflohen, verschwunden, ins Sabbatical. Also, auf der Flucht. Verzeihen Sie, aber das ist mein Verdacht … oh, Augenblick bitte …« Sie hielt den Hörer wieder zu.

Vera legte einfach auf. Am Rande des Parks hatte ein

Kiosk die Abendzeitung ausgehängt. Sie meinte, Gernots Gesicht auf der Titelseite erkennen zu können. Eine bösartige Schimäre, ein Hirngespinst. Hoffentlich. Vera überlegte, ob sie ohnmächtig werden sollte. Oder sich in Luft auflösen, wie ging das noch gleich? Tränen liefen über ihr Gesicht. Sie fand ein Taschentuch in ihrer Jackentasche und putzte sich eben die Nase, als ein buntes Wesen an ihr vorbeirauschte. Es dauerte einen Moment, bis Vera erkannte, dass es das Mädchen mit den Flyern war. Sollte das hier ein glücklicher Zufall sein, der sich einfach so für sie ereignete? Dieses Mädchen, das war die Rettung. Ohne weiter nachzudenken, sprang Vera auf und ruderte mit den Armen und begann zu rufen: »Halt, bitte entschuldigen Sie ... Halt, äh, Sie!«

Wie hieß sie noch? Melli, genau, das war ihr Name, und er passte zu ihr, fuhr einen Kreis und kam direkt vor Vera zum Stehen.

»Ist Ihnen nicht gut? Müssen Sie brechen?«

Vera schwankte ein bisschen.

»Wie kommen Sie denn da drauf? Sehe ich so aus?«

»Ehrlich gesagt, besonders gut grade nicht, eher bläulich und bleich ...«

Melli ließ ihren Roller achtlos zu Boden fallen, griff nach Veras Schultern, führte sie zurück und zwang sie, sich auf der Bank niederzulassen. Vera protestierte schwach, denn Melli hatte ganz recht, ihr war wirklich speiübel.

»Papperlapapp, mir geht es blendend. Jedenfalls, wenn Sie noch einen von diesen Flyern für mich haben.«

Melli setzte sich neben Vera und begann in ihrem umfangreichen Rucksack zu kramen.

»Momentito, ich hab's gleich, Sie werden sehen, die ... Oh, da ist ja mein Trikot, ich studiere Artistik, müssen Sie wissen, ich folge meinem Stern, wie Céline Dion singen würde, schätze ich ... die helfen wie der Teufel, glauben Sie mir, also ich meine natürlich wie Zauberwerk, und reine Natur sind sie auch ...«

Vera musterte die junge Frau fasziniert, wie konnte man so durcheinander und doch so zielgerichtet sein? Mit einem lauten *Tadah* zog Melli ein Täschchen im Andenlook aus dem Dunkel des Beutels und fischte aus seinem Inneren ein winziges Fläschchen.

»Einmal den Schnabel öffnen, bitte.«

Melli benutzte ihre Zähne, um die verklebte Kappe aufzudrehen. Vera musste an Bakterienstämme und K.o.-Tropfen denken. Doch das Mädchen nickte ihr auf dermaßen aufmunternde Weise zu, dass Vera gar nichts anderes übrig blieb, als gehorsam ihren Mund zu öffnen, damit diese Unbekannte ihr irgendeine toxische Substanz hineinträufeln konnte. Ergeben atmete sie durch die Nase, während Melli leise zählend die Flüssigkeit auf ihre Zunge tropfen ließ und ihr dabei freundlich in die Augen sah. Veras Nerven begannen zu flattern. »Nicht schlucken, bloß im Mund behalten. Dr. Bach hat diese besondere Mischung für jede Art von Schock erfunden. Und glauben Sie mir, es funktioniert.«

Vera brachen kalte Schweißperlen aus den Poren. Sie stellte sich vor, wie diese Unbekannte hier sie in den Rhododendron schleifte und sich ihrer Wertsachen annahm, um einen ihrer Trapezkurse damit zu finanzieren. Doch Melli griff milde ihre Hand und guckte höchst zufrieden in die Welt.

»Vielen Dank, ich fühle mich schon besser. Wirklich. Ganz im Ernst.«

Vera bemühte sich, irgendwie wohlbehalten auszusehen.

»Könnten Sie mir also vielleicht noch einen dieser Flyer geben, bitte? Ich habe meinen aus Versehen mit einer Fledermaus zusammen, hmm … entsorgt. Eine längere Geschichte, traurig auch …«

Es gelang ihr nicht, ein weiteres Wort hervorzubringen. Melli betrachtete ihre Finger, an deren Nägeln der abplatzende Lack abenteuerliche Muster bildete, und lächelte sie aufrichtig an.

»Klar, liebend gern, ich habe bloß keinen mehr, weil ich gestern kündigen wollte, die Chefin ist nämlich zu … na ja, nennen wir es freundlich *bekloppt*, ich musste die Dinger nämlich abgeben, weil sie ja so irre *wertvoll* sind.«

Aus irgendeinem Grund hatte Vera das Gefühl, wenn sie nicht jetzt und augenblicklich diesen verdammten Flyer bekäme, wäre ihr dieser Ausweg auf immer versperrt. Als ob er ihre einzige Rettung wäre. Sie presste die Lippen zusammen und schwieg. Melli sah sie nachdenklich von der Seite an, biss in einen verschrumpelten Apfel, dessen Schale von einer beängstigenden Schicht verschiedenfarbiger Krümel gesprenkelt war, und behielt ihn zwischen den Zähnen eingeklemmt, während sie kopfüber in den gefährlichen Abgründen ihres Rucksacks verschwand. Nach einer gefühlten Ewigkeit tauchte sie wieder auf, förderte ein zerknülltes Etwas hervor und hielt es ihr entgegen. Vera nahm es und nickte dankbar. Melli verputzte den Rest des Apfels, sprang auf und schwang sich auf den Roller.

»Sorry, muss los, viel Glück!«

Sie warf Vera eine himbeerrote Kusshand zu, schleuderte den Apfelgriebsch ins nächste Gebüsch und sauste davon.

Vera glättete den Flyer vorsichtig zwischen ihren Händen. Sie hatte schon immer eine geheime Leidenschaft für England gehabt. Vielleicht sollte dieses Land jetzt ihre Zuflucht werden. Vor ihrem inneren Auge sah sie sich im Kreis ihrer neuen Freunde aus der Sprachklasse die perfekte Aussprache des *th* üben. Endlich würde sie Millais' *Ophelia* leibhaftig gegenüberstehen. Sie würde durch gepflegte Gärten spazieren, gut gekleidete Exzentriker beobachten und vielleicht sogar die eine oder andere Tasse Tee trinken, lauter Dinge, von denen sie früher so sehr geträumt hatte. Und doch war sie noch nie dort gewesen. In London. Sie wusste gar nicht, warum eigentlich. Es wurde Zeit. Und sie würde machen, dass sie hier wegkam, so schnell es nur irgend ging.

5

»Das können Sie sich gleich abschminken.«

Vera dachte, sie hätte sich verhört. Doch sie hatte richtig verstanden. Kein Wunder, dass die Frau, die sie gnädigerweise *noch zwischengeschoben* hatte und die jetzt in ihrem pastellfarbenen Büro vor ihr thronte, so eine hohe Erfolgsquote hatte. Spätestens wenn man ihr gegenübersaß, überkam einen der unbedingte Wille zur Landesflucht. Vera hatte sich das anders vorgestellt. Irgendwie war sie davon ausgegangen, dass die Agenturchefin sich über Bewerberinnen freute. Doch offenbar war das Gegenteil der Fall. Jetzt lachte Frau Grass auch noch aufreizend trocken und lehnte sich bequem in ihrem schneeweißen Ledersessel zurück, um Vera ganz in Ruhe eine Tatsache begreiflich zu machen, die dem Rest der Menschheit sowieso seit Jahrhunderten klar war. Vera hingegen verfügte nicht über genug Intelligenz, um den einfachen Umstand zu kapieren, dass England als Ziel selbstredend undenkbar war.

»Und warum sind Sie dieser Ansicht, wenn ich fragen darf?«

Vera zwang sich, höflich zu bleiben, indem sie sich vorstellte, Frau Grass säße in Unterwäsche vor ihr. Der uralte Trick, den sie das letzte Mal bei ihrer Oberstufenmathematiklehrerin Frau Steinhauer angewandt hatte – und der schon damals kein wirklicher Erfolg gewesen war.

»Nun, es spricht nicht nur dagegen, dass England, respektive London, unser mit Abstand beliebtestes Ziel ist und daher hart umkämpft. Hinzu kommt die Tatsache, dass Sie – und das muss ich leider so offen sagen – ganz und gar ungeeignet sind.«

»Und warum bitte glauben Sie das?«

Mit einer Familie im Ausland zu leben, das konnte ja so schwer nicht sein. Das bisschen Hausaufgaben zu betreuen war sicher ein Kinderspiel, abends vielleicht noch den schlummernden Sprössling behüten. Den Rest der Zeit hätte sie für sich. Frau Grass seufzte geplagt und sah auf das Formular vor sich auf dem Tisch. Es war mit roten Zeichen übersät. Vera hatte das verdrießliche Gefühl zu schrumpfen wie Alice vor der Kartenkönigin. Fehlte nur noch, dass diese Frau hier *Kopf ab!* schrie.

»Sie haben keine Kinder?« Frau Grass musterte Vera mitleidig. »Woher wissen Sie dann, dass sie mit ihnen zurechtkommen?«

Vera biss sich auf die Zunge, um nicht zu sagen, was sie wirklich dachte, nämlich dass sie selber mal eins war und sich, o Überraschung, daran ohne Probleme erinnern konnte, obwohl es im letzten Jahrhundert gewesen war, und antwortete so freundlich, wie es irgendwie ging: »Ich unterrichte, in meinem eigenen Geschäft. Seit mehr als zwanzig Jahren eröffne ich jungen Menschen den Zugang zu klassischer Musik. Notenlesen, Harmonielehre, musikalische Früherziehung, diese Dinge. Glauben Sie mir, ich komme hervorragend mit Kindern zurecht!«

Was nicht ganz der Wahrheit entsprach, bis auf wenige Notfälle war Vera meist mit einer Ausrede geflüchtet. Frau Grass machte jetzt auch unbeeindruckt ein Häkchen auf ihrer Liste und stellte ohne aufzusehen ihre nächste Frage.

»Sie sind verheiratet?«

Vera bejahte hoffnungsfroh, das sprach sicher für ihre Eignung, verriet es doch eine gewisse Beständigkeit.

»Ganz schlecht.«

»Wie bitte?« Vera konnte kaum fassen, was diese Person sich ihr gegenüber herausnahm.

Frau Grass fuhr sich mit den übermanikürten Fingern durch die geföhnte Kurzhaarfrisur und beugte sich vertraulich eine Spur nach vorn.

»Sie glauben ja gar nicht, wie häufig uns die Männer doch noch dazwischenfunken. Sogar am Flughafen tauchen sie auf. Entweder sie sind eifersüchtig, oder sie gönnen ihren Frauen nicht das geringste Vergnügen und torpedieren deren Freiheit, wo es nur geht. Ich weiß, wovon ich rede. Und sagen Sie jetzt nicht, die Zeiten hätten sich geändert. Das mag ja sein. Aber sicher nicht zum Besseren.«

»Ich tue ganz sicher, was ich will, glauben Sie mir.« Vera sah Frau Grass fest in die Augen.

»Sie haben keinen Führerschein?«

An wen erinnerte sie dieser Ton? Natürlich, Frau Grass klang genau wie ihr Schwiegervater, damals, als er ihre sportlichen Erfolge abgefragt hatte, beim ersten gemeinsamen Abendessen, das eigentlich eher ein Eignungstest gewesen war. Nie würde sie den Blick vergessen, genau in der Mitte zwischen Mitleid und Häme austariert. Unter ihm war Vera förmlich zerbröselt, in ihrem neuen dottergelben Spitzenkleid, auf das sie damals so stolz gewesen war und das weder er noch sein Sohn mit einem Wort gewürdigt hatten. Dem Vater waren andere Dinge wichtig gewesen, und er konnte seine Enttäuschung über dieses schwächliche Wesen kaum verbergen, das weder Hockeyerfolge noch Talent im Hochseesegeln oder beim Golf vorweisen konnte oder wenigstens irgendeinen anderen erwähnenswerten Sport betrieb. Vera schüttelte den Kopf.

»Verzeihen Sie meine Offenheit, doch wir haben mit einigen Damen unglücklicherweise keine guten Erfahrungen gemacht.« Frau Grass musterte Veras Handtasche. »Eine gewisse Sorte verwöhnter Gattinnen sagt gern im letzten Moment ab, bloß weil Ihnen etwas anderes in den Sinn gekommen ist.«

Mit dieser Bemerkung hatte sie offenbar auch Vera als Person abgehakt, denn Frau Grass stand auf und streckte ihr die Hand entgegen.

»Wenn Sie sich für Osteuropa entscheiden, melden Sie sich doch bitte bei uns, ansonsten sehe ich fürs Erste leider schwarz. Ich kann Ihnen nur unsere Warteliste empfehlen. Auf Wiedersehen.«

Vera ging nach Hause. Sie schaltete auf Autopilot. Sie hatte keine Kraft mehr, irgendetwas zu denken. Sie fühlte sich nicht in der Lage, auch nur einen weiteren Hieb wegzustecken. Schon von der Straße aus konnte sie die Reporter erkennen. Ausdauernd warteten sie auf ihre Chance zuzuschnappen. Sie würden nicht so schnell lockerlassen, sie hatten Klappstühle, und sie hatten Zeit. Vielleicht war es besser, sie gab sich geschlagen, ging von selbst in die Löwenhöhle und bot sich als Abendessen an? Wäre das nicht eine Erleichterung? Nein, so weit war sie noch nicht. Vera duckte sich, stahl sich durch den Hintereingang ins Haus und quälte sich die Treppen hinauf. Sie fühlte sich grässlich und durch und durch allein. Das Schloss klemmte, und das Zuschlagen der Wohnungstür klang unnatürlich laut. Sie lief den leeren Flur entlang und musste an Evelyn denken. Ihre beste Freundin, die sie vor nunmehr fast fünf Jahren verloren hatte. Und die niemand jemals hatte ersetzen können. Vera schaltete die Deckenbeleuchtung an und blickte durch die geöffnete Badezimmertür. Es verging immer noch kaum ein Tag, an dem Vera nicht erstaunt war, dass Evelyn nicht mehr bei ihr sein sollte. Dass sie nie mehr aus heiterem Himmel auf diese unpassende Weise losprusten würde. Dass sie ihre Freundin nicht mehr anrufen konnte …

Auf einmal sah Vera, dass auf allen Ablagen, auf jedem Sims und jedem Regal Parfümflaschen standen. Sie hatte sie einfach übersehen, wie auch immer das möglich war. Vera nahm einen schweren Flakon in die Hand. Schlichte Schrift auf kupferfarbenem Etikett. Sicher ein besonders exquisiter Duft. Doch das interessierte sie nicht. Vera öffnete das Fenster. Sie ließ die Flakons einen nach dem anderen auf dem Asphalt zerschellen.

Am nächsten Morgen, es war noch nicht hell. Vera saß im Schneidersitz auf dem Bett und überlegte, ob sie heute früh ihren Arzt anrufen sollte, um die Adresse eines Neurologen zu erfahren, als ihr Handy vibrierte. *Unbekannter Teilnehmer*, die ignorierte sie eigentlich, besonders in letzter Zeit. Und schon gar um diese nachtschlafende Zeit. Doch heute war Vera in fatalistischer Stimmung und entschied sich dranzugehen, auch auf die Gefahr hin, dass am anderen Ende die Springer-Presse auf sie lauerte, oder Interpol.

»Chier das Chaus von Klaaprott, bittäschön?«

Evelyn hatte bei Problemen, also prinzipiell immer, wenn sie ans Telefon ging, ihre Stimme verstellt. Vera war das immer idiotisch vorgekommen, aber neuerdings schien das eine gute Idee.

»Guten Morgen, könnte ich bitte Vera Klapproth sprechen? Es ist wirklich dringend!«

Um ein Haar hätte Vera Frau Grass nicht wiedererkannt, so lieblich flötete es aus dem Telefon.

»Ainen Mament!«

Vera ließ den Hörer sinken. Sie wäre gern im Boden versunken, sie wusste ganz genau, wie schlecht sie in so was war, spätestens seit ihrer glücklosen Zeit in der Theater-AG. Jedes Kind hätte sie augenblicklich enttarnt. Vera verlieh ihrer Stimme einen hoffentlich unverfänglichen Klang. »Klapproth, guten Tag?«

»Grass, von der Agentur. Einen wunderschönen guten Morgen! Ich habe mir das Ganze noch einmal durch den Kopf gehen lassen und mir die Zeit genommen, die Unterlagen erneut durchzusehen …«

Sie verstummte, und Vera spürte genau, dass jetzt eine nette Erwiderung von ihr erwartet wurde, doch sie dachte nicht im Traum daran, dieser Dame einen derartigen Gefallen zu tun. Sie schwieg und wartete ab.

»Nun ja, Sie können sich bestimmt denken, was passiert ist.« Frau Grass lachte glucksend, als verstünden sie beide sich schon seit einer Ewigkeit bestens. Als Vera immer noch nichts von sich gab, sprach sie weiter, als habe sie das alles genauso geplant.

»Und Sie selbst hatten ja Spontaneität zu Ihren Stärken gezählt ...«

Damit hatte sie zwar recht, aber was hätte sie denn bitte schön wählen sollen, wenn auf der anderen Seite so verlockende Begriffe wie Belastbarkeit oder Kompromissbereitschaft standen? Besser, sie ließ Frau Grass weiter schmoren. Sie sollte es aussprechen, und zwar ganz. Vera hatte seit Neuestem jede Menge Geduld.

»Wir haben einen Notfall, einen Vater mit drei Töchtern. Die Mutter ist Deutsche, aber zurzeit nicht da. Er braucht unerwartet Ersatz. Sie müssten sich nur um die zauberhaften Mädchen kümmern, weiter nichts. Und drei Monate vergehen ja wie im Flug. Trauen Sie sich eventuell zu, einzuspringen?«

Es war herrlich, Frau Grass' Stimme hatte inzwischen einen flehenden Unterton. Vera wartete weiter ab, während ihr Herz bei den nächsten Worten wie wild zu schlagen begann.

»In London. Bitte. Ich brauche Sie!«

Vera strahlte. Wer hätte das gedacht, es war also doch noch etwas für sie vorbereitet. Zu allem Überfluss hatte Frau Grass wahrhaftig das Zauberwort gesagt, sogar zwei Zauberworte. London. Bitte. Vera bemühte sich, weiterhin skeptisch zu klingen.

»Ich könnte darüber nachdenken, wie viel Zeit habe ich denn?«

Die Anspannung trieb die Stimme von Frau Grass in die Höhe, sie klang jetzt wie Metall. Und zugleich vertraulich, was eine unangenehme Mischung ergab.

»Nun ja, das ist der kleine Haken an der Sache, wissen Sie, Mr. Hastings muss heute Abend noch nach Singapur, er ist ein viel beschäftigter Mann, erfolgreich dazu, und er kann seine drei Töchter nicht allein lassen, Sie müssten also bereit sein, gleich anzufangen …« Der Rest des Satzes versandete irgendwo.

»Was genau meinen Sie mit gleich?«

»Etwa siebzehn Uhr?«

Vera sah ihr Telefon an, als könnte es selbst sich als Scherz entpuppen und in ihrer Hand verflüchtigen. Hatte es eine akustische Fata Morgana abgesondert? Doch das Lächeln lag immer noch auf ihrem Gesicht. Und es war echt.

»Der Flug ginge gegen dreizehn Uhr …«

Frau Grass' Tonfall war ins Betteln gerutscht. In Vera tauchte ein kleines bisschen Mitleid auf. Sie sah auf ihren Radiowecker. Es war Viertel nach acht.

»Oh …« Vera krächzte überrascht.

»Denken Sie an die Mädchen, die sonst ganz allein zurechtkommen müssten …« Es raschelte geschäftig.

»Sie sind bestens in der Schule, au-pair-erfahren und sehen auf den Bildern hier einfach allerliebst aus. Und sie sprechen auch etwas Deutsch. Was ja zumindest in der ersten Zeit sicher hilfreich sein dürfte.« Von hastigen Lachern unterbrochen, las Frau Grass weitere Vorteile von ihrem Zettel ab. »Auch die Gegend ist ganz wundervoll, beste Citylage, selbstverständlich haben Sie ein eigenes Bad …«

Draußen krochen die ersten Strahlen der Sonne über die

Dächer. Vera beschloss, Frau Grass aus ihrem Dilemma zu helfen und endlich nachzugeben, denn ihre Entscheidung war längst gefallen.

»Gut.«

»Gut? Heißt das, Sie werden es tun?«

Frau Grass hauchte, vorsichtig, als könnte Veras Entschluss von ihr fortgepustet werden wie eines dieser Blumensamenschirmchen.

»Ganz genau.«

»Sie werden es nicht bereuen, das verspreche ich. Ich schicke Ihnen die Details per Mail, der Flug ist bereits gebucht, meine Mitarbeiterin wird ihn auf Ihren Namen ändern lassen. Und wenn irgendetwas auftaucht, ein Hindernis, ein Wunsch, zögern Sie bitte nicht, mich anzurufen, ganz ehrlich, jederzeit.«

Bevor Frau Grass sich weiter überschlagen konnte, verabschiedete Vera sich zufrieden und legte auf. Der hatte sie es gezeigt. Dann wurde ihr klar, was sie soeben getan hatte, und es durchfuhr sie zugleich heiß und kalt.

Vera stellte sich unter die Dusche und ließ warmes Wasser über ihre schmalen Schultern laufen. Zu schmal für drei Töchter, Vera griff nach dem Luffaband und überlegte, wieder abzusagen. Sie schrubbte sich den Rücken, den Po, die Rückseite der Beine, doch nichts veränderte sich. Sie fühlte sich immer noch, als sei sie ein Zwergkaninchen, dem man in Aussicht gestellt hatte, es am nächstbesten Autobahnkreuz auszusetzen, und zwar heute noch. Vera fuhr sich in energischen, kleinen Kreisen mit dem Massagehandschuh über Oberarme und Bauch. Und doch, sie stellte den Wasserstrahl auf eiskalt, es war an der Zeit, etwas Großes zu wagen. Vera stieg aus der Dusche und trocknete sich ab. Sie cremte ihr Gesicht ein und trug leichtes Make-up auf. Schließlich musste sie heute Abend in England einen guten Eindruck machen. Sie sah sich ihr Spiegelbild an. Unwillkürlich begann sie zu leuchten, als ob ihr Gesicht in ein ganzes Becken mit Flitter getaucht worden wäre. Sie überprüfte ihr Haar. Es wurde immer silberner, bald hätte diese Farbe die ursprüngliche ganz abgelöst. Niemand würde sie dann noch eisblond nennen. *Who cares?* Sie hatte eine englische Redewendung in ihrem Kopf gefunden, einfach so! Ihre Kenntnisse der englischen Sprache waren zwar verschüttet, aber noch nicht mausetot. Vera summte vor sich hin. Ohne dass sie es gemerkt hatte, waren ihre Vorbehalte in Zuversicht umgeschlagen. Was sollte schon passieren? England war nicht die Wüste Gobi, sie hatte zwei unterschiedliche Kreditkarten, und ein Vierteljahr durchzuhalten konnte so schwer ja nicht sein. Sie war eine erwachsene Frau und hatte es so gewollt. Vera glaubte es selber kaum, doch den nächsten sich anbahnenden Panikschub schrubbte sie entschieden mit ihrer Zahnbürste weg. Wenn sie es jetzt nicht wagte, wann bitte schön dann? Sie nahm einen großen Schluck Wasser, gurgelte laut und spuckte ihn schwungvoll in den Ausguss. Weg mit euch, ihr überflüssigen Skrupel, weg mit langweiligen Ausflüchten und mit der dummen, dummen Angst.

6

Vera tat es wirklich, sie krempelte ohne Zaudern ihr Leben um. Zuerst rief sie Gernot an, doch er nahm nicht ab. Wunderbar, so blieb ihr dieser spezielle Ausdruck in seiner Stimme, der Mix aus Nachsicht und Autorität, erspart. Gernot hatte diesen besonderen Ton in den letzten Jahren häufig eingesetzt und langsam perfektioniert. Wann immer Vera sich etwas wünschte, das ihm ungelegen kam, hatte er sie zurückgepfiffen, ständig hatte er sie ermahnt und gewarnt. Vera wusste, sie hatte ihren Teil zu dieser Entwicklung beigetragen. Sie hatte sich mit der Zeit in der ihr zugewiesenen Rolle häuslich eingerichtet. Es hatte ihr gefallen, beschützt zu werden, das Hilflose war ihr sensibel vorgekommen und irgendwie verlockend. Sie wurde bequem und unselbstständig. So war sie zu der Art Frau geworden, die ihr Mann nicht mochte. Aber aus irgendeinem verdrehten Grund hatte er selbst alles dazu getan, genau diese Person aus ihr zu machen. Ein Teufelskreis. Doch damit war jetzt Schluss, und zwar ein für alle Mal. Ab heute würde sie ihr eigenes Leben in die Hände nehmen. Und sie fing sofort damit an.

Vera setzte sich an den kleinen Sekretär, der ein Erbstück ihres Vaters war. Er hatte ihn kaum benutzt, doch sie hatte trotzdem immer das Gefühl, ihm irgendwie nah zu sein, wenn sie daran saß, um private Schreibarbeiten zu erledigen. Sie öffnete den Füller und begann rasch zu schreiben.

Lieber Gernot,
ich habe eine Stelle als Au-pair in London angenommen.
Ich melde mich bei Dir.
Deine Vera

Dürre Worte für einen ziemlich langen Abschied, doch mehr fiel ihr in diesem Moment nicht ein. Trotzdem, irgendetwas fehlte. Eigentlich liebte sie ihren Mann und verließ ihn, wenn auch auf Zeit, doch vollkommen überraschend. Draußen schlug die Uhr, meine Güte, sie musste sich beeilen. Ihr fiel etwas Kindisches ein. Na und, sie war ab heute ein Au-pair-Mädchen, und das war so verrückt, jetzt war alles erlaubt. Vera drückte rasch ihre frisch geschminkten Lippen aufs Papier. Zurück blieb ein blassbeiger Kuss.

Vera fuhr fort, ihr Leben auf Eis zu legen. Sie schrieb noch einige Briefe, sie hinterließ ihrer Zugehfrau eine Nachricht und rief eine Freundin an. Vera erzählte ihr von ihrem Plan und bat sie hastig, den alten Freunden Bescheid zu geben. Die Freundin fühlte sich geehrt und freute sich für sie und wollte alles erfahren, aber Vera vertröstete sie, indem sie Postkarten versprach. Dann legte sie schnell auf. Nicht dass die Freundin noch die Gelegenheit nutzte, Fragen nach ihren eigentlichen Gründen zu stellen.

Vera atmete tief durch, dann rief sie im Laden an und übergab die operativen Geschäfte an Herrn Krüger, der plötzlich einen ungeahnten Hang zum Pathetischen an den Tag legte.

»Ich verspreche, Sie mit vollem Einsatz würdig zu vertreten.«

»Danke, ich glaube sicher, Sie schaffen das.«

»Sie werden das Vertrauen, das Sie in mich setzen, nicht bereuen.«

Herr Krüger bebte geradezu vor bescheidener Ergebenheit, stolzem Pflichtgefühl und echter Sympathie.

»Nun, ich ziehe ja nicht in den Krieg und werde sicher zurückkehren, das verspreche ich.«

»Alles Gute ... Treue ... Verlässlichkeit ...«

Herr Krüger war zu einem Murmeln übergegangen. Diesen salbungsvollen Einschlag hatte sie noch nie an ihm beobachtet. Vera fragte sich, ob die Nachricht ihres Skandals, Gernots Verschwinden, oder schlimmer noch ihres Arztbesuchs etwa schon bis zu ihm durchgesickert sein konnte.

Sie legte auf und sah auf die Uhr, es war kurz nach zehn. Viel Zeit blieb ihr nicht. In weniger als einer Stunde stünde das Taxi vor der Tür. Vera kaufte im Laden um die Ecke rasch einige unverzichtbare Dinge, die sie, zurück zu Hause, in ihre größte Tasche warf. Sie lief ins Schlafzimmer und öffnete den Kleiderschrank, dessen inzwischen schmalerer Teil ihr gehörte. Den Rest hatte Gernot mit zahllosen Sportausrüstungen und modischen Sperenzchen neueren Datums okkupiert. Auf Veras Seite dagegen hing klassische Garderobe von guter Qualität. Sie beschränkte sich auf eine enge Farbpalette, das hatte den Vorteil, dass alles zusammenpasste. Im Grunde sah sie immer gleich aus, gediegen und schlicht. Jedermann wusste, sobald er sie sah, dass sie nichts für Experimente übrighatte und es weder nötig hatte zu prahlen, noch aufzufallen. Zufrieden faltete Vera ihre Hosen und Seidenblusen, die dünnen Cardigans und die cremefarbene Unterwäsche und stapelte alles akribisch in den Rollkoffer. Vom Nachttisch nahm sie ein Bild ihres Mannes, suchte Schuhe und Kosmetik zusammen. Vera wollte den Koffer eben schließen, da überkam sie ein ungutes Gefühl, als hätte sie etwas vergessen. Etwas, das wichtig war. Kinder, natürlich, sie musste ihnen ein Buch vorlesen, das liebten sie alle, und Vera wusste auch schon, welches Buch sie mitnehmen würde. Sie hatte es immer aufbewahrt, jetzt konnte sie es vielleicht noch einmal brauchen. Sie zog den Band aus dem obersten Fach des Regals, pustete den Staub vom Buchrücken und legte ihn zu ihren übrigen Sachen. Vera verschloss den Koffer und zog kurz darauf die Wohnungstür hinter sich zu. Dann hastete sie zum wartenden Taxi.

Als Vera kurz darauf die Schwelle zum Eingang des Flugzeugs überschritt, kam sie sich ungeheuer mutig vor. Zum ersten Mal in ihrem Leben trat sie die Flucht nach vorne an. Ein ganz hervorragendes, sogar bedeutendes Gefühl durchfuhr sie ungebremst. Das Bedeutende wurde ihr jedoch bald von den Gepflogenheiten an Bord ausgetrieben. Vera hatte die Entwicklung vom mondänen Vergnügen des Fliegens zur erniedrigenden Massenabfertigung irgendwie verpasst.

Hatte sie doch gerade in den letzten Jahren die Bahnfahrt dem Flugzeug vorgezogen oder sich im Wagen mitnehmen lassen. Sie bestellte ein Glas Tomatensaft und spülte damit den Anflug von Schrecken hinunter, der sie beim Gedanken an die folgenden Stunden befallen wollte. Nach dem letzten Schluck schaffte sie es sogar, wagemutig den Kopf zu drehen und aus dem Fenster zu sehen. Weit hinten glitzerte für einen Moment das Meer.

Der Londoner Flughafen war das verworrenste Gebäude, das Vera in ihrem ganzen Leben gesehen hatte, und es schien ihr fast ausgeschlossen, sich auf ihm zurechtzufinden. Sie brauchte eine gefühlte Ewigkeit, um an ihren Koffer zu kommen, danach versuchte sie sich mit ihm zusammen in die Toilettenkabine zu zwängen. Ein Ding der Unmöglichkeit, von dem sie erst Abstand nahm, als die zuvorkommende Reinigungskraft und eine alte Dame mit einfach abenteuerlicher Kopfbedeckung sich ihrer erbarmten und unabhängig voneinander versprachen, ihr Gepäck zu bewachen. Vera überlegte kurz, wie wahrscheinlich es wäre, dass beide der gleichen Diebesbande angehörten, dann zwang die Not sie, ihnen für zwei Minuten zu vertrauen.

Als Vera es endlich, samt Gepäck, durch das Gewusel hinter die milchige Automatiktür und in die Ankunftshalle geschafft hatte, war niemand da, um sie abzuholen. Sie erinnerte sich nicht wirklich, was genau abgesprochen war. Um sie herum stoben die Menschen auseinander, und sie stand im Weg und kramte in ihrer Handtasche herum. Immerhin hatte sie die Adresse auf einem Zettel notiert, aber wie sollte sie die finden? Belsize Park, war das eine Straße? Und was war Chalk Farm? Hastings war auf jeden Fall der Familienname. Vera sah auf. Sie fühlte sich wie in einem Zeitrafferfilm, der ihr vor den Augen unschön verschwamm. Eines wurde ihr jetzt bereits klar, das Tempo in dieser Stadt war ein anderes als das, das sie von zu Hause gewohnt war. Diese Leute balancierten schwindelerregende Mengen Gepäck auf ihren Wagen, zogen quengelnde Kleinkinder hinter sich her und redeten hektisch in allen erdenklichen Sprachen aufeinander ein. Sie schimpften und weinten, strichen sich gegenseitig über die Wangen und klammerten sich aneinander fest, sie lachten und riefen einander gute Wünsche hinterher, bevor sie in sämtliche Himmelsrichtungen verschwanden. Vera stand ganz still und blickte auf die riesige Glaswand, hinter der unglaublicherweise Großbritannien lag.

Vera gab sich einen Ruck. Wofür war das Londoner U-Bahn-Netz noch mal berühmt? Für seine Übersichtlichkeit? Es könnten auch anhaltende Streiks oder enorme technische Mängel gewesen sein. Egal, es wäre doch gelacht, wenn sie schon am ersten Hindernis scheitern würde. Vera entschied, dieses ganze Unterfangen ab sofort als Abenteuertrip und sich selbst als Entdeckerin zu begreifen – und diese Stadt als unerforschten Kontinent.

Und wirklich, es funktionierte. Mehr oder weniger lässig schlug Vera sich zur Bahn durch, entdeckte die Adresse wahrhaftig auf dem überdimensionierten Stadtplan, zog ohne größere Schwierigkeiten ein Ticket am Automaten und nahm im Waggon Platz, als habe sie nie etwas anderes gemacht. Sie breitete ein Papiertaschentuch über der Lehne aus und lehnte ihre Wange an das Kunstlederpolster. Vor dem Fenster zog eine Landschaft vorbei, die man nur mit großem

Wohlwollen frühlingshaft nennen konnte. Ein stahlgrauer Himmel hatte sich über die Welt gelegt. Ein leichter Nieselregen hüllte sie so sanft wie unerbittlich ein.

Der Zug erreichte St Pancras. Der Bahnhof war fast noch voller als der Terminal. Vera wurde überholt und weggerempelt, beiseitegeschoben und angeraunzt. Jemand trat ihr auf den Fuß. Sie hatte das Gefühl, unsichtbar zu sein. Dazu machten sich die Anstrengungen der letzten Stunden in ihren Knochen bemerkbar. Vera zerrte ihren Koffer hinter sich her und strebte auf den Ausgang zu.

Frische Luft schlug ihr entgegen, doch war sie leider empfindlich kühl. Und feucht, was sicher daran lag, dass der Regen zugenommen hatte. Vera sah sich um, als müsste irgendwo ein Schild für sie stehen, ein Hinweis für die Richtung, die sie als Nächstes einschlagen sollte, aber da war nichts. Unschlüssig stand sie da und wartete auf eine Eingebung. Würde sie etwa jemanden fragen müssen? Plötzlich knurrte ihr Magen, laut und sehr bestimmt. Vera erinnerte sich, dass sie seit heute früh nicht einen Bissen zu sich genommen hatte. Gegenüber, inmitten eines Gewirrs von Straßen, die von der riesigen Kreuzung sternförmig wegführten, stand eine Bretterbude, die aussah wie aus einem Filmfundus geklaut, Abteilung Westernstadt. Vera lief, so schnell das mit zwei rutschenden Taschen und einem überdimensional großen Koffer möglich war, unter das schützende Dach der Imbissbude. Der junge Mann hinter dem Tresen trug einen Vollbart und einen kleinen Dutt und nahm gerade einen tiefen Schluck aus seiner Bierflasche.

Vera nahm ihren ganzen Mut zusammen und sprach ihren ersten Engländer an.

»*Hello …?*«

Er blickte auf und sah sie aus mit Lidstrich umrandeten Augen an.

»*Hi there.*« Er lächelte gewinnend. »*What can I do for you?*«

Vera starrte in sein hübsches Gesicht. Der Jüngling legte fragend den Kopf schief.

»*I want Fish and Chips!*«

Er zuckte zusammen, sicher hatte sie etwas falsch gemacht. Vera versuchte ein höfliches Lächeln.

»*One. Yes, please?*« Sie stellte ihre Sachen ab.

»*Aye, aye, mylady!*« Er machte einen militärischen Gruß. Vera blinzelte irritiert, irgendetwas war schiefgelaufen, aber sie hatte keine Ahnung, was. Komisch, dieser englische Humor. Wenigstens fing er zu brutzeln an. Sie nickte dankbar, schlug den Kragen ihres Mantels hoch und sah sich um. England wirkte irgendwie vertraut. All die Bücher und Filme hatten sie vorbereitet. Und doch, die Realität war zugleich strahlender und schmuddeliger, eleganter, als auch – eine Maus sah unter der Bude hervor und lief geschäftig zur nächsten Mülltonne. Vera öffnete den Mund, doch bevor sie einen Ton herausbrachte, landete eine wunderbar heiße, gelb schimmernde Portion der fettigen Leckerei auf dem groben Holz vor ihrer Nase.

»*Vinegar, love?*«

Der Jüngling hielt eine Flasche über die Chips. Vera hatte keine Ahnung, was das sein könnte. Aber sie entschloss sich, ihren Aufenthalt mit einem klaren »*Yes, please!*« zu beginnen.

7

Eine Dreiviertelstunde später stand Vera endlich vor dem Haus der Familie Hastings. Sie hatte in St Pancras eine gefühlte Ewigkeit an der falschen Bushaltestelle gewartet, musste nach zwei Stationen schon wieder aussteigen, genau in dem Augenblick hatte es natürlich zu schütten begonnen, und war mindestens zwei Mal in die falsche Richtung gelaufen und sicher einmal zu oft abgebogen. Schließlich aber, als sie schon beinah den Glauben daran verloren hatte, hatte sie die Adresse endlich gefunden und näherte sich mit letzter Kraft der rettenden Tür.

Das Haus allerdings entsprach nicht ganz dem Bild, das Vera sich beim Durchqueren des Viertels gemacht hatte. Auf den ersten Blick unterschied es sich nur wenig von seinen Nachbarn, es hatte drei Stockwerke und einen kleinen Erker sowie einen winzigen Turm. Sah man aber genauer hin, entdeckte man seine Verschiedenheit. Es wirkte wie ein Überbleibsel, wie ein Fremdkörper. Es war schmal, strahlte aber eine gewisse Würde aus, einen fast trotzigen Stolz. Es schien nicht baufällig, doch der ehemals königsblaue Anstrich war von einer Art Pelz aus moosigem Grün überzogen, den niemand sich die Mühe gemacht hatte, zu beseitigen. Auch den Vorgarten konnte man nicht anders als struppig nennen. Immerhin, der Türklopfer über dem Namensschild kam dem *Good old England*-Klischee sehr nahe, ein ominöses Messingtier hielt einen Ring im Maul.

Vera richtete sich auf und nahm ihn und klopfte damit feierlich drei Mal an die Tür. Doch die Reise, das schwere Essen und vor allem der höllische Essig forderten ihren Tribut. Gerade als die Tür aufgerissen wurde, musste sie aufstoßen. Vera rülpste dem Mann, der höchstwahrscheinlich ihr Gastgeber war, leise, aber vernehmlich ins Gesicht. Was der in seinem Ärger, der ihm nur allzu deutlich ins Gesicht geschrieben stand, erfreulicherweise gar nicht zu bemerken schien. Er musterte sie kurz, wahrscheinlich um sicherzugehen, dass sie in etwa der Beschreibung der Agentur entsprach, und fuhr sie in einer ihr völlig fremden Sprache an. Es dauerte eine ganze Weile, bis Vera klar wurde, dass es sich bei dieser irritierenden Abfolge von Tönen um Deutsch handeln sollte. Sie hatte eher eine tragische Verletzung in der Kehlengegend vermutet, doch scheinbar stellte er sich vor. Vera glaubte immerhin den Namen *Lawrence* inmitten der sonderbaren Bellgeräusche erkannt zu haben. Das war Mr. Hastings' Vorname, erinnerte sie sich, und der streckte ihr jetzt ein wenig ungelenk die Hand entgegen.

»Vera Klapproth, es freut mich auch, äh, *hello, good* …«

Vera wollte seine Hand ergreifen, doch sie war zu spät. Ihr Gastgeber murmelte etwas komplett Unverständliches, während er in einen Regenmantel schlüpfte und nach einem kleinen Lederkoffer griff. Er war doch wahrhaftig im Begriff, das Haus zu verlassen.

Vera beeilte sich, ihre wichtigsten Fragen zu stellen, etwa nach Schlafenszeiten oder den Regeln, die für die Kinder gelten würden. Zur Sicherheit machte sie illustrierende Gesten dazu, gefaltete Kopfkissenhände, Löffel-und-Schale, nur für *Regeln* fiel ihr nichts ein. Schließlich machte sie eine schreibende Handbewegung. Mr. Hastings stieß einige fremdartige Laute aus, die wie *verdammtes Kartoffelpüree* klangen, drückte sich an ihr vorbei und stürmte hinaus. Er lief rückwärts und sah sie dabei fragend an. Verzweifelt versuchte Vera per Zeichen herauszubekommen, wo sie Schlüssel und englische Pfund finden würde. Sie deutete auf ihre Handtasche. Mr. Hastings antwortete wild gestikulierend, während er zugleich durch den schlagartig niedergehenden Wolkenbruch zu einem wartenden Wagen rannte. Vera schüttelte hilflos den Kopf. Sie hatte keine Zeit gehabt, Geld zu wechseln, war das so schwer zu verstehen? Er sprang in den Wagen und redete auf den Fahrer ein, während er gleichzeitig rätselhafte Zeichen in Richtung Vera machte. Mangel an Temperament konnte man ihm jedenfalls nicht nachsagen. Vielleicht war sein Verhalten aber auch bloß dem Übermaß an Stress geschuldet, unter dem er unübersehbar stand. Vera verstand rein gar nichts. Sie hob die Schultern zu den Ohren, um ihm zu bedeuten, dass sie nicht die entfernteste Ahnung hatte von dem, was er ihr mitteilen wollte, während er schon in dem Auto um die Ecke davonschoss. Glücklicherweise fuhr er nicht selbst. Was er wohl mit der letzten, einer Art Scherengeste, gemeint haben könnte? Vera stand noch immer in der offenen Tür und sah ihm nach. Er hatte sie einfach stehen lassen. Sie trat in den Flur und schloss die Haustür hinter sich.

Vor Veras Augen zog auf einmal Nebel auf, und irgendwo kicherte es. Ihre Brille war von der Wärme beschlagen, dahinter konnte sie schemenhaft eine kleine, rosafarbene Gestalt ausmachen, die vor ihr auf einer Treppe saß. Sie drehte sich zur Garderobe, über der ein Spiegel hing, putzte die Brille notdürftig trocken und setzte sie wieder auf. Hinter sich konnte sie, wenn auch verschwommen, ein etwa fünfjähriges Mädchen erkennen. Gehüllt in einen pinkfarbenen Tüllalbtraum. Es musterte sie vergnügt und gluckste laut, wobei seine Locken zu wippen begannen. Es deutete mit dem Finger auf Veras Tasche, die sie sich wieder unter den Arm geklemmt hatte. Verstehe einer, was daran lustig sein sollte. Als Vera genauer hinsah, erkannte sie beklommen den Anlass ihrer Heiterkeit. Außer dem dunkelgrauen Lederhenkel war nicht mehr viel übrig. Jemand musste die halbe Tasche abgetrennt haben, mit einem Rasiermesser, im Gewühl auf den Straßen oder im Bus, und zwar, das war das Verstörende, von ihr selbst ganz unbemerkt. Jetzt verstand sie auch Mr. Hastings' komische Geste. Vera fühlte sich auf der Stelle von aller Welt alleingelassen und eigenartig verletzt. Das hier war eine furchtbare Schnapsidee. Gernot musste unverzüglich herkommen und sie nach Hause holen. Ohne Geld und Papiere war sie total aufgeschmissen, er wüsste, was zu tun war, sie würde ihn anrufen, jetzt gleich. Veras Herz raste, Atemnot überkam sie, entsetzt hielt sie sich am Garderobenhaken fest. Da fühlte sie ein winziges Pochen an ihrem Bein. Schreck fuhr ihr in die Glieder, sicher ein Infarkt, ein Gerinnsel, oder Schlimmeres.

Vera rang nach Luft. Ein weiteres Mal das Gefühl, als klopfe jemand gegen eine Tür, tief in ihrem Körper versteckt. Vorsichtig sah sie an sich hinunter. Das kleine Mädchen hielt ihr ein abgenutztes Plüschtier unbekannter Art entgegen. Es war von einer undefinierbaren Farbe, hatte zahlreiche Löcher und einen fadenscheinigen Bezug. Dazu prangte ein nachgesticktes Lächeln dort, wo früher vielleicht mal eine Schnauze gewesen war, was ihm ein gewollt freundliches, aber doch eher irres Aussehen verlieh.

»Herr Schultz.«

Das Kind piepste, offensichtlich stellte es ihr sein Kuscheltier vor. Vera atmete ruhiger. Bemüht, sich nichts von all dem, was in ihr tobte, ansehen zu lassen, beschloss sie, ihrem Auftritt die Krone aufzusetzen, und beugte sich zu dem Winzling und seinem Gefährten hinab.

»Vera, das neue Au-pair …«

Sie rang sich ein Lächeln ab und schüttelte eine der vier überlangen Gliedmaßen, die am Körper des komischen Tieres baumelten. Schnell ließ sie es wieder los, höchstwahrscheinlich war das Fell mit allen nur denkbaren Keimen übersät. Doch das Kind strahlte, womöglich hatte Vera intuitiv alles richtig gemacht.

»Und Zoë, das bin ich.« Das Mädchen stellte sich auf die Zehenspitzen und verpasste ihr einen kleinen, trockenen Kuss auf die Wange. »*Welcome, Mrs. Kindermädschen!*«

Ganz schön herzlich für eine Engländerin, konnte Vera noch denken, als Zoë schon ihre Hand griff und sie mit sich zog. Herrn Schultz schleifte sie über den Boden hinter sich her.

Das Haus war ein einziges Chaos. Und ein schmuddeliges dazu. Trotzdem entschied sich Vera, die erste Nacht abzuwarten, ehe sie um Hilfe rief oder auf dem Absatz kehrtmachte. Denn Zoë hatte sie in kürzester Zeit erfolgreich um den Finger gewickelt. Sie war die jüngste der Schwestern und bestand darauf, Vera zuallererst ihr eigenes Zimmer zu zeigen, das im obersten Stock des Hauses lag. Zoë hatte eine phänomenale Energie, die ihr aus jeder Pore leuchtete, wie auch aus ihrem Mundwerk, das ununterbrochen plapperte. Während Vera sich die Stufen hochkämpfte, hüpfte Zoë vor ihr her und quasselte, ohne auch nur ein einziges Mal Luft zu holen. Vera gelang es, pro Stockwerk ein kleines *Oh* zu erwidern, mehr schaffte sie beim besten Willen nicht.

Oben angekommen, erwartete Vera schon der nächste Schock. Zoës Zimmer war, genau wie ihre Kleider, in allen erdenklichen Rosatönen gehalten. Die Wände, der Teppich, Kissen, Bilder und Lampen strahlten in sämtlichen Variationen des Farbtons, der in derartiger Überdosis bei Vera nahezu allergische Reaktionen provozierte und den Wunsch zur sofortigen Abreise.

»Lovely.«

Vera japste und ließ sich erschöpft auf das pinkfarbene Bett fallen. Worauf das Kind mit bedeutungsvollem Gesichtsausdruck auf sie zuwirbelte und ihr ohne Vorwarnung den Mund zuhielt.

Vera schob die kleine Hand zur Seite. *»No, no, please, I need air!«*

»Psssssst!« Zoë hielt aufgeregt den Finger an ihren Mund. »Wir sind nicht erlaubt, Englisch zu sprechen. *Mother tongue*, du verstehst?«

»Absolut gar nicht, tut mir leid.«

Vera verstand nicht das Geringste. Zoë sah sie geduldig an, sie war es sichtlich gewohnt, dass sie begriffsstutzigen Erwachsenen die Welt und andere Dinge erklären musste.

»Papa will, wir sprechen Deutsch mit Au-pair, immerzu.«

»Oh, na ja, das ist natürlich verständlich. Eure Mutter ist deutsch, nicht wahr?«

Zoë ließ sich auf den blassrosa Teppich plumpsen und schwieg. Hätte sie nicht vor sich hin gestarrt, Vera hätte geglaubt, sie wäre eingeschlafen. Vielleicht schlafwandelt sie, schoss es ihr durch den Kopf. Sie hatte gelesen, dass das sehr häufig vorkam unter Kindern. Oder sie war beleidigt, auch das kam vor. Hatte sie jedenfalls gehört. Zoë malte ein Muster in die Wolle. Vera versuchte, die Stille zu nutzen, um durchzuatmen. Sie lehnte sich an einen roséfarbenen Sack, der sich mit dem Bettüberwurf biss. Am besten wäre sicher, sie machte für einen kleinen Moment die Augen zu.

»Sie ist gereist.« Das Kind flüsterte. Vera zuckte zusammen. Sie hatte kurz vergessen, dass sie nicht alleine war.

»Ich verstehe.«

Das war gelogen, sie hatte keine Ahnung, worum es hier ging, aber dem Mädchen fehlte die Mutter wohl sehr, und es war unnötig, Gefühle aufzuwühlen. Sicher war es klüger, sie abzulenken und sich praktischen Dingen zuzuwenden. Vera fiel etwas ein, das Zoë vielleicht in bessere Stimmung versetzen könnte.

»Was hältst du davon, wenn wir tauschen? Ich bringe dir korrektes Deutsch bei, und du hilfst mir mit Englisch? Als meine Lehrerin?«

Zoës Gesicht hellte sich auf. Die Vorstellung, diese komische Fremde zu unterrichten, gefiel ihr unverkennbar.

»Aufstehen, Vera! Ich zeige dich jetzt Rest von das Zuhaus.«

Das Kind sah sie streng an, wie ein schmächtiger, farbenfroher General. Vera spürte, wie etwas in ihr unaufhaltsam zu schmelzen begann.

Während sie Vera durch ihr kleines Universum führte, umkreiste Zoë sie, als wäre sie eine Achse und Zoë ein schlingernder Planet. Doch sie hatten nicht viel Zeit. Nach einem Blick aus dem Fenster in den Garten, in dem bereits das Licht zur Neige ging, erklärte Zoë, ihre Schwestern kämen bald von ihren Nachmittagskursen zurück, und scheuchte Vera zurück ins Erdgeschoss.

Die Treppenstufen waren schief und durchgetreten, Vera musste sich am Geländer festhalten. Das gesamte Haus wirkte auf nachgiebige Weise weich, wie gepolstert oder daunengefüttert. Abgesehen von dem Durcheinander, das alles beherrschte, den Spuren der anderen Bewohner und den Zeichen einer geschmackvollen Hand, die das Haus irgendwann einmal eingerichtet hatte, lag über allem eine eigentümliche Mattigkeit. Wie ein feiner Film aus Mehltau überzog etwas diese Räume, etwas, das Vera nicht entschlüsseln konnte. Die Fenster schienen undicht zu sein. Vera fuhr mit dem Knöchel über die feuchten Scheiben im Treppenhaus. Sie war überzeugt, dass die Holzrahmen klemmten. Immerhin konnte sie erkennen, das Haus war groß und nicht allzu vollgestopft. Aber verwahrlost war es doch, selbst die Küche schien irgendwie vergessen, kalt und leer.

Aber Vera blieb keine Zeit, sich weitere Gedanken zu

machen, denn das aufgedrehte kleine Mädchen neben ihr bestand darauf, ihr die Funktionen des Kühlschranks näher zu erläutern. Sie glaubte offenbar, Vera stamme aus einem Entwicklungsland.

»Oh, wirklich, er kühlt?«

Beim Blick in das rosige Gesicht des Mädchens wurde Vera klar, dass Ironie bei Kleinkindern nicht verfing. Stattdessen musste sie mit ansehen, wie sich die kugelrunden Augen in Windeseile mit Tränen füllten.

»Du magst die Kühlschrank nicht?«

»Wie bitte? O doch, natürlich, ich finde ihn, ähm, außergewöhnlich … anziehend! Er ist …« Vera tätschelte die Flanke des Haushaltsgeräts und suchte nach einem passenden Kompliment. »… einfach famos.«

Das Kind schien mit der Antwort zufrieden. Es nickte verständnisvoll und wandte sich seinem Stofftier zu. Vera meinte etwas wie »*… stay longer than the other nannies …*« zu verstehen, und »*hopefully*«.

Zoë grinste triumphierend, dann lauschte sie konzentriert. Vera ertappte sich dabei, wie ihr Blick zu ihrem Plüschgefährten hinüberwanderte. So weit war sie bereits, dass sie eine Antwort erwartete? Entschieden nahm Vera die Hand vom Kühlschrank und verschränkte die Finger ineinander. Das Kind quietschte leise. Nichts in dem vergnügten Gesicht erinnerte an die Tränenflut, die eben noch kurz vor Ausbruch gestanden hatte.

»*Yes, of course, you are right, her return ticket was stolen so she has to stay!*«

Zur Belohnung erhielt das Mädchen ein Streicheln von der Kuscheltierpfote, geführt von der eigenen Hand.

Irgendwo draußen läutete eine Glocke, und Zoës Augen vergrößerten sich dramatisch.

»Bald acht schon, du mussen Essen kochen. Sofort!«

Zoë zerrte eine Trittleiter aus einer Ecke hervor, eine Staubwolke wirbelte hinter ihr auf, als reite sie durch eine besonders ungepflegte Prärie. Ein breites Lächeln überzog ihr kleines Gesicht.

»Ich helfe.«

Sie stellte die Leiter direkt vor den Kühlschrank, kletterte geschickt hinauf und versuchte die Tür zu öffnen. Was nicht ging, weil sie mit ihrer Leiter die Kühlschranktür blockierte. Eine kleine steile Falte bildete sich auf ihrer Stirn. Sie zerrte an der Tür und probierte zugleich, mitsamt der Leiter wegzurücken. Die Leiter ruckelte, das Kind wankte bedrohlich, Vera sprang mit einem Satz zu ihm hin und packte es. Sie schob ihre Hände unter die kleinen Achseln und hob es hoch. Zoë war offensichtlich ziemlich kitzelig, sie wand sich giggelnd und verfing sich zwischen den Stufen. Beide segelten einen beeindruckenden Bogen und landeten unsanft auf dem gekachelten Küchenboden. Die Leiter fiel hinter ihnen krachend um.

Als das Kind ihr dann auch noch seinen Po in den Magen rammte, Vera die spezielle Klebrigkeit einer lange ungeputzten Fliesenfläche unter ihrer linken Wange spürte und dazu die halbe Leiter auf ihr Schienbein knallte, war sie kurz davor, in Schimpfen auszubrechen. Aber sie tat es nicht. Stattdessen sah sie in die runden Augen direkt vor ihren, die der auf ihr liegenden Zoë gehörten, und beide fingen wie auf Kommando gleichzeitig lauthals zu lachen an.

8

Zwanzig Minuten später klapperte es im Flur. Zoë, die den Tisch deckte, ließ alles stehen und liegen und stürzte hinaus, um ihren Schwestern so viel und so schnell wie möglich über Vera zu berichten.

Als Vera einen Moment später vom Tisch aufsah, sie verteilte gerade Besteck, blickte sie in das spöttische Gesicht einer groß gewachsenen Vierzehnjährigen, die in Schuluniform im Türrahmen lehnte und sie beobachtete, als sei sie ein Forschungsobjekt. Belustigt wanderten ihre Augen über den Tisch, auf dem es scheinbar etwas höchst Originelles zu entdecken gab, zurück zu Veras Erscheinung, die zum Anlass wurde, die linke Augenbraue in schwindelerregende Höhe zu heben, und verharrten endlich nachdenklich auf Veras Gesicht. Wie konnte man zugleich so jung und doch schon so von sich eingenommen sein? Vera fühlte sich durch den bohrenden Charakter des Blickes an einen Großwildjäger erinnert, der anhand der Größe seines Opfers die Stärke der Giftdosis abzuschätzen versucht, mit der er das

Betäubungsgewehr bestücken muss. Kein sehr angenehmes Gefühl, doch Vera übte sich in Gleichmut und hoffte, das würde ihr ein irgendwie cooles Auftreten verleihen. Gerade als sie einen Schritt in Richtung des Teenagers machen wollte und die Hand zu einer Art verunglücktem Rockstargruß erhob, kam dieser ihr zuvor.

»*How do you do? You must be the new nanny. My name is Amanda. Miss Amanda Leopoldina Hastings.*«

Vera war sicher, dass Amanda sie auf den Arm nehmen wollte. Der gesetzte Tonfall gehörte eher zu einem betagten Butler zu Beginn des letzten Jahrhunderts, als hier und heute zu einem jungen Ding mit Zahnspange.

»Vera Klapproth, aus Hamburg, ich freue mich, dich kennenzulernen. In den kommenden Wochen werde …«

Amanda warf ihre Mähne zu einer Seite und tat, als erblicke sie jetzt erst den gedeckten Tisch.

»Uähhhrgs!«

Das aufgesetzt höfliche Lächeln war abrupt aus ihrem Gesicht verschwunden, um jetzt einer künstlichen Bekümmertheit zu weichen. Ihr Ton wechselte in den Klang, den man im Allgemeinen für Menschen reserviert, denen man den Mangel an Intelligenz schon auf hundert Meter Entfernung ansehen konnte.

»*What for heaven's sake is that supposed to be?*«

Mit ihrem erschreckend langen Zeigefinger zeigte Amanda auf den grauen Haufen, den Zoë sich bemüht hatte, ansprechend in der Mitte des Tisches zu platzieren.

»Omelett! Mit Käse und Babyfisch. Mhhhhmmm.«

Zoë liebte Sardinen sehr und war scheinbar überzeugt, Vera habe eine bahnbrechende, kulinarische Erfindung gemacht, die nicht nur beispiellos nahrhaft, sondern sicher auch phänomenal lecker war. Wenn sie auch offenbar ziemlich allein mit dieser Vorliebe war.

»Nun ja, ich gebe zu, ich war gezwungen, etwas zu improvisieren, und na ja, mein Mann und ich lassen uns meist beliefern …« Vera verstummte.

Amanda legte den Kopf schräg, und es hätte nicht viel gefehlt und sie hätte Vera bedauernd über den Scheitel gestrichen. Auf einmal biss sie sich auf die Unterlippe, als müsse sie krampfhaft ein Prusten unterdrücken. Irgendetwas daran war befremdlich. Vera hätte sicher bald herausgefunden, was es genau war, das sie irritierte, doch sie wurde abgelenkt. Ein dünnes Wesen schob sich gespenstergleich durch die Tür ins Zimmer. Seitlich, als ob diese, oder irgendetwas sonst, zu schmal wäre, um dieses papierne Geschöpf anders als quer hindurchzulassen. Der Kontrast zu ihren Schwestern hätte nicht größer sein können, weder die quietschvergnügte Kringellockigkeit der Kleinen noch die knochige Arroganz der Großen hatten Vera auf dieses mittlere Mädchen vorbereitet. Dessen ganze Erscheinung strahlte eine erschütternde Zerbrechlichkeit aus. Wie der Flügel einer Motte, ein Scherenschnitt, ein hauchdünnes Bitterschokoladentäfelchen. Es huschte vorsichtig zum Waschbecken, wo es mit feingliedrigen Händen den Hahn öffnete, sich mit seinen fahlen Lippen an den Wasserhahn hängte und trank. Hastig, in vielen kleinen Schlucken. Dann erst stellte es sich vor, und sie hauchte mehr, als dass sie sprach.

»Ruby …« Sie stockte, schnappte in kleinen Rationen nach Luft und musterte ausdruckslos den gedeckten Tisch. »Ich bin soooo müde, *sorry*, ich gehe zu Bett …«

Vera ließ sich nicht erweichen. Sie wusste, dass der erste Abend wichtig war, und Nahrung konnte dieses zarte Wesen ganz sicher gebrauchen. Vera, die gerade Omelett auf einen Teller gab, zeigte mit dem Kochlöffel auf einen Stuhl.

»Warum setzt du dich nicht?« Vera wartete mit beharrlicher Freundlichkeit so lange, bis Ruby nachgab und sich auf die Stuhlkante kauerte. Sie war womöglich noch bleicher geworden, und ihr Kinn zitterte leicht. Als etwas von der grauen Masse auf dem Teller vor ihr landete, presste Ruby die Lippen aufeinander und schwieg. Starrköpfig und aufrecht versteinerte sie förmlich. Vera erschrak. Dieses Kind fürchtete doch nicht etwa, von ihr zum Essen gezwungen zu werden? Sah sie etwa so angsteinflößend aus? Behutsam goss sie Milch und Tee in die Tasse, die vor dem Mädchen stand, und lächelte. Hoffentlich mütterlich, oder etwas in der Art. Das gehörte zum *High Tea*, das hatte sie eben von Zoë gelernt. Ruby sah sie unergründlich mit ihren stillen Augen an. Sie hatte keinerlei Ausdruck im Gesicht. Wie ein Mensch, der sich bemühte, in der Umgebung zu verschwinden, eins zu werden mit der Tapete, die Farbe der Welt anzunehmen, die ihn umgab.

»Ohne Pastete in England ist keine Mahlzeit perfekt!« Amanda sprang auf und lief in eine an die Küche angrenzende Kammer. Bald darauf kam sie mit einem gepressten Fleischquader auf einer Untertasse zurück, zupfte im Vorbeigehen einen Zweig Petersilie vom Topf auf dem Fensterbrett, warf sie auf die gallertartige Oberfläche des Würfels und platzierte ihn direkt vor Vera auf dem Tisch. Vera suchte fieberhaft nach Ausflüchten, gab es eigentlich so etwas wie Fleischallergie? Doch Amanda hatte bereits ein gutes Drittel der Pastete auf Veras Teller bugsiert. Sie blickte ermutigend zu ihr hin.

»Ich bin sicher, du wirst lieben das. Es ist für die besondere Gelegenheiten. Ein Tradition.«

Amanda stellte den Teller noch näher und nickte bestimmt. Vera hielt an ihrem Vorsatz, gute Miene zu machen, fest, beschloss zu kosten und schob ein Stück auf einen der Cracker, den Amanda ihr reichte. Sie zögerte, doch es gab vermutlich keinen Ausweg aus dieser Situation. Vera hielt den Cracker mit spitzen Fingern und biss hinein. Sie kaute konzentriert. Das Fleisch schmeckte überraschend delikat, ja frisch. Sie mochte auch die mürbe Konsistenz. Sechs unbewegliche Mädchenaugen beobachteten aufmerksam, gleich kaltblütigen Krokodilen in ihrem brackigen Habitat, wie Vera ihre ganze Portion verspeiste. Sie kam sich vor wie auf dem Präsentiertablett. Vera fühlte sich gezwungen, genießerisch zu seufzen, und guckte dankbar, so hoffte sie jedenfalls. Es hätte nicht viel gefehlt, und sie hätte sich mit einer blöden Geste den Magen gerieben. Dieser Abend, dessen war sie sich bewusst, setzte den Ton für die kommenden Tage und Wochen, und bisher war es doch ganz gut gelaufen. Entschlossen, sich keine Blöße zu geben, spülte sie den letzten Bissen sorgfältig mit einem Schluck ölig braunen Tees hinunter. Insgeheim plante sie, diesen offensichtlich vernachlässigten Mädchen eine treue Freundin zu sein, eine prägende Figur für ihre unbeschriebenen, leicht formbaren Charaktere, vielleicht gar ein leuchtender Wegweiser durch die schwierige Zeit, die man Kindheit nannte.

Zufrieden tupfte Vera sich den Mund mit der Serviette ab. Ein aufgesetzter Ton riss sie aus ihren Träumereien.

Amanda gab sich nicht einmal die Mühe, ihre Lüge zu verschleiern, sie spielte die Überraschung unverkennbar absichtlich so schlecht es ging.

»*Oh my goodness!* Mir scheint, ich habe den Dosen durcheinandergebracht! Das war die Katzenfutter. Wie leid mir das tut. Sooo leid …!«

Doch Vera ließ sich nicht täuschen. Amandas Augen funkelten boshaft, wie schon vorhin. Das war es auch, was sie eben gestört hatte, schoss es Vera durch den Kopf. Amanda machte sich nicht einmal wirklich die Mühe, falsches Bedauern zu heucheln. Vera zwang sich, ruhig und aufrecht sitzen zu bleiben. Vollauf damit beschäftigt, das Würgen, das ihren Körper durchfuhr, zu unterdrücken, brauchte sie einen Augenblick, bis sie ihre Sprache wiedergefunden hatte.

»Nun ja, die Zutaten dürften sich nur unwesentlich unterscheiden.«

Stolz auf den trockenen Ton, der ihr gelungen war, griff Vera nach einem der Radieschen auf dem Tisch. Vielleicht konnte das im Notfall als eine Art Korken fungieren? »Und in der Tat, der Geschmack ist nicht schlecht. Für englisches Essen.«

Einen Moment genoss Vera ihren Triumph. Sie sah direkt in Amandas Gesicht, das immer noch ein blasierter Ausdruck zierte, um nachzusehen, ob sie auch verstanden hatte, wer von ihnen beiden hier den Sieg davongetragen hatte. Dieser kleine Satansbraten würde sich noch wundern, das versprach sie sich. Dann wurde ihr schlecht.

»*Welcome to England!*«

Amanda lehnte sich leise feixend zurück und sah Vera seelenruhig dabei zu, wie sie die richtige Tür zur Toilette suchte und endlich fand. Womit Vera spätestens klar wurde, was ihre Vorgängerin in die Flucht geschlagen hatte. Und warum ihr Dosenfleisch schon immer suspekt gewesen war.

Das alles war sicher der Erschöpfung zuzuschreiben, der psychischen Anspannung, dem Klimawechsel. Aber es half nichts, als Vera sich kurz darauf in der engen Gästetoilette Wasser übers Gesicht laufen ließ, musste sie sich eingestehen, der Ekel hatte sie schlicht übermannt. Da gab es nichts zu beschönigen. Und noch etwas wurde ihr klar, sie hatte einen Feind in diesem Haus, der anscheinend vor keinem Mittel zurückschreckte, wenn es darum ging, sein Territorium vor ihr, dem Eindringling, zu verteidigen. Sie hatte bei ihrer Feuertaufe kläglich versagt. Vera spülte sich den Mund aus, richtete sich die Haare und atmete tief ein, sie würde jetzt noch nicht aufgeben, auf keinen Fall.

Vor der Tür wartete schon Zoë. Sie kaute geknickt auf ihrer Unterlippe und sah Vera fragend an.

»Das war kein Spaß, den du verstehst?«

Was meinte sie mit Spaß? Das war ein Anschlag gewesen, auf Leib und Leben, nicht weniger. Dann erkannte Vera die leere Dose in ihrer Hand. Zoë schwenkte sie aufgeregt herum, sodass ihr der Geruch des Inhalts in die Nase stieg und die Übelkeit augenblicklich wiederaufleben ließ.

»Ich bin zu klein zum Lesen, aber das ist Corned Beef, ich das weiß!«

Das war also der berüchtigte britische Sinn für schräge Späße. Vera lachte vor Erleichterung laut auf, was Zoë zum Anlass nahm, ihr entgegenzuhüpfen. Wie ein kleiner Flummi sprang sie auf und ab bei dem ungestümen Versuch, ihre Wange zu erreichen, um dieser einen Kuss aufzudrücken.

»Sie ist wieder gesund! Sie ist gesund!«

Vera beugte sich schicksalsergeben zu ihr hinunter und ließ es geschehen.

Den Rest des ersten Abends brachte Vera einigermaßen würdevoll hinter sich, aber dieser Eindruck konnte auch getäuscht haben, einfach aufgrund des Kontrasts. Sie ließ sich von Amanda noch ein paar Eigenheiten des Hauses zeigen, räumte die Küche auf und telefonierte mit Mr. Hastings, oder versuchte es zumindest. Wegen der ständigen Durchsagen im Hintergrund war er nicht allzu gut zu verstehen. Aber er entschuldigte sich formvollendet für sein unhöfliches Verhalten, erklärte ihr ihre wichtigsten Aufgaben und wünschte ihr eine gute erste Nacht, oder jedenfalls etwas in der Art. Dann legte er auch schon auf, er musste seinen Anschlussflug erwischen.

Jetzt saß Vera aufrecht im Dunkeln auf der schmalen Liege, die es zustande brachte, knochenhart und zugleich durchgelegen zu sein, und fühlte sich wie damals auf Klassenreise. Als alle anderen sich zur Pyjamaparty verabredet hatten, draußen am See. Nur hatte niemand es für nötig gehalten, Vera Bescheid zu sagen. Alles, was in den Tagen nach der legendären Nacht geschehen war, alles, was besprochen wurde, jeder Scherz und jede Bemerkung hatten sich auf diese eine sagenumwobene Nacht bezogen, an der Vera als Einzige nicht teilgehabt hatte. Sie hatte etwas verpasst, das unwiederbringlich war. Nie wieder hatte sie sich seither auf eine derart tief greifende Weise verlassen gefühlt. Außer vielleicht jetzt.

Vera warf sich auf die Matratze und starrte an die senfgelb gestrichene Wand. Angst vor Farbe konnte man den Leuten hier sicher nicht vorwerfen. Sie wünschte, sie könnte die Uhr zurückdrehen und wäre zu Hause. In ihrem eigenen, bequemen Bett. In ihrem beigefarbenen Schlafzimmer. Stattdessen sollte sie die Nacht in dieser, mit zusammengewürfelten Fundstücken möblierten, größeren Abstellkammer verbringen. Andererseits fand sie den Gedanken an ihren Mann nicht gerade verlockend. Schon gar nicht an diese neue, fremde Gernotversion. Wo er wohl war? Was tat, woran dachte er wohl? Halt, stopp, riet nicht alle Welt immer dazu, alte Wunden zu vergessen, möglichst bald loszulassen und vor allem sich weiterzubewegen? Vielleicht war das ja tatsächlich heilsam? Vera jedenfalls würde genau das versuchen, neu anzufangen wie ein unbenutztes Blatt, wie eines dieser jungen Au-pairs mit offenen Augen und ohne vorgefertigte Meinungen oder Urteile die Tage beginnen, das versprach sie sich, jetzt und hier. Es blubberte zustimmend aus der Dunkelheit. Die Hinterlassenschaft einer Vorgängerin, ein vermoostes Aquarium, das unheimlich grün in der Ecke leuchtete und leer bis auf drei traurige Algen war. Irgendetwas irritierte Vera daran, aber sie war zu müde, um klar zu denken. Etwas fehlte in diesem Haus, sie zog sich fröstelnd die kratzige Plastikdecke bis zum Kinn. Aus Rubys Zimmer tönte tiefschwarze Musik. Vera nahm sich vor, sie auf ihren Geschmack anzusprechen. Dachte sie an die mittlere Tochter, fühlte Vera sich augenblicklich verantwortlich. Ruby wirkte wie eine Motte, die den Staub ihrer Flügel hinter sich verlor, während sie ziellos durch ihr Dasein flatterte. Stimmte es eigentlich, dass Motten ohne diesen wundersamen Staubbelag nicht mehr in der Lage waren zu fliegen? Sie musste das morgen gleich nachschlagen. Vielleicht würde ihr das helfen, herauszufinden, warum sie das Gefühl hatte, das Mädchen schwebe unmittelbar in Gefahr. Sie nahm sich auch vor, Zoë zu fragen, was ihre große Schwester gerne aß.

Da es jetzt bereits eine ganze Reihe von Dingen gab, die sie sich merken musste, wäre ein Stück Papier zweckmäßig, und da an Schlaf scheinbar sowieso nicht zu denken war, sah Vera sich um. Sie würde jetzt gleich notieren, was sie entschieden hatte. Am Fenster gab es einen Tisch, doch dieser war vollkommen leer. Vera stand auf und ging zum Regal, auf dem nichts als ein paar ausgemusterte Bücher standen, eine kleine Skulptur und eine staubige Schachtel. Sie öffnete den windschiefen Kleiderschrank und fand ein paar Handtücher und ein Kissen ohne Bezug. Vera überlegte kurz, ob sie das Zimmer verlassen sollte, aber sie entschied sich dagegen. Schon der Gedanke daran, noch einmal einem der drei Mädchen begegnen zu müssen, mit denen sie in einem Anfall von Irrsinn eingewilligt hatte, Monate zu verbringen, noch dazu in einem ihr völlig fremden Land, überstieg ihre Nervenkraft. Und zwar weit. Lieber blieb sie ganz allein und wach und ohne Zettel.

Vera lehnte sich gegen den Schrank und sah auf das Poster, das die Wand gegenüber, nun ja, schmückte. Es stellte irgendeine übertrieben kolorierte asiatische Landschaft dar. Seine Aufhängung ließ sich nur mit heftigem Heimweh erklären. Vera hatte eine Idee, sie holte ihre Nagelschere aus dem Etui im Kulturbeutel und löste vorsichtig die Reißzwecken des Posters. Sie sah sich nach einem passenden Ort um und entschied sich für die innere Schranktür. Sie pinnte das Papier fest, nahm mangels einer Alternative ihren Augenbrauenstift aus dem Schminktäschchen und begann zu schreiben.

Mottenflügelstaub nachschlagen
Zoë nach Rubys Lieblingsspeisen fragen
Hygiene im Haus herstellen
Jeden Tag ganz von Neuem beginnen!

Für den Anfang nicht schlecht. Vera besah sich ihr Werk, dann seufzte sie tief. Sie schloss die Tür des Schrankes. Wenn sie versuchte, ehrlich zu sich selbst zu sein, musste sie zugeben, dass sie erschöpft war und etwas niedergeschmettert. Und enttäuscht darüber, dass die Familie, in die sie hier geraten war, von ihrer Vorstellung einer intakten Lebensgemeinschaft so weit entfernt war wie London von Papua-Neuguinea. Frierend kroch sie zurück ins Bett und rieb sich die eiskalten Füße. Sie fühlte sich immer noch wie damals auf Klassenreise, aufgeregt, weit weg von zu Hause, verlassen von der Welt. Und umzingelt von Mädchen, die ihr an Gemeinheit eindeutig überlegen waren. Sie schloss die Augen und spürte erleichtert, wie Wärme sie langsam umfing.

Da schrie in der Ferne ein Kind. Vielleicht war es Teil ihres sich eben formierenden Traumes? Vera spielte kurz mit dem Gedanken, es einfach zu ignorieren. Doch der Schrei riss nicht ab und ließ sich unmöglich weiter ausblenden.

Barfuß tappte Vera durch den dunklen Flur in die Richtung, aus der Lärm drang. Der Kontrast von Zoës Zimmer zu ihrer kargen Bleibe hätte nicht größer sein können. Es roch süß, nach Zucker und Seife. In der Mitte des Raumes stand ein erstaunlich umfangreiches Himmelbett. Darin, umgeben von einer Armada aus Kissen und kleinen Fabelwesen, bunten Ketten und Nachtlichtern, saß die tränenüberströmte Zoë und streckte Vera stumm die Arme entgegen. Sie hatte wahrscheinlich einen Albtraum gehabt. Vera setzte sich zu ihr auf die Bettkante, und der stockende Atem des Kindes verwandelte sich in einen Schluckauf. Die Bettdecke hüpfte über seinem Bauch auf und ab. Vera legte ihr Mitbringsel darauf.

»Was ist … *hicks* … das?«

Vera schaltete die Nachttischlampe ein.

»Das ist mein Lieblingsbuch. Ich dachte, ich lese dir daraus vor. Was meinst du?« Vera hielt den Buchumschlag ins Licht.

»*Hicks!*« Zoë hörte auf zu schluchzen. Erstaunt besah sie sich den Umschlag. Er zeigte zwei Gestalten, die durch dunkelblaues Wasser zu fliegen schienen.

»Wie heißt der Buch?« Zoë flüsterte aufgeregt.

»Es heißt *Die kleine Meerjungfrau*, ein Däne hat es geschrieben, sein Name war Andersen.«

Zoë betrachtete das Buch.

»Was ist das, eine Märjungfrau?«

»Ein Mädchen, das einen Fischschwanz hat und tief unter der Oberfläche des Meeres lebt, wie heißt das noch?«

»Ein *mermaid?*«

Mit einer so unverhohlenen Gier, wie sie nur kleine Kinder zustande bringen, riss Zoë das Buch an sich und schlug es auf.

»O ja, sie hat den Beine von eine *fish. Hicks.* Und guck, ihr Haar ist sehr gold!« Sie blätterte aufgeregt weiter. »Hier auch …!«

Vera lehnte sich neben Zoë in die Kissen, ein reiner Duft stieg vom Kopf des Kindes auf. Sie strich Zoë über den leuchtenden Schopf. Sie tat es einfach, ohne vorher darüber nachzudenken. Er war sehr, sehr weich.

Zoë umklammerte ihren Arm und blickte sie flehentlich an.

»Liest du mich bittebittebitte vor daraus? Jetzt?«

»Wenn du mir versprichst, dass du nach einem Kapitel schläfst?«

Zoë nickte und kuschelte sich gespannt in ihre Decke. Und Vera las zum ersten Mal in ihrem Leben einem Kind ein Märchen vor.

Als Zoë eingeschlafen war, schlich Vera sich zurück in ihr Bett. Doch obwohl ihr endlich wirklich warm wurde, konnte sie noch lange nicht schlafen. Zu viel war an diesem Tag passiert. Und voll von Rätseln war er gewesen. Sie musste an Gernot denken, wie ging es ihm wohl? Ob er zu Hause war und ihren Zettel gelesen hatte? Oder war er womöglich verhaftet worden? Geflohen? Vera schloss die Augen. Was war es bloß, das sie beim Anblick des leeren Aquariums so irritiert hatte? Ein letzter Gedanke schwebte vorbei, bevor sie endlich in traumlosen Schlaf fiel, es gab gar keine Katze in diesem Haus …

9

An ihrem ersten Morgen in England wurde Vera von einer Art Erdbeben geweckt. Es dauerte einen ziemlich langen Moment, bis sie begriff, dass dies kein für diesen Breitengrad unpassendes Naturphänomen war, sondern von einem kleinen, aber dafür umso energischeren Menschen herrührte. Zoë rüttelte derart ausgelassen an ihrem Bett, dass Vera fast in die Lücke zwischen Matratze und Wand gerutscht wäre. Doch der Gedanke an mausgroße Staubflocken, die sie dort unten sicher schon erwarteten, machte sie mit einem Schlag hellwach. Sie richtete sich auf und funkelte das Kind an.

»Was fällt dir denn ein?«

Vera war nicht in bester Stimmung, sie war nun mal kein Morgenmensch, war es nie gewesen und würde es auch nicht mehr werden. Das Kind jedenfalls ließ sich von Vera weder von seiner guten Laune abbringen, noch ließ es sich so leicht Angst einjagen. Es sah sie bedeutsam an. »Nichts, aber es ist schon halb vor acht. Wir müssen in elf Minuten loslaufen. Du willst dich vielleicht die Zähne …?«

Vera schoss in die Höhe, das fehlte natürlich noch. Konnte etwas unerfreulicher sein, als am allerersten Morgen als Au-pair in einer neuen Familie zu verschlafen? Ihr fiel gerade partout nichts ein. Vera sprang aus dem Bett und stolperte ins angrenzende Bad, während Zoë auch schon losplapperte.

»Amanda hat *breakfast* gemacht, und Wäsche auch, und sie ist, ich glaube, ein bisschen böse auf dir …«

»Vielen Dank für die Information. Entschuldigst du mich bitte einen Augenblick?«

Vera schloss die Tür, bei bestimmten Verrichtungen war sie wirklich lieber allein. Draußen quasselte es stetig. Vera machte sich im Geist eine Notiz, sie musste unbedingt daran denken, dem Kind den Begriff der Privatsphäre nahezubringen. Zoë aber ließ sich von solch einer Kleinigkeit wie einer geschlossenen Badezimmertür überhaupt nicht irritieren, sie plauderte einfach ungebremst weiter. Nur etwas lauter als vorher.

»… mein Sandwich auch, aber sie sagt, das war einzigartig. Und heute natürlich ist ganz besonderes Tag, wie wenn du nicht junge Hasen jagen darfst …«

Gab es eigentlich so etwas wie unsichtbare Ohrstöpsel? Falls ja, sollten sie zur Grundausstattung eines jeden Erwachsenen gehören, der Gefahr lief, auch nur in die Nähe dieser das Gehör strapazierenden Plagegeister zu geraten.

»Meinst du, ich habe Schonzeit?«

Vera schlüpfte in die Kleider von gestern, zumindest waren sie inzwischen trocken, kämmte sich und putzte sich etwa zehn Sekunden lang die Zähne. Zoë plapperte unterdessen weiter durch den Spalt in der Tür.

»Du bist ganz anders als die Vorgeherige, das sehe ich. Du bist wie ein, ein … *dinosaur* …«

Vera räusperte sich entgeistert.

»Was genau willst du denn damit sagen? Dass ich schon ausgestorben bin?« Sie eilte durch den Flur, Zoë trippelte neben ihr her.

»Ich weiß das Wort nicht … stark?«

»Oh, vielen Dank, ich glaube doch, das ist als Kompliment gemeint?«

Zoë nickte, während sie das Treppengeländer erklomm, und lange bevor Veras Verstand, der ohne Koffein zu einer geleehaften Trägheit neigte, in der Lage war, die Situation zu überblicken, sauste sie schon los in Richtung Erdgeschoss, wo sie mit einem vernehmlichen Plumpsen landete und in Richtung Küche verschwand. In der Hoffnung, es würde ihr gelingen, den verrutschten Beginn von gestern mit einem irgendwie doch noch geglückten Neuanfang zu überschreiben, lief Vera ihr todesmutig hinterher.

»Guten Morgen allerseits!«

Vera hatte sich besonders aufrecht in den Türrahmen gestellt, auf lässige Weise freundlich, so hoffte sie jedenfalls. Amanda tat, als sei sie überhaupt nicht vorhanden. Ein Zustand, nach dem sie sich irgendwann zurücksehnen würde, entschied Vera insgeheim. Wenn dieses Kind ihr das Leben schwer zu machen plante, war sie eben gezwungen sich zu verteidigen. Amanda schien allerdings ein würdiger Gegner, immerhin gelang es ihr scheinbar spielend, sich zugleich in ihr Mathebuch zu vertiefen, das sie sich mit der linken Hand vor die Nase hielt, mit der rechten ein Sandwich zu schneiden und es in einer Dose zu verstauen, die sie in Richtung einer Schultasche warf. Sie traf, ohne hinzusehen, stand auf, griff nach ihren Sachen und schob sich an Vera vorbei in den Flur. Ruby sah von ihrer Tasse auf, in der ein einsamer Teebeutel seine blassgelbe Farbe ins Wasser abgab. Der fehlende Wechsel in ihrem Gesichtsausdruck brachte Vera auf den Gedanken, dass sie eventuell sehr schlechte Augen hatte und einfach nicht erkannte, was um sie herum vorging. Doch dann bewegte Ruby die aufgesprungenen Lippen und formte stumm einen Gruß. Was sie offenbar an den Rand ihrer Kräfte brachte, sie ließ langsam den Kopf fallen, wie eine Puppe, die man achtlos im Regal abgestellt hatte, und rührte sich nicht mehr. Bis Amanda wenig später erneut im Türrahmen auftauchte. Vera hatte sich auf die Suche nach Kaffeepulver begeben und kniete vor einem Schrank, aus dessen hinterster Ecke ein köstlicher Duft strömte, der ihr kurzzeitig Hoffnung machte, sich aber gleich darauf als schnöde, und leere, Instantkaffeeschachtel erwies. Amanda bedachte Vera von oben mit einem schadenfrohen Blick und hielt Ruby ihre Jacke hin.

»*We have to leave, and don't forget your satchel.*«

Worauf Ruby sich wie von Zauberhand geführt erhob, ihre Schultasche griff und der Küchentür entgegenschwebte. Als sie an Vera vorbeikam, flüsterte sie schnell: »Das Pulver ist in dem Dose in das kleiner Raum, sie hat es versteckt!«

Vera nickte unmerklich und berührte ganz leicht Rubys Hand. Sie würde sich Verbündete gegen Amandas Feindseligkeit suchen müssen, und sie hatte schon zwei der Familienmitglieder im Blick. Wenn die auch gerade auf dem Weg zur Schule waren. So eine Vorschule aber hatte doch bestimmt gleitende Anfangszeiten.

»Zoë, wie viel Zeit haben wir noch genau?«

»Ich weiß nicht, ich bin der Kind ...«

»Das ist wahr, aber ich dachte, du hättest vielleicht Lust, ins Café zu gehen?«

Vera machte ein verführerisches Gesicht. Zoë blickte sie an, als habe sie eine Erscheinung gesehen.

»Du machst kein Witze mit mir?«

»Sehe ich so aus?«

»Du siehst aus, als du gar nicht weißt, was das ist!«

Vera fiel wieder ein, wieso sie Melli den Flyer damals hatte zurückgeben wollen. Damals? Das war nur ein paar Stunden her. Sie hatte keine Ahnung von solchen unübersichtlichen Dingen wie Kindern oder anständigen Mahlzeiten oder dem ganzen Furcht einflößenden Leben im Ausland. Vera trank ihre Tasse Tee in einem einzigen Zug leer und spürte, wie ihre Stimmung sich trotz allem langsam immer weiter aufhellte. Sie lächelte. Sie war in England, und sie würde außer Haus frühstücken gehen, nicht das Schlechteste, wenn man genau hinsah.

»Gib mir zehn Minuten.«

Vera lief die Treppe hoch. Zoë folgte ihr auf den Fersen.

»Denkst du, ich habe Minuten in meine Tasche zum Verschenken? Nein, aber ich habe Hunger wie ein Vulkan. Bei Herr Schultz ist es noch schlimmer, hat er gerade gesagt zu mir. Ich glaube, er kann vertragen *cupcakes*, in Rosa, mit Silberperlen! Wie alt bist du eigentlich, älter als Papa, aber nicht doppelt, oder vielleicht doch ....?«

Vera öffnete die Kleiderschranktür und zückte ihren Augenbrauenstift.

Ohrstöpsel
Federdecke

Vera überlegte und fügte hinzu:

Privatsphäre klarmachen!

Dann griff sie nach ihrem Mantel und lief zur Zimmertür.

»Wer zuerst unten ist!«

Was Zoë sich nicht zweimal sagen ließ.

Als Vera anderthalb Stunden später in das Haus zurückkam, hätte sie sich am liebsten wieder im Bett verkrochen. Gernots Gesicht sah sie vom Nachttisch an. Sie fand, er hatte einen ermahnenden Blick, der war gestern noch nicht da gewesen, als sie es aufgestellt hatte. Als ob Fotos den Gesichtsausdruck ändern konnten, sie verbannte den Bilderrahmen in den Schrank. Vera verbot sich selbst jede Form von Selbstmitleid, Schwäche oder ähnlichen Kokolores, dafür brauchte sie ihn sicher nicht. Es ging ihr ja gut. In diesem einen Moment, während dieses Atemzugs war alles in Ordnung, jetzt war alles perfekt, wie es war. Das würde ihr Mantra sein. Ein Lieblingsausdruck von Evelyn, die immer darauf bestanden hatte, alles, was heilte, hätte auch recht. Und wirklich, wenn Vera sie bei ihren Ritualen beobachtet hatte, war etwas von ihr ausgegangen, eine Art von Aufgehobensein vielleicht, oder eine Verankerung.

Vera hatte immer gewünscht, sie könnte sein wie sie. Jetzt war sie nicht mehr da. Und Vera glaubte nicht mehr an Magie.

Vera ging ins Erdgeschoss und sah sich um. Heilloses Chaos empfing sie überall. Es hatte offensichtlich schon eine ganze Weile Zeit gehabt, sich ungestört einzunisten, und wucherte seither ungestört vor sich hin. Selbst bei oberflächlicher Prüfung konnte Vera allein im Wohnzimmer unzählige Spinnweben, Spuren von Füßen und verschiedensten Getränken, ganze Bataillone von Staubtieren und jede Menge Gegenstände ausmachen, die sicher nicht in diesen Raum gehörten, wie rätselhafte Sportgeräte, eine Wollstrumpfhose oder einen Erste-Hilfe-Kasten. Vera glaubte sich zu erinnern, irgendwo in Zoës Erzählstrom war das Wort *Reinemachefrau* aufgetaucht. Sie würde Mr. Hastings dringend raten, den Rhythmus ihrer Einsätze zu erhöhen. Falls sie wahrhaftig existieren sollte. Vera machte sich an die Arbeit und hatte nach gut zwei Stunden das Schlimmste beseitigt. Sie hatte gesaugt und aufgeräumt, und im Badezimmer lief die Waschmaschine. Jetzt, fand Vera, hatte sie sich eine kleine Pause verdient und machte sich auf die Suche nach dem versteckten Kaffeepulver. Wann der Vater der Kinder wohl wiederkommen würde? Sie musste ihn unbedingt danach fragen. Zoë hatte erzählt, dass er sehr häufig unterwegs war. Überall auf dem Globus, hatte sie gesagt. Doch versäumte Mr. Hastings es angeblich nie, seine Töchter am Abend anzurufen.

Vera durchforstete die Regale und stieß auf jede Menge Toilettenpapier, Mehlvorräte für Jahrhunderte und zahlreiche Dosen mit Corned Beef, nur leider weit und breit keine Spur von Kaffee. Sie kapitulierte und setzte Teewasser auf. Mr. Hastings hatte offenbar einen überaus wichtigen Beruf. Laut Zoë machte er *irgendetwas mit Reichtum und Gold*, wahrscheinlich war er Banker, hatte Vera sich übersetzt. Bei dem Gedanken an Geld durchfuhr sie die peinliche Erinnerung an den weiteren Verlauf des Vormittags.

Sie war mit Zoë aufgebrochen, die noch auf der Treppe ihre Hand gegriffen hatte, und so waren sie zusammen den Gehweg entlang durch den Sprühregen gelaufen. Sie hatten die idyllischen Straßen mit den pittoresken Häusern und dem alten Baumbestand hinter sich gelassen, einen Wochenmarkt passiert und hatten eine belebtere Gegend von Camden erreicht. Zoë musste Vera mehr als einmal vor dem Verkehr bewahren. Vera war etwas überfordert, nicht nur vom Linksverkehr, auch von all dem Ungewohnten und Neuen, den Verschiedenheiten und Kontrasten, die überall, wo sie auch hinsah, aufeinanderprallten. Es schien Vera, als prasselten sämtliche Eindrücke wie Funken in kleinen, leuchtenden Splittern auf sie nieder. Und dagegen gab es keinen Schirm. Vera sah hinunter auf Zoës kleine Hand, die filigranen Finger, die sich um ihren Zeigefinger legten, das zarte Wesen, das sich ihr blindlings anvertraute. Ihr durfte nichts passieren. Vera würde sie beschützen, wenn nötig vor der ganzen Welt. Nur vor den Bussen, das würde auch hier ziemlich schwierig werden, denn gerade als Vera sich wunderte, wie süß ihr die ungewohnte Verantwortung schien, wie beglückend leicht, machte ihr der Londoner Verkehr umgehend die eigene Machtlosigkeit klar. Mithilfe einer enormen Dreckwasserwelle, die sich über beide ergoss.

Interessanterweise hatte das Kind absolut gar nicht auf die Schmutzfontaine reagiert. Es war einfach weitergelaufen und hatte ihr ungeniert ins Gesicht geflunkert, sie seien eigentlich schon da, *nur um noch eine Ecke rum* …. Zoë zog an Veras Arm wie ein Hündchen an der Leine. Nach sieben weiteren Abzweigen, Vera begann gerade an der tatsächlichen Existenz des Cafés zu zweifeln, konnte es nicht sein, dass dem kleinen Kopf auf Höhe ihrer Hüften hin und wieder ein Hirngespinst entsprang, tauchte es plötzlich doch noch auf. Gleich einer Oase der Trockenheit schienen die erleuchteten Fenster des Cafés ihnen durch das nieselige Schmuddelwetter unerwartet hell und warm entgegen.

Vera öffnete die Tür, und Zoë quetschte sich auf der Stelle hindurch. Vera schüttelte ihre Kleider aus und trat in einen wahr gewordenen Kleinmädchentraum. Die Einrichtung strahlte in Pastelltönen, in Salbeigrün und Quittengelb, Babyblau und Flamingofarben. Es roch nach Rosen und Keksteig, nach Thymian und nach Bienenwachs. Nur nicht nach Kaffee, was daran lag, dass die Maschine offenbar vor zwei Minuten den Geist aufgegeben hatte. Angesichts der reizenden Kellnerin, die ursprünglich aus der Mongolei stammte und daher für Veras Ohren so gut wie überhaupt nicht zu verstehen war und die sich vor detailreichen Erklärungen und überschwänglichen Entschuldigungen zu überschlagen drohte, schluckte Vera ihre Enttäuschung hinunter und die Bestellung lief einigermaßen glimpflich ab. Zum Glück gab es Zeichnungen auf den Tafeln an der Wand, jede Menge Pantomime und aufmunternde *Yes, loves.* Ein wenig befremdlich, von einer wildfremden Frau als *geliebt* bezeichnet zu werden, aber irgendwie auch nett. Stolz balancierte Vera das Tablett mit der Beute, Tee und Saft, drei Sandwiches, Zoë bestand darauf, dass Herr Schultz sein eigenes bekam, dazu diese süßen Dinger namens Cupcake, zu einer Polsterbank, und sie kauerten sich zu dritt um den wackeligen Tisch. Draußen schlug der Regen gegen die Fenster, und am Nebentisch teilte ein Mann sich mit seinem Bonsaischwein ein Croissant. Zoë streckte sich lispelnd in Richtung von Veras Ohr.

»Er ist immer hier. Das Tier, das heißt Frodo!«

Vera zuckte nonchalant die Achseln. »So etwas ist auch da, wo ich herkomme, total normal.«

Zoë hob ihren Orangensaft, und sie stießen miteinander an. Zufrieden trank Vera ihren Saft. Wenigstens an dieser Stelle hatte sie sich keine Blöße gegeben.

Sie verspeisten ihr Frühstück, und Vera begann sich endlich ein wenig zu entspannen. Bis es ans Bezahlen ging. Am Tresen durchfuhr es sie plötzlich siedend heiß. Wie hatte sie das nur vergessen können? Als Zoë verstand, warum ihr neues Au-pair zu stottern begann, zauberte sie einen Umschlag aus dem kleinen pinkfarbenen Täschchen, das um ihren Hals baumelte. Darin lagen zwischen Haarspangen, Brausebonbons und einem kleinen Schlüssel, in einem Umschlag fein säuberlich aufgereiht, sieben brandneue Fünfpfundscheine.

»Für ein Ausflug. Daddy hat mir das gegeben. Für die *teacher* weiterzugeben.«

Sie streckte es Vera großzügig hin. Die nahm das Angebot erleichtert an und bezahlte damit. Von einer Fünfjährigen gerettet zu werden, wie absurd das war.

»Was hätte ich nur ohne dich gemacht?«

Vera hob Zoë hoch und bedankte sich mit einem Kuss auf die Stirn. Zoë musterte sie kritisch, griff sich eine Serviette, leckte daran und wischte der sprachlosen Vera mütterlich etwas Zuckerguss aus dem Mundwinkel.

»Ohne mich du hättest singen müssen für Geld.« Sie betrachtete zufrieden das saubere Nannygesicht.

»Danke, aber das möchte ich mir lieber nicht vorstellen.«

Dieses Mädchen war wirklich bemerkenswert.

Doch konnte Zoës Verfassung jederzeit ohne Vorwarnung ins Gegenteil kippen. Am Kindergarten, dank eines Sprints hatten sie es gerade noch geschafft, rechtzeitig anzukommen, schlug ihre Stimmung ganz plötzlich um. Eben noch war scheinbar alles in Ordnung gewesen, im nächsten Augenblick, Vera war im Begriff, sich zu verabschieden, klammerte Zoë sich verzweifelt heulend an ihr Bein und bettelte vollkommen irrational, Vera dürfe sie nicht allein lassen, niemals und auf keinen Fall. Vera blickte irritiert auf das gebeutelte Kind. Sie fragte sich, wie sie mit einem solchen Ausbund an ungezügelten Emotionen umgehen sollte. Sie spürte die Blicke der Vorschullehrerinnen auf sich, der Mütter und Nannys, sogar das eine oder andere Kind beäugte sie neugierig. Jetzt bloß keine Fehler machen. Behutsam beugte Vera sich nach vorn und nahm den Kopf des Mädchens in beide Hände.

»Ich bleibe zweiundneunzig Tage. Und in dieser Zeit werde ich für dich da sein. Danach fahre ich zurück nach Hause. Aber vorher nicht. Das verspreche ich, und ich halte mein Wort. Immer. Verstehst du das?«

Zoë sah Vera mit großen Augen an. Sie verstummte, schluckte und überlegte einen Moment.

»Kannst du das schwören?«

»Aber gewiss kann ich das.«

Vera nickte, und Zoë legte sich die Hand quer über die Brust, wie die Indianer es in den kitschigen Filmen in Veras Kindheit immer getan hatten. Vera verkniff sich ein Lächeln und tat es ihr nach. Zoë nickte würdevoll, machte eine kaum merkliche Verbeugung, wandte sich um und ging. Ein vernunftbegabtes Wesen, Vera sah ihrem Schützling anerkennend nach.

Schützling, ein schönes Wort. Ob es das auch auf Englisch gab? Vera setzte sich mit ihrer Tasse Tee ins Esszimmer, das zugleich als Bibliothek fungierte, und fühlte sich augenblicklich britisch. Fehlte nur noch ein Rock aus Tweed, wie ihn ihre alte Physiklehrerin immer getragen hatte. Die war wahrscheinlich damals in ihrem jetzigen Alter gewesen. Vera schüttelte sich und konzentrierte sich lieber auf ihre Aufgabe. Sie hatte ein großes deutsches Konversationslexikon gefunden und sich erinnert, dass sie etwas nachschlagen wollte. Wenn sie schon mit den Jahren nicht schöner wurde, konnte sie wenigstens an Klugheit gewinnen. Sie schlug das Lexikon auf und las über *Schmetterlingsstaub*. Das, von dem sie immer gedacht hatte, dass es Staub sei, stellte sich als Hohlkörper heraus, als Schuppen, die den Tieren beim Fliegen hilfreich waren. Sie verliehen dem Körper Stabilität, wer hätte das gedacht? Dazu waren sie beweglich angebracht und verhielten sich aerodynamisch beim Aufwärtsfliegen. Sie entwickelten eine bremsende Wirkung beim Abwärtsflug und unterstützten sogar das Landen. Was auch hieß, dass ihr Verlust eine empfindliche Störung des Gleichgewichts bedeutete. Vera nahm einen weiteren Schluck Tee. Die Beschuppung war wichtig für die Flugfähigkeit. Nie wieder würde sie Staub dazu sagen. Sie suchte sich ein Wörterbuch und schlug noch drei englische Wörter nach, *Privatsphäre* hieß *privacy*, das war leicht, und *Schützling*, wozu man offenbar *protegé* sagte, war einfach aus dem Französischen entlehnt. Fiel denen nichts eigenes ein? Eine Sekunde lang überlegte Vera, ob sie das Wort für *Neurologe* nachsehen sollte, doch sie schlug das Buch lieber entschieden zu.

10

Den Rest des Vormittags verbrachte Vera mit praktischen Erledigungen, die sie zum Glück in ihrer Muttersprache durchführen konnte. Sie rief in Deutschland an, ließ ihre Karten sperren und bestellte ein neues Telefon. Sich zur Überbrückung Geld schicken zu lassen erwies sich als nahezu unmöglich, endlich fand sie mithilfe von Herrn Krüger doch noch einen Weg. Sie musste daran denken, ihm ein Geschenk zu besorgen.

Ein Blick auf die Uhr verriet Vera, sie hatte noch ein bisschen Zeit. Sie entschloss sich, ihren Erkundungsgang durch das Haus fortzusetzen. Die Stufen der Treppen waren schief und ausgetreten, der Bodenbelag mit dem verschlungenen Muster in schattigen Grüntönen wurde nur noch notdürftig von den Messingstangen an seinem Platz festgehalten, und sie knarzten mit jedem Schritt in den unterschiedlichsten Tonhöhen. Und genauso war auch das ganze Haus, eine eklektische Mischung der gegensätzlichsten Stile zog sich durch die Räume. Unterschiedlich, wie die Familienmitglieder, schoss es Vera durch den Kopf. Oben befanden sich die Zimmer der Mädchen. Zoës Tür stand sperrangelweit offen, die der beiden größeren waren mit unterschiedlichen Verbotsschildern verziert. Vera beschloss, ihren Wunsch zu respektieren, jedenfalls für jetzt. Sie warf einen kurzen Blick ins Elternschlafzimmer. Auch dieser Raum hatte einen ganz eigenen Charme. Manches atmete deutlich den Geist des alten Empire, anderes wirkte durch und durch modern. Ausgeblichene Teppiche trafen auf nachtblaue Wände, vergilbte Andenken teilten sich einträchtig eine Ecke mit einem Stapel moderner Plexiglastischchen. Abgewetzte Kissen mit Tiermotiven stapelten sich auf einer froschgrünen Ledercouch, davor lag, zugegeben malerisch, ein erbärmlich zerfranstes Tierfell, auf dem eine Lampe mit blassrotem Plastikschirm thronte. Es gab sogar eine Tapetentür, neben der ein Neonschriftzug hing. Doch all das ergänzte sich auf erstaunliche Weise. Das Haus strahlte eine großzügige Toleranz aus, eine Eintracht und Weltläufigkeit, die etwas zutiefst Liberales hatte. So, als sei jeder hier willkommen, als könnten alle Arten von Bewohnern sich hier aufgehoben fühlen. Und doch schien das ganze Gebäude wie unversehens verschmäht. Überall zeugten fallen gelassene Gegenstände von den Bewohnern, vergessene Dinge wie ein Buch, das zwischen die Kissen gerutscht war, ein halb volles Glas auf einem Sims, die rissig gewordene Oberfläche des Esszimmertischs. Vera erinnerte sich an einen flüchtigen Verdacht, der sie schon am Abend zuvor befallen hatte. Irgendetwas stimmte nicht in diesem Haus. Beim Anblick der zahlreichen zerzausten Topfpflanzen, die sich in einer tristen Schicksalsgemeinschaft den Wintergarten teilten, hatte sie für einen kurzen Augenblick das Gefühl, sie könnte den Zipfel einer Erklärung dafür erhaschen, aber bevor sie ihn greifen konnte, verschwand er schon wieder. Doch Vera verbot sich jede weitere melancholische Überlegung und zwang sich, vernünftig zu sein. Sie sollte handeln und den Alltag in Angriff nehmen. Und wenn das bedeutete, sie würde nicht darum herumkommen, Mr. Hastings am Abend ihr Problem zu beichten und um seine Hilfe zu bitten, dann würde sie das eben tun. Besser sie wappnete sich für seine ungehobelte Art und notierte sich, was sie von ihm wollte.

Vera besorgte sich Zettel und Stift und schrieb alles auf. Zehn Minuten später blickte sie hoch und auf die Küchenuhr. Wann hatten die Mädchen gesagt, kämen sie zurück? Irgendetwas hatte sie vergessen. Die Großen würden Zoë ausnahmsweise abholen und mitbringen. Ab morgen hatte die Kleine früher Schluss, und Vera musste sie selbst abholen. Oder war es umgekehrt? Vera spürte Lampenfieber in sich aufsteigen. Was sollte sie tun? Abendessen vorbereiten, aus Vorräten, genau. Dann die Hausaufgaben überwachen, und morgen sollte irgendein Handwerker kommen, sie hatte nur nicht den geringsten Schimmer, weswegen. Vera sprang auf und irrte unmotiviert in der Küche herum. *Bestimmt war ihr ein riesengroßer Fehler … Kochen, das war zu viel verlangt … Warum konnte sie nicht einfach …?* Vera wurde schwindelig. Alles drehte sich, auf eine ungute Weise und so gar nicht wie früher, wenn sie auf dem Rummel Karussell fahren gewesen war und kreischend vor Wonne, über einem Nichts von bunten Würmern aus Licht und tanzenden Gesichtern zirkuliert worden war. Sie hatte das Risiko genossen, eben weil sie sicher gehalten war, in einem Kokon von Zuversicht und Mandelduft. Jetzt war da nichts als ein Abgrund. Und der war nicht nur dunkel und schauderhaft still, er war vollkommen leer. Sie wurde von einer solchen Woge gleißender Furcht überflutet, dass es sie buchstäblich in die Knie zwang. Das hier war wahrscheinlich eine Panikattacke, weiter nichts. Kein Wunder, das alles war etwas zu viel für sie gewesen. Vera hielt sich am Schrank fest. Sie konnte spüren, wie das letzte bisschen Mut aus ihr herausrieselte. Langsam ließ sie sich auf den Küchenboden sinken. Sie fühlte sich nicht gut, ihr Kopf … Vera gestattete sich nicht, weiterzudenken. Sie kauerte zwischen Cornflakeskrümeln und Stuhlbeinen und versuchte, so etwas wie Kraft aus sich heraus zu schöpfen. Hätte sie Geld und Papiere gehabt, sie hätte ihr nicht vorhandenes Telefon gezückt und sich ohne Umschweife ein Taxi bestellt. Sie wäre sogar durch den verflixten Tunnel zurück nach Europa gefahren. Sie gehörte nicht hierher. Und das hier war alles viel zu schwer. Es erdrückte sie.

Vera wachte davon auf, dass ein Fuß an ihr rüttelte.

»Du vielleicht tot?«

Zoës winziger Finger tippte ihr auf die Nase.

»*Unfortunately not, but maybe she's an alcoholic …*«

Das war unverkennbar Amandas Stimme. Und sie klang hoffnungsfroh. Den Gefallen tat sie ihr ganz sicher nicht. Vera schlug mühsam die Augen auf. Sie sah doppelt und unscharf, sodass sechs verschwommene Kindergesichter über ihr schwebten. Ihr Kopf dröhnte, sie richtete sich langsam auf. Wie grässlich, sie musste eingeschlafen sein. Wenn das so weiterging, näherte sich ihr Schlaf-Wach-Rhythmus dem von Dracula an. Dann fiel ihr ein, dass sie auf die Unverschämtheit noch nichts erwidert hatte.

»Selbstverständlich nicht! Ich trinke niemals Alkohol!«

Keine wirklich wahre Aussage, aber das hier waren sicher Umstände, die ungewöhnliche Maßnahmen erlaubten.

»Any other drugs? I mean you certainly look horrible …«

Amandas mit überaus freundlichem Gesicht vorgetragene Bemerkung brachte Vera dazu, sich ruckartig aufzusetzen. Sie strich sich die Kleider glatt und setzte ihr Chefinnengesicht auf.

»Selbst wenn es so wäre, wäre es sicher nicht deine Sache, Fräuleinchen.«

Das hatte sie mal in einem alten Film gehört. Nicht zu fassen, dass sie eine Gelegenheit gefunden hatte, diesen Ausdruck tatsächlich anzuwenden. Ihr fiel noch etwas Besseres ein. Vera zog sich an der Spüle hoch. Direkt vor ihr stand Ruby, die sie mitleidig betrachtete, als müsste sie bereits heute von ihrer neuen Nanny Abschied nehmen, da diese ja sicher sehr bald ihrer fatalen Sucht zum Opfer fallen würde.

»Kennt eine von euch das hübsche deutsche Wort *Küchendienst*?« Vera konnte förmlich sehen, wie den Kindern der Schreck in die Glieder fuhr. Kein schlechter Anblick. Wahllos nahm sie einen Lappen aus dem Becken und schwang ihn drohend im Kreis. Zoë prustete los, als ein Regen von Spülwassertropfen in Richtung Ruby spritzte, die sich hinter der Küchentür in Deckung brachte. Doch die Geste hatte ihre Wirkung nicht verfehlt, und die folgende halbe Stunde verging in friedlicher Eintracht mit Tisch decken und dem Plündern der letzten Vorräte, dem Braten von Spiegeleiern und dem Kochen von Tee. Erst als sie sich gemeinsam an den Tisch setzten, fiel Vera Amandas Gesichtsausdruck auf. Ihn *feindselig* zu nennen wäre eine heillose Untertreibung gewesen. *Kriegerisch* traf es mehr, auch *zu allem entschlossen* passte. Oder einfach *hasserfüllt.*

Nachdem Vera das Abendessen halbwegs gelassen hinter sich gebracht hatte, ließ sie sich erledigt in den Sessel fallen und schloss ihre Augen. Prompt begann das Telefon zu klingeln. Oben im ersten Stock riss Zoë ihre Zimmertür auf, rannte in einem Affenzahn die Treppe runter, stürzte zum Apparat und stieß ein sehnsüchtiges *»Daddy?!«* hervor. Sie erzählte ihm haarklein ihren ganzen Tag im Schnelldurchlauf, bis er siebzehn Minuten später anscheinend mehr als nachdrücklich nach der nächsten Tochter verlangte. Maulend rief Zoë nach Ruby, die, in flauschige Schichten mausgrauer Wolle gehüllt, im Wintergarten lagerte, wo sie reglos die Wand betrachtete. Sie erhob sich in Zeitlupe und schlurfte mühevoll näher, griff mit beiden Händen den Hörer und wisperte hinein. Vera beobachtete unauffällig, wie Ruby sich ans Telefon schmiegte und dem Vater lauschte. Sie flüsterte einsilbige Antworten und hielt sich schwankend an der Sofalehne fest. Als könnte sie ein Spalier gebrauchen, an dem sie emporwachsen würde, in Richtung Sonnenlicht. Mal ganz abgesehen von etwas Lebenslust und Kalorien. Amanda nahm Ruby den Hörer weg und schoss mit ihm ins Treppenhaus. Vera glaubte noch zu hören, wie sie sich bei ihrem Vater über sie beschwerte, vor Gericht beschworen hätte sie es aber lieber nicht. Sie tat, als würde sie in einer Zeitschrift blättern, und wünschte sich, ihre Ohren hätten einen Zoom.

»*The Fisherman?*« Amanda blickte spöttisch auf die Zeitung in Veras Schoß und streckte ihr den Hörer hin. Vera zuckte zusammen. Amanda besaß die Fähigkeit, sich dermaßen lautlos zu nähern, als immaterialisierte sie sich zwischendurch immer wieder.

»*My father would like to talk to you.*«

Vera nahm das Telefon und bedankte sich mit einem zuckersüßen Blick. Sie würde diesem aufbrausenden Mädchen weder Grund zur Klage noch Angriffsflächen bieten.

»Guten Abend, Mr. Hastings.«

»Guten Abend, Frau …«

»Klapproth.«

»Ja, natürlich, entschuldigen Sie, ich bin sehr beschäftigt hier.«

Nicht logisch, aber zumindest ein Versuch. Vera entschied sich, ihm mit einem direkten Geständnis gleich den Wind aus den Segeln zu nehmen.

»Sie wissen sicher schon von meinem kleinen Problem? Wie sieht es aus, retten Sie mich?«

Er lachte nicht ein bisschen. Vielleicht hatte er nicht verstanden? Sie erklärte es ihm.

»Ich fürchte, ich muss noch einige Tage warten, bis ich wieder im Besitz der wichtigsten zivilisatorischen Errungenschaften bin.«

Er schwieg. War die Verbindung abgerissen? Andererseits konnte Vera deutliche Hintergrundgeräusche vernehmen. Sie hob ihre Stimme an.

»Kreditkarte? Telefon?«

Vera fühlte eine unangebrachte Gereiztheit in sich aufsteigen. Sie konnte hören, wie er mit jemandem sprach. Es klang irgendwie gedämpft. Hielt er etwa den Hörer zu? Vera wurde sehr laut. »Bargeld!«

Auf einmal klang er ganz nah, als stünde er direkt neben ihr.

»*Yes*, ich habe gehört davon, morgen früh kommt Mrs. Miller, unsere Haushalterin, ich kummere mich, dass sie hilft.«

Er schien sehr, sehr müde und auch deutlich genervt. Genau genommen klang er ganz wie seine große Tochter, wie Amanda. Vera wusste natürlich, es wäre klüger, mit ihren Wünschen an ihn noch ein wenig zu warten. Aber sie fühlte sich selbst wie erschlagen, auch ihre Geduld war für heute aufgebraucht, und so rutschte es ihr einfach heraus.

»Ich würde es übrigens für richtig halten, wenn sie in Zukunft deutlich öfter kommt. Ich muss Ihnen leider sagen, dass der Zustand dieses Hauses, dieser Schmutz, der hier alles überzieht, ganz und gar nicht hinnehmbar ist. Dazu verlange ich eine Bettdecke, die diesen Namen auch verdient. Und ich wüsste gern, wie ich die Mutter der Kinder erreichen kann.«

Später fiel Vera ein, dass sie mal in einem Reiseführer gelesen hatte, Engländer fänden es ausgesprochen rüde, wie direkt Deutsche sagten, was sie wollten. Nun, sie hatte gesagt, was sie gesagt hatte, und nichts davon war mehr zurückzunehmen. Auch nicht der Tonfall, leider. Er dagegen sagte lange nichts. Als er dann doch etwas sagte, klang Mr. Hastings' Stimme wie ein Reißverschluss, der zugezogen wird.

»Ich werde darüber nachdenken. Gute Nacht.«

Vera beschlich der Verdacht, dass es wohl ein wenig länger dauern würde, bis sie mit Mr. Hastings wirklich warm werden würde.

»Ja, aha … gute Nacht, Ihnen auch.«

Vera ließ den Hörer sinken und schauderte. Das hier war nur der allererste Tag gewesen. In einer sehr, sehr langen Reihe von Tagen dieser Art. Sie standen vor ihr wie ein dichter, unübersehbarer Wald.

11

Vera schnitt einen weiteren Tag ab. Sie hatte im Inneren des Schrankes neben dem Papierposter ein Maßband angebracht. Jeden Morgen war das Erste, was sie tat, einen Zentimeter mit der Nagelschere abzuschneiden. Dies war ihr fünfter Tag. Es kam ihr wie ihr fünfzigster vor. Mindestens.

Heute war der erste Tag ihres Sprachschulkurses. Eine Vorstellung, die so grässlich war, dass Vera nicht länger als fünf Minuten damit zugebracht hatte, sich auszumalen, wie um alles in der Welt sie sich stundenlang mit einer Horde Zwanzigjähriger auf kaugummiverklebten Schulbänken herumdrücken sollte, um unter flackernden Neonröhren einem höchstwahrscheinlich nicht minder jugendlichen Lehrer zu lauschen, während sie Vokabeln in ein Heftchen kritzeln und Hausaufgaben notieren sollte. Noch dazu hieß das, einen ziemlichen Fußmarsch auf sich zu nehmen. Vera graute davor. Es war zu früh, sie hatte sich noch nicht eingelebt und kannte sich gar nicht aus. Ihr Wissen über London erstreckte sich immer noch allein auf die nächste Umgebung, ihr Radius beschränkte sich auf zehn Minuten Fußweg. Darin lagen die nötigsten Lebensmittelgeschäfte, der Kindergarten, der nahe Park. Nie hatte sie sich bisher weiter vorgewagt, und Vera verspürte auch überhaupt kein Bedürfnis, diesen Kreis zu erweitern. Oder sich touristisch zu vergnügen. Und womöglich in eines der Problemviertel zu gelangen, wo sie ohne Zweifel ausgeraubt werden würde oder zumindest einem weiteren Trickbetrüger zum Opfer fiele. Nein danke, ihr Bedarf an solchen Erfahrungen war fürs Erste gedeckt. Mr. Hastings hatte den Kurs freundlicherweise von unterwegs aus für sie arrangiert. Das Modernste, was man heutzutage in ganz London fände, hatte er versichert und ihr nur knapp Ort und Uhrzeit mitgeteilt. Er hatte ja recht, sie musste dringend an ihren Englischkenntnissen arbeiten, und der Sprachkurs war neben Kost und Logis Teil ihrer Vergütung, er stand ihr zu. Doch Vera fürchtete, Mr. Hastings könnte die Gelegenheit genutzt haben, sich für ihre aus seiner Sicht sicherlich überzogenen Ansprüche zu rächen, und sie im unpassendsten Kurs, den er finden konnte, angemeldet haben. Denn obwohl er nicht wieder auf ihr so gründlich missglücktes Telefonat zu sprechen gekommen war, war ihr doch bei jedem der folgenden Gespräche, als hege er Vorbehalte gegen sie. Sie hatte das Verhältnis zu ihm vermasselt, bevor es überhaupt zu existieren begonnen hatte.

Noch im Halbschlaf lief Vera in ihr kleines Badezimmer und ließ sich auf der Toilette nieder. Es dauerte ein paar Sekunden, bis sie begriff, was hier geschah, warum eine warme Flüssigkeit sich, begleitet von einem ausgesprochen hässlich pladdernden Geräusch, über ihre Füße und den

Boden ergoss. Und als sie ahnte, was nicht stimmte, war es zu spät und das Malheur passiert. Vera stand barfuß in einer Pfütze von Urin, und spätestens jetzt wurde ihr klar, dass sie es mit einem ernst zu nehmenden Gegner zu tun hatte, mit einem echten, ausgewachsenen Feind. Der nichts anderes im Sinn hatte, als sie um jeden Preis loszuwerden, und nicht ruhen würde, bis er Erfolg hatte. Aber warum eigentlich? Was hatte sie Amanda getan, dass die glaubte, Klarsichtfolie über das Toilettenbecken spannen zu müssen, um sie zu vertreiben? Oder zwei Tage zuvor, als Vera unter der Dusche stand und fürchtete, sie hätte eine Geruchshalluzination. Als sie die Quelle entdeckt hatte, war es schon zu spät gewesen. Sie hatte geduscht und sich die Haare gewaschen, obwohl im Duschkopf ein Brühwürfel versteckt gewesen war. Der Geruch verfolgte sie noch tagelang wie ein mies gelaunter Kräutergnom, der überall seinen unerfreulichen Maggigeruch verströmte.

Vera ermahnte sich, ruhig zu bleiben. Sie wischte den hellgelben See auf und wusch sich die Füße. Abgesehen von den Angriffen auf ihre seelische Gesundheit waren ihr die wenigen ungestörten Minuten im Badezimmer die kostbarsten des Tages. Hier war sie für sich, hier konnte sie allein ihren Gedanken nachhängen. Vera begann, sich die Zähne zu putzen. Sie setzte sich auf den Rand der Badewanne und sah aus dem Fenster. Hinter dem Haus öffnete sich ein erstaunlich großer Garten, der das Gebäude umgab und, obwohl ziemlich vergessen, oder vielleicht gerade deswegen, von atemberaubender Schönheit war. Er umsäumte es wie ein Schal aus lebendigen, sich stetig verändernden, wachsenden Wesen. Vera wusste wenig über Gärten, nichts über

Büsche und Hecken, über Flieder, Stachelbeeren oder gar Gewächshäuser, und doch konnte sie wahrnehmen, dass dieser Garten hier unausgewogen, irgendwie seltsam, ein krudes Durcheinander war. Vielleicht lag das an den verschiedenen Ländern, aus denen Mr. und Mrs. Hastings stammten, vielleicht hatte sich ihre Unterschiedlichkeit in ihm abgebildet. Je länger Vera hinsah, desto klarer erkannte sie, dass sämtliche Gegensätze sich zugleich auf traumwandlerische Weise ergänzten. Sie führten einander weiter, umgarnten und variierten sich gegenseitig und bildeten eine Art harmonischen Kontrast, und zwar immer dort, wo es am wenigsten zu erwarten war. Und inmitten all dieser hellen und dunklen Farben, der feinen Büsche und großblättrigen Sträucher, der Farnwedel, die sich langsam entrollten, der knospenden Blüten, bereit jeden Moment aufzuspringen, und beinah versteckt unter der üppigen Masse der Blätter, lief ein mickriger graubrauner Vogel aufgebracht hin und her. Vera musste an Zoë denken, die zwar rein äußerlich das Gegenteil dieses Tieres war, aber genau wie er so gar nicht in ihre Umgebung passen wollte. Warum war das so? Vera musste an den düsteren Eindruck denken, den das Gebäude am ersten Abend auf sie gemacht hatte und der nicht von fehlender Beleuchtung oder dunklen Möbeln rührte. Da war etwas, das diesem Haus anhaftete, wie ein Duft, unsichtbar und doch überall, bis in den letzten Winkel verteilt. Vera ließ Wasser über ihre Zahnbürste laufen. Sah zu, wie es durchsichtig im Abfluss kreiselte. Im Dunkel auf Nimmerwiedersehen verschwand. Sie wusste längst, was es war. Es war Traurigkeit.

Vera ging zurück in ihr Zimmer, um sich anzuziehen. Ihr war bewusst, dass die drei Mädchen ihre Mutter sehr vermissen mussten. Diese Tatsache sollte ihr helfen, ihr zweifelhaftes Verhalten zu begreifen und ruhig Blut zu bewahren.

Sie besah sich ihre Garderobe. Heute war sie in kühner Stimmung und entschied sich für ihre einzige zyklamfarbene Bluse. Vera war nicht sicher, wie oft die Mutter sich überhaupt bei ihren Töchtern meldete. Immer wenn die Mädchen ans klingelnde Telefon hechteten und sich um den Hörer balgten, verschwand die Siegerin triumphierend in einen abgelegenen Winkeln des Hauses, wo sie, belagert von ihren Geschwistern, in den Hörer wisperte, bis die anderen ihr das Telefon abjagten. Es gelang ihr nie, ihn zu ergattern und mit der Mutter zu sprechen. Nachher waren die Kinder immer ganz aufgewühlt. Also vermied Vera es tunlichst, sie direkt auf ihre Mutter anzusprechen. Niemand hatte etwas davon, wenn die Situation eskalierte, am wenigsten sie selbst, und die Fronten waren schon verhärtet genug. Wenn es nach Amanda gegangen wäre, wäre Vera eine Art durchsichtiger Babysitter gewesen, ein stummer Haushälterinnenapparat mit Koch- und Vorlesefunktion, weiter nichts. Alles, was darüber hinausging, brachte das Mädchen scheinbar an den Rand einer Explosion.

Vera besah sich im Spiegel. Sie achtete sehr darauf, weiter hübsch gekleidet zu sein, auch und gerade wenn um sie herum die pure Anarchie herrschte. Zur Abschwächung der Farbe der Bluse band sie sich vorsichtshalber, statt der üblichen Perlen, ein hellgraues Tuch um den Hals und öffnete die Tür.

»Attention, a Teutonic clumsy clot lives in our house!«

Amanda rannte quiekend vor ihr weg die Treppe runter.

»Wir hatten ausgemacht, ausnahmslos Deutsch zu sprechen, du erinnerst dich?«

»Hilfe, Hilfe, es macht Sauerkrrrrrautt aus mir!«

Wenn Amanda sich gerade mal nicht weigerte, Deutsch zu sprechen, hatte sie sich einen Zarah-Leander-Akzent zugelegt, mit dem sie auf Veras Nervenkostüm steppte. Vera wäre am liebsten gleich wieder im Badezimmer verschwunden.

Als sie die Küche erreichte, stellte Vera fest, dass Amanda das Frühstück einmal mehr bereits ganz allein zubereitet hatte. Einer ihrer zahlreichen Wege, ihr zu zeigen, wie überflüssig sie war. Vera wünschte lächelnd einen guten Morgen, Amanda steckte sich Fetzen ihrer Serviette in die Ohren, was Vera, wie sie sehr gut wusste, indiskutabel fand. Amanda aber behauptete jeden Morgen steif und fest, nur so den Stoff für den Tag durchgehen zu können.

»Du nimmst auf der Stelle die Dinger da aus deinem Ohr!«

Veras Ton wurde herb. So viel zur geplanten Deeskalationsstrategie. Wie erwartet stellte Amanda sich taub. Vera blieb vor ihr stehen. Amanda wartete einen Augenblick, dann blickte sie gespielt erstaunt hoch und log ihr direkt ins Gesicht.

»I'm so sorry, did you say something?«

Vera näherte sich Amanda, bis ihre Nase beinah die des Mädchens traf.

»Wir gehen heute Nachmittag alle zusammen in die Kinderoper. Es wird Wagner gespielt. Freust du dich?«

Amanda schoss sich pantomimisch eine imaginäre Kugel in den Kopf. Vera tat, als bemerke sie es nicht, und nahm den dreckigen Teller vom Tisch. Sie drehte sich rasch um, damit keines der Mädchen sah, wie kurz sie davor war, endgültig die Fassung zu verlieren.

Vera war entschieden dünnhäutig heute, und das hatte seinen Grund. Vor drei Tagen hatte Amanda einen perfiden Weg gefunden, sie wach zu halten. Ein ploppendes Geräusch hatte ihr den Schlaf geraubt. Gegen halb fünf war es ihr endlich gelungen, die Quelle dafür auszumachen. Ein Glas voll harmloser Erbsen stand auf dem Kleiderschrank, die sich, in Wasser eingeweicht, langsam aufblähten, eine nach der anderen aus dem Glas kullerten und hinuntersprangen. Ein einfaches und doch überraschend wirkungsvolles System. Seitdem hatte Vera einen großen Teil der Nächte damit zugebracht, darüber nachzudenken, wie sie auf Amandas permanente Attacken reagieren sollte. Sie war wie Dr. Jeckyll, der sich tagsüber rührend um seine Schwestern kümmerte und nachts, verwandelt in Mr. Hyde, über das beklagenswerte Kindermädchen herfiel. Oder war es umgekehrt?

Vera stellte den Teller in die übervolle Geschirrspülmaschine, drehte an den Knöpfen und stellte verschiedene Programme ein, aber es tat sich nichts. Sie hatte schon wieder den Trick vergessen, den man anwenden musste, damit sie ansprang. Untermalt von fassungslosen Seufzern über so viel Dummheit und überzeugt, sie wisse wie immer grundsätzlich Bescheid und mache daher auch besser gleich alles selbst, schob Amanda Vera zur Seite und stellte die Maschine mithilfe einer komplizierten Choreografie von Tastenbefehlen an.

»Danke schön.«

Vera steckte neues Brot in den Toaster. Das wenigstens schaffte sie gerade noch. Sie würde an ihrer Freundlichkeit festhalten, sie spürte es, sie war auf dem richtigen Weg.

»Amanda, darf ich dich etwas fragen?«

»Das tust du doch schon.«

Wenn sie wollte, konnte Amanda sogar auf Deutsch spitzfindig sein.

»Wo ist eure Mutter eigentlich genau zurzeit? Ich würde gerne Kontakt zu ihr aufnehmen.«

Amanda stieß ihre Tasse um und stürmte wie von der Tarantel gestochen zur Tür. Das war eindeutig vermintes Gelände. Aber es musste sein. Vera hatte das sichere Gefühl, mit der Mutter reden zu müssen, und nahm sich vor, nicht lockerzulassen. Doch sie kam nicht dazu.

»Du bist so roh, genau wie dein gemeines Essen!« Amanda rannte raus und knallte mit allen verfügbaren Türen, so laut es nur ging. Was hatte sie jetzt schon wieder wütend gemacht? Der Duft von Kaffee zog durch den Raum. Den hatte Amanda also auch aufgesetzt, für sie. Vera begriff das nicht, sie wurde aus dem Verhalten des Mädchens einfach nicht schlau. Ratlos schenkte sie sich eine Tasse ein. Hoffentlich hatte Amanda kein Salz hinzugefügt. Vera ließ sich am Tisch nieder und nahm einen großen Schluck. Er schmeckte normal, was für eine Erleichterung, und er war auch nicht allzu dünn. Gegenüber hing die magere Ruby, in zahlreiche wärmende Lagen von Kleidern gewickelt, und nippte zögernd an ihrem schwachen Tee. Vera wedelte ihr mit einem duftenden goldfarbenen Stück Toastbrot zu, Ruby schüttelte mühevoll den Kopf.

»Am Morgen vertrage ich nicht Essen, das ist schwer.«

So leicht ließ sie sich nicht abwimmeln. Vera griff nach einem Apfelschnitz und hielt ihn ihr unter die Nase, die sich zu einem hübschen Muster rümpfte.

»Ich kriege nixts runter in mein Bauch. Und er hat weh. Kannst du schreiben ein *note to school*?«

Vera schüttelte bedauernd den Kopf. Auf diese Tour war sie vielleicht an ihrem zweiten Tag reingefallen. Dann hatte die Lehrerin angerufen und erklärt, dass die Mädchen gerade jetzt ein regelmäßiges Leben brauchten, was bedeute, dass sie außer bei schwerer Grippe besser zur Schule gingen. Zur Not hätten sie immer noch eine Krankenschwester vor Ort. Das war jedenfalls ungefähr, was sich Vera zusammengereimt hatte, die Lehrerin musste aus einer abgelegenen Gegend im Norden des Landes stammen. Seitdem blieb Vera strikt und unnachgiebig und ließ sich von keiner Niedlichkeit trügen, und wirkte sie auch noch so letztlich. Merkwürdig, dass die Lehrerin ihr gegenüber von the girls gesprochen hatte, statt nur von Ruby, und was hatte sie mit *gerade jetzt* gemeint? Vera legte ihr drei Apfelschnitze auf den Teller, und Ruby fuhr zusammen, als hätte nicht weit entfernt ein Blitz eingeschlagen. Vera strich ihr ermutigend über die schmale Schulter und machte sich daran, ihr ein Sandwich zuzubereiten. Wie jeden Morgen fragte sie Ruby, was sie sich als Belag wünsche, und jeden Tag bekam sie die gleiche Antwort.

»Ist mir *absolutely* egal.«

Verfolgt von den wachsamen Augen des Mädchens bestrich Vera das Toastbrot mit einer hauchdünnen Schicht Frischkäse, verteilte Gurke darauf und eine Prise Salz. So bestand zumindest die Hoffnung, dass sie davon kosten würde. Vera legte das Sandwich in eine Box und stellte sie sanft vor Ruby hin. Sie glaubte sicher, dass ihre Beharrlichkeit von Erfolg gekrönt sein würde, bald. Ruby stand langsam auf, klaubte ihr Zeug samt Brotbox zusammen und verabschiedete sich mit einem sparsamen Nicken von Vera und ihrer kleinen Schwester. Dann trollte sie sich. Vera sah ihr sorgenvoll nach.

Es kam ihr vor, als hätte Ruby sich in den letzten Tagen noch mehr abgekapselt, und sie fragte sich, was das für geheime Gedanken sein mochten, denen sie stundenlang nachging, wenn sie ihre Abende vollkommen regungslos zwischen den Spinnweben auf der Veranda verbrachte. Von hinten wirkte Ruby so zart, hatte sie womöglich noch weiter abgenommen? Eine Gefahr, die bei Zoë jedenfalls nicht bestand. Wahrscheinlicher war, dass sie sich verschluckte, stolperte oder sich den Magen verdarb, weil sie einfach immer zu viel von allem auf einmal wollte, wie etwa Vera beizubringen, wie man ein echtes englisches Sandwich zubereitete, gleichzeitig mit dem Stuhl im Takt der Radiomusik zu wackeln und nebenbei eine Zeichentrickserie in Echtzeit nachzuerzählen.

Auch jetzt hibbelte Zoë mehr am Tisch, als dass sie saß, während sie mit ihren Frühstücksflocken spielte. Und quasselte in einem fort, in einem niemals versiegenden Schwall von Worten. Ob Vera oder Herr Schultz oder gar die Pop-Tarts Empfänger ihres sprudelnden Monologs sein sollten, war nicht wirklich klar, aber im Grunde auch ganz egal. Einem Wasserfall glich auch ihr freigiebiges Verteilen von Zuneigungsbeweisen, die, vermengt mit kleinen Witzen, Küsschen und Kieksern auf ihre Mitmenschen niedergingen. Diese pure Lust am Leben konnte mitreißend und ansteckend sein, aber auch extrem ermüdend. Anfangs musste Vera sich manchmal zusammenreißen, um sie nicht zurückzuweisen, um eine Pause zu bitten oder um Ruhe. Doch dann hatte sie einmal bei Amanda beobachtet, wie die Zoë abschüttelte wie einen lästigen Hund und ihr erklärte, die Eltern hätten sie auf der Straße gefunden und mitgenommen, weil kein anderer sie haben wollte. Das war wohl ein wiederkehrender Scherz und vielleicht nicht einmal wirklich böse gemeint. Doch Zoës Gesichtsausdruck hatte Vera fast das Herz zerrissen. Auch wenn die beiden Großen sich stritten, was ziemlich oft vorkam, und die Kleine sich verzweifelt bemühte, die Schwestern wieder miteinander auszusöhnen, wurde sie immer wieder zurückgewiesen. Dann machte Zoë eine kleine Pause, als schöpfe sie neuen Mut. Als müsste sie kurz verharren, um sich selbst daran zu erinnern, dass die beiden sie ganz sicher zurückliebten. Seitdem Vera das beobachtet hatte, ließ sie sämtliche Liebesbeweise mit Engelsgeduld über sich ergehen.

Vera beobachtete, wie Zoë die Apfelschnitze, die ihre Schwester zurückgelassen hatte, schnell wegknabberte, wahrscheinlich um ihr eine Rüge zu ersparen, und entschied sich, dem Grund für die Spannungen zwischen den Mädchen nachzugehen.

»Ruby und Amanda streiten sich ganz schön viel, finde ich. Weißt du vielleicht, warum?«

»Seit Mama plötzlich hat weggereist, die sind so komisch schwierig. Aber das ist gar nicht echt … *I know*!« Zoë lächelte tapfer und biss in ein Stück Obst.

Als die Reinemachefrau kurz darauf kam, beschloss Vera, den Moment zu nutzen, in dem Zoë abgelenkt und Mrs. Miller unten mit Staubsaugen beschäftigt war, um sich in Amandas Zimmer umzusehen. Vielleicht fand sie dort einen Hinweis auf eine Mobilfunknummer der Mutter oder irgendetwas, das sonst hilfreich sein konnte. Vera schlich die Treppe hoch, stahl sich ins Zimmer und zog die Tür hinter sich zu. Die geschlossenen Vorhänge waren mit einem Muster von rosigen Früchten bedruckt, was dem Raum etwas traditionell Englisches verlieh. Wie auch die Möbel und Amandas Kleider, ihre Bücher, selbst die Bilder einem Katalog für vorbildlich großbritannische Lebensweise entsprungen zu sein schienen. Tartanmuster auf dem Sessel, Seifenpäckchen zwischen Wäschestapeln, sogar das Poster der Sex Pistols, bei genauer Betrachtung sah alles hier aus wie dekoriert. Es gab kein einziges Zeichen von Leben. Dazu war das Zimmer klinisch sauber und beinah unheimlich aufgeräumt, als erwarte Amanda jederzeit Besuch von der Polizei oder einem Mitglied der königlichen Familie und wollte sich um nichts in der Welt eine wie auch immer geartete persönliche Blöße geben. So wie auch ihre Erscheinung zu jeder Tages- und Nachtzeit makellos war und ihre Frisur wie aus dem Ei gepellt. Amanda tat alles, um ein leuchtendes Vorbild abzugeben, zumindest nach außen hin. Was sollte diese Hülle verdecken, was verbarg sich dahinter? Vera sah sich weiter im Zimmer um. Klar war, dass Amanda nichts lieber gehabt hätte, als dass Vera so schnell wie möglich aufgab und wieder aus ihrem Leben verschwand. Aber das war längst nicht alles. Da war so viel Missgunst in ihr und ganz sicher eine unbezähmbare Wut. Vera fand keinen

Hinweis, kein einziges Staubkörnchen, keinen Widerspruch und kein Zeichen von Normalität. Nicht die geringste mädchenhafte Schlampigkeit, keinen Fehler, nichts. Sie ließ sich auf alle viere hinunter. Nicht einmal ein Bonbonpapier lag unterm Bett. Vera wollte eben wieder aufstehen, als sie einen Karton entdeckte, ganz hinten an der Wand. Sie legte sich auf den Bauch und angelte ihn hervor. Nachdem sie kurz mit sich gerungen hatte, im Prinzip dachte Vera natürlich, dass auch Kindern ein Recht auf Geheimnisse zustand, fand sie in diesem Fall eine Ausnahme eindeutig angebracht. Sie entschloss sich, den auffallend staubfreien Deckel anzuheben. Unglücklicherweise öffnete in diesem Augenblick Mrs. Miller ohne Vorwarnung die Tür, und Vera blieb nichts übrig, als die Schachtel möglichst selbstverständlich wieder an ihren Platz zurückzustellen und hocherhobenen Hauptes den Raum zu verlassen.

»Zoë, wir müssen los, ziehst du dich bitte an?«

Während Zoë Herrn Schultzens Regenmantel suchte, sie bestand darauf, draußen schüttete es wie aus Kübeln, und auch ein Tier konnte sich schlimm erkälten, sah Vera noch rasch das Schimpfwort vom Morgen nach, *Trampeltier*, wie freundlich. Sie spürte, wie ihre mühsam hergestellte Zuversicht im Laufe dieses Morgens wie aus einer Sanduhr aus ihr herauszurinnen begann und eine unsichtbare Lache zu ihren Füßen bildete. Vera seufzte, es war nur eine Frage der Zeit, bis der nächste Windstoß kam und den letzten Rest ihres angestaubten Optimismus wegfegen würde.

Die anderen Wörter waren schwieriger, denn Vera wusste sie selbst noch nicht, nicht einmal auf Deutsch. Sie musste auf jeden Fall herausfinden, wo die Mutter der Kinder abgeblieben war. Und dazu brauchte sie das passende Vokabular. *Vermissen* und *Aufenthaltsort*? Vera schlug im Lexikon nach und notierte sich beide Worte auf einen kleinen Zettel. Sie konnte sich immer noch überlegen, ob sie *to miss* und *residency* tatsächlich benutzen würde. Dann könnte sie eventuell wirklich Kontakt mit ihr aufnehmen. Eigentlich seltsam, dass nirgends ein Bild von ihr zu sehen war. Vielleicht war sie nicht nur verreist, sondern irgendwie in Ungnade gefallen, oder sie war mit dem Nachbarn durchgebrannt. Vera steckte das Papier in die Tasche ihres Cardigans und nahm sich vor, mindestens bis zum Ende dieser Woche durchzuhalten. Noch vier Tage, dann käme auch der Vater der Kinder nach Hause. Bis dahin würde Vera versuchen, sich einen undurchdringlichen Panzer wachsen zu lassen. Wer hatte behauptet, jedem Anfang wohnte so etwas wie ein Zauber inne? Irgendein weltferner Dichter, so viel war klar. Von Zauber war hier in den ersten Tagen jedenfalls so gut wie gar nichts zu spüren gewesen.

Zoë hatte den Mantel anscheinend gefunden.

»Vera! Du willst doch nicht spät zu deiner erster Tag sein, also kohohohommmmm!«

Vera drehte sich um. Beim Anblick der hopsenden, unbändig mit den Armen rudernden kleinen Gestalt in der Tür musste sie laut lachen. Zoë machte es offenbar ein Mordsvergnügen, ihre Nanny zur Schule zu scheuchen.

»Du bist eine echte Heimsuchung, weißt du das?«

12

Vorn auf der Bühne schwebte eine mollige Sängerin an einem Seilzug über eine Landschaft aus Pappmaschee. Sie sang aus voller Kehle, denn sie befand sich in Gefahr. Ob aus Gründen der Handlung oder der Schwerkraft, war aus dieser Entfernung nicht auszumachen. Neben Vera zappelte Zoë selig auf ihrem Sitz herum und bewegte die Lippen synchron zur Musik. Auf der anderen Seite saß Amanda. Sie trug Kopfhörer und tauschte grimmige Textbotschaften mit ihren Freundinnen aus, wahrscheinlich über die Zumutungen des Lebens im Allgemeinen und deutscher Nannys im Besonderen. Während Rubys weißes Gesicht sich an die Samtlehne schmiegte und sie ermattet die großen Augen schloss. Unten trat ein Mann in Rüstung auf. Er begann zu singen. Vera lehnte sich gegen die Rückenlehne und legte den Kopf weit zurück. Traumverloren sah sie hoch zur Decke des Theatersaals. Trotz der Dunkelheit konnte sie etwas von deren Glanz erahnen.

Am Morgen hatte Vera Zoë am Kindergarten abgeliefert und sich danach widerwillig in Richtung Sprachschule aufgemacht. Amanda hatte ihr gnädigerweise den Weg auf dem Stadtplan markiert. Vera war nicht sicher, ob sie ihr trauen konnte. Bald beschlich sie die dumpfe Ahnung, sich im Kreis zu drehen. Später begriff Vera, dass nicht Amanda sie in die Irre geführt hatte, sondern der Plan, der fast zwanzig Jahre und natürlich hoffnungslos veraltet war. Vera war in eine unbekannte Straße eingebogen, die sich überraschend als Sackgasse erwies. Gerade, als sie überzeugt war, sich endgültig rettungslos verlaufen zu haben, kam sie unvermittelt vor einem Pub namens *Blue Frog Tavern* zu stehen. Sie blickte hoch und fand sich einer Erscheinung gegenüber. *Ein Bild von einem Mann.* Vera hatte nie begriffen, was das heißen sollte. Jetzt wusste sie es. Er lehnte in der Tür zum Pub und sah sich einfach um in der Welt. Vera verstand nicht, was genau an ihm anders war als an den anderen, den gewöhnlichen Menschen. Aber er war definitiv … anders. Anders als alle Männer, die sie in den letzten Wochen oder Jahren, vielleicht in ihrem ganzen bisherigen Leben gesehen hatte. Etwas an der Art, wie er da im Türrahmen stand, wie das Licht auf ihn fiel. Selbstvergessen. Und dabei vollkommen. Wie herzzerreißend Schönheit war.

Es gab Menschen, für die war Musik die Rettung, eng verbunden mit Hoffnung, mit etwas, das sie *Seligkeit* nannten. An diesem Nachmittag, ausgerechnet in dieser englischen Kinderoper, die sich voller Emphase an Wagner vergriff, ahnte Vera zum ersten Mal, was damit gemeint sein konnte. Sie hatte nie etwas mit dieser Art Oper anfangen können, aber jetzt *spürte* sie die Klänge, statt sie nur zu hören. Unwillkürlich hallten sie in ihrem Körper wider. In ihrem Fuß begann es leicht zu flöten, ein Cello strich ihr rhythmisch den Rücken hinunter, sie glaubte, den Duft eines Geigenklanges riechen zu können. Vera verlor sich in den Tönen. Und in der Erinnerung.

Am Morgen hatte sie vor lauter Schreck die Flucht ergriffen und war durch den Sprühregen fortgelaufen. Doch das Bild verblasste nicht. Im Gegenteil, es blieb bestehen und begleitete sie. Im Laufe des Tages wurde es noch detaillierter. Wie mit einem immer feineren Pinsel gemalt. Es tauchte in ihrem Gesichtsfeld auf, legte sich gleich einer Folie über die Realität. Und Vera ließ es geschehen, dass dieser unbekannte Mensch sie umgab. Sie war ohnehin machtlos dagegen.

Hilft zu leben … der uns beschützt und der uns hilft zu leben … Das war die nächste Zeile des Gedichts, *Jedem Anfang wohnt ein Zauber inne, der uns beschützt und der uns hilft zu leben …* befreit atmete Vera auf. Vielleicht war ihr Gehirn doch nicht angegriffen. Vielleicht war es nur ein Fehlalarm gewesen und alles würde wieder gut.

Mit schnarrender Stimme und so laut, dass es jeder hören konnte, erklärte Amanda noch im Foyer, sie habe bis zum Ende ihrer Tage genug fliegende Nazis gesehen. Während Zoë die Haltungen des schwarzen Schwans auf den Ballettfotos im Schaukasten zu imitieren versuchte und dabei unbedingt *für Dad* fotografiert werden wollte. Endlich kam Ruby von der Toilette zurück. Vera erkundigte sich besorgt, ob alles in Ordnung sei. Ruby sah aus, als wäre ihr ganz flau, bestand aber darauf, dass es ihr gut ginge, ihr sei nur ein bisschen kalt. Vera legte ihr das graue Tuch um den Hals und bugsierte die Mädchen in Richtung Ausgang, als ihr neues Telefon zum ersten Mal klingelte. Sie kramte es aus der Manteltasche und sah es an. Das Display zeigte eine deutsche Nummer, die ihr irgendwie bekannt vorkam. Sicherheitshalber drückte sie den Anruf weg.

Zurück im Haus stellte Vera den Ofen an. Sie hatte vorgekochtes Essen gekauft und wollte es aufwärmen. Dann versuchte sie vergeblich, ihre Mailbox abzuhören. Leider vergaß Vera darüber die Zeit, und als Amanda hungrig in die Küche kam und *sofortige Verpflegung* forderte, musste sie feststellen, dass die Lasagne inzwischen eine ziemlich schwarze Oberfläche hatte. Vera trug die oberste Schicht ab und gab eine Portion auf einen Teller, den sie auf ein Tablett lud, dazu Vanillepudding und Milch. Sie wusste inzwischen, dass sie mit hellen, weichen Speisen bei Ruby am ehesten Erfolg hatte.

Ruby lag im Wintergarten zur Wand gedreht und rührte sich nicht. Vera wurde langsam Angst ums Herz.

»Ruby, bitte, sag mir doch, woran du denkst.«

Der Kopf mit dem flaumigen Haar schüttelte sich ganz leicht. Wie ein Küken, schoss es Vera durch den Kopf. Sie kämpfte gegen einen hartnäckigen Kloß im Hals, aber es gelang ihr, irgendwie fröhlich zu klingen.

»Ich komme nachher wieder und bringe dir Tee.«

Sie strich mit ihrer Hand leicht über Rubys Schultern und ging hinaus.

In der Küche schaufelte Zoë sich fröhlich eine Riesenportion Lasagne auf den Teller und begann mit gesundem Appetit, sie zu verspeisen. Vera fand auch, man konnte sie noch essen, doch Amanda weigerte sich rundheraus, sie überhaupt zu versuchen. Vera verbot ihr, etwas anderes aus dem Kühlschrank zu nehmen. Was zur Folge hatte, dass Amanda behauptete, sie sei soeben Vegetarier geworden, wie ein *gewisser Herr H.* .... und den vollen Teller vom Tisch fegte. Zoë verschluckte sich vor Schreck, und Vera brauchte lange, um sie zu beruhigen, während sie zugleich erfolglos versuchte, Amanda zu zwingen, den Dreck, den sie angerichtet hatte, auch selbst zu beseitigen. Obwohl längst klar war, dass Vera bei ihr mit jeder Form von Zwang nur noch stärker auf Granit beißen würde.

Später musste sie Zoë eine geschlagene Stunde lang vorlesen, bis sie endlich schlief, unruhig und an Vera geklammert wie an einen lebenden Rettungsanker. Den Rest der Nacht lag Vera von ganz allein, ohne jedes Zutun Amandas, wach. Dafür hatte die Nachricht auf dem Anrufbeantworter ihres Mobiltelefons gesorgt.

13

Ein weiterer Morgen, an dem Vera mit bohrenden Kopfschmerzen aufwachte, sicher schon zum fünften, vielleicht sechsten Mal in Folge. Sie richtete sich mühsam auf und drückte die Handballen gegen ihre Schläfen, entschlossen, den Schmerz zu ignorieren. Was unmöglich war. Ein Stich warf sie zurück auf die Matratze. Vera blieb einfach liegen und wartete ab. Bisher war der Schmerz immer irgendwann verschwunden. Langsam öffnete sich die Zimmertür, und Zoë schob sich sachte herein. Vera stellte sich schlafend. Das Kind schlich auf Zehenspitzen quer durch den halbdunklen Raum, stieß mit dem Fuß gegen einen Stuhl und jaulte leise auf. Vera unterdrückte mit Mühe ein Lachen. Konnte ein so kleines Wesen schon einen ausgewachsenen Spleen haben? Oder war es vielmehr so, dass alle Kinder dieses Alters von außen betrachtet ein bisschen spinnert waren? Wie auch immer, nach mehr als zwei Wochen hatte Vera sich an den Gedanken gewöhnt, dass in dieser Familie so gut wie alles möglich war. So wunderte es sie auch nicht mehr, dass Zoë jeden Morgen auf einen Stuhl stieg und das Aquariumwasser emsig mit Futter versorgte, obwohl von lebendigen Bewohnern jede Spur fehlte. Wenn dieses exzentrische Kind darauf bestand, dubiose Flocken in ein schlieriges Becken zu schütten, sollte es Vera recht sein.

Zoë nahm Anlauf und sprang auf Veras Bett. Wie jeden Tag ließ es sich nur durch eine zärtliche Umarmung beruhigen und bestand darauf, Vera die Frisur zu verwuscheln, nur um dann giggelnd zu fragen, welches Monster sie denn heute im Schlaf überfallen habe, und erst nach einer genauen Beschreibung des Untiers des Tages, wie etwa: *Es hatte schleimunterlaufene Augen und Spinnenbeine, sein Name war Herbert, er kam aus Ulm und hatte nichts Gutes im Sinn …* von ihr abzulassen und endlich wieder aus dem Zimmer zu stürmen. Vera erhob sich langsam und schlüpfte in ihren Morgenmantel. Sie schnitt den sechzehnten Zentimeter vom Maßband, der siebzehnte Tag stand ihr bevor. Doch sie hoffte sehr, dass Mr. Hastings sein schon zwei Mal gebrochenes Versprechen wahr machte und dieses Wochenende endlich nach Hause kam. Dann hätte sie tatsächlich zwei Tage frei. Endlich einmal keine Verantwortung für drei entfesselte Kinder, Einkauf, Haushalt und Sprachschule. Das allein klang neuerdings schon wie das Paradies.

Vera konnte sich über mangelnde Abenteuer wirklich nicht beschweren. Jeder Tag in diesem komischen Land glich einer Expedition, so ziemlich alles war dann doch exotischer, als es auf den ersten Blick schien. Man musste ständig Schlange stehen oder frittiertes Essen zurückweisen, die Leute entschuldigten sich andauernd wortreich, und die einfachsten Erledigungen erwiesen sich als erstaunlich kompliziert. In der Post etwa, Vera war gerade ganz unschuldig im Begriff gewesen, einen Brief zu frankieren, überfiel sie ein älterer Herr ohne Vorwarnung mit der Erklärung, es sei bei Strafe verboten, das Antlitz der Queen auf dem Kopf stehend aufzukleben. Ganz abgesehen vom Alltag mit drei unberechenbaren Mädchen, die dazu kaum unterschiedlicher hätten sein können. Vera warf einen Blick aus dem Fenster. Der Himmel war zartgrau. Immerhin darauf war Verlass, auf das sprichwörtlich miserable Wetter, das sich seit ihrer Ankunft keinen Deut gebessert hatte.

Wenigstens einen Menschen auf dieser Welt machte genau das am meisten froh. Zoë liebte nichts so sehr wie den Regen. Zu ihrem Entzücken hielt das schlechte Wetter schon den ganzen Mai über an. Alles, was nass war, faszinierte sie ungemein. Tropfen und Pfützen, Bäche, Tümpel, Gewitter und Wolkenberge, Fontänen und Wasserfälle. Einfach alles, was sprühte, floss oder rauschte, zog sie magisch an. Aus irgendeinem geheimnisvollen Grund schien Zoë mit dem Element Wasser untrennbar verbunden zu sein. Und so ließ Vera sich von ihr an den Nachmittagen zu immer neuen feuchten Ausflügen überreden und erfuhr zum ersten Mal in ihrem Leben, dass Wetter faszinierend sein, kalte Güsse beleben und ein kleiner Teich glitzernd die ganze Welt widerspiegeln konnte.

»Verflucht noch mal!«

Vera war bereits zum dritten Mal an diesem Morgen in eine Pfütze getreten und hatte langsam die Nase voll.

»Was ist ein *Verflucht*?«

Zoë wollte wie immer die schwierigsten Begriffe erklärt bekommen. Und das um diese Uhrzeit.

»Nun ja, das ist ein Gespenst, ein *ghost*. Den du nicht loswerden kannst. Der dich verfolgt. *You understand?*«

Sie bogen um die Ecke und erreichten die Primary School.

»*Yes, I do*. Du glaubst, in der Pfütze wohnt ein *Gespennt*.«

Vera fiel zum ersten Mal auf, dass das Mädchen ganz leicht lispelte.

»Ganz genau.«

Vera gab Zoë einen Kuss auf die Stirn und beugte sich für die Antwort hinab. Zoë schlang ihre Arme um Veras Hals und drückte ihr einen feuchten Kuss zwischen Auge und Ohr. Wie jeden Morgen kümmerte sie nicht so sehr, was genau sie traf. Es handelte sich offenbar um ein Ritual, dessen Regeln Vera allerdings schleierhaft waren. Sicher war jedenfalls, keine Zärtlichkeit blieb unbeantwortet, jede erhielt ein Echo, eine vielfache Antwort. Vera sah ihr hinterher. Zoë lief, so schnell es ihre kleinen Beine zuließen, davon. An der Tür drehte sie sich um und legte die Hände zu einem Trichter vor den Mund.

»Im Keller sind Mamas *Hunters*. Die kannst du nehmen, bestimmt.« Sie warf ihr ein Kusshändchen zu und verschwand glücklich in ihrer Vorschule.

Vera verabscheute alles an ihrer Sprachschule inbrünstig. Das grelle Licht war ihr zuwider, wie auch der Geruch von Plastik und billigen Teebeuteln und ungestört vor sich hin gammelnden Bananenschalen. Die kleinen Parzellen, in denen die Studenten saßen, einsam und abgeschirmt durch ihre abgegriffenen Kopfhörer. Am ersten Tag hatte Vera sich gleich Ärger eingehandelt, als sie sich bei der Einführung geweigert hatte, in das kleine Mikrofon, das daran klebte, zu sprechen. Was zur Folge hatte, dass die nächste Seite auf dem flimmernden Bildschirm nicht aufpoppte, wie der phlegmatische Mensch, der für die sogenannte Betreuung der Studenten zuständig war, ihr entnervt erklärte. Alles an dieser Schule ödete Vera an, es war ihr peinlich, dass sie mit der Technik nicht zurechtkam, und sie machte keinerlei Fortschritte. Kein Wunder, wenn alle Geräte sich gegen sie verschworen hatten, die Mitschüler sie beobachteten und der Lehrer sie hasste. Zumindest bildete Vera sich das ein.

Einziger Lichtblick war, wie an beinah jedem Tag, auch heute der junge Mann gewesen. Er stand fast immer, wenn Vera die quälenden vier Stunden Unterricht hinter sich gebracht hatte und sich mit den Einkäufen auf den Heimweg machte, in der Tür der *Blue Frog Tavern*. Hochgewachsen lehnte er im flaschengrün gestrichenen Rahmen, das Zigarillo zwischen den Lippen, und ließ gelassen die Welt an sich vorüberziehen. Sobald er Vera entdeckte, lief etwas Helles über sein Gesicht. Sie hoffte immer noch, dass die Erinnerung an ihr erstes Zusammentreffen, das Bild, wie sie vor ihm flüchtete, eines Tages auf magische Weise aus seinem Gedächtnis ausradiert werden würde. Andererseits war Vera jedes Mittel recht, um ihn zum Lächeln zu bringen. Sie hätte sich freiwillig ein weiteres Mal blamiert, ohne zu zögern öffentlich ein Lied gesungen, was so ungefähr das Schlimmste war, das sie sich vorstellen konnte, oder ein harmloses Wort durch ihre falsche Aussprache zu etwas durch und durch Peinlichem gemacht.

Nach vier erfolglosen Versuchen hatte Vera es, trotz der chronischen Schüchternheit, die sie in seiner Nähe befiel, endlich fertiggebracht, ihn zurückzugrüßen. Ihr blieb aber auch nichts anderes übrig, brachte er sie doch hartnäckig jeden Tag mit einem neuen Kompliment in Verlegenheit. Das er mit höflichen Gesten untermalte, seit er begriffen hatte, dass sie ihn kaum verstand. Von nun an ahnte Vera zwar häufiger, was er meinte, wurde aber zu allem Überfluss knallrot, winkte verlegen ab und stolperte überstürzt davon. Doch etwas an ihrer Reaktion zeigte ihm scheinbar, dass sie sich freute, und ermunterte ihn weiterzumachen. Und er verfügte über eine überbordende Fantasie. Er verglich sie mit Blumen und pries ihr Lächeln, er wiegte elegant seine Hüften, um Bewunderung für ihre Grazie auszudrücken. Und er nannte sie *Honig*. Das war nach einer Woche und das erste Mal gewesen, dass Vera stehen geblieben war, um mit ihm zu sprechen.

»*This is quite irritating. In my country, honey is something you eat, you understand?*«

»*But it is sweet in your country too, isn't it?*«

Süß? Darauf hatte Vera nichts zu entgegnen gewusst und ihn nur stumm angelächelt. Sie hatte sich noch immer nicht an sein überirdisch gutes Aussehen gewöhnt. Er hatte zurückgelächelt. Vera hatte auf einmal den grässlichen Verdacht gehabt, er könne vielleicht ihre Gedanken lesen. Ihr war, als beginne der Boden unter ihren Füßen zu beben.

»*Percival, nice to meet you.*«

»*Oh, my name is Vera Klapproth and I am from Germany.*«

»*Nice accent you've got there.*«

Vera schwieg, sie versuchte verzweifelt, sich irgendeine intelligente Antwort einfallen zu lassen. In ihrem Kopf herrschte gähnende Leere, und zwar in sämtlichen Sprachen. Er wartete freundlich ab, bis er begriff, dass es Vera nicht möglich war, etwas zu erwidern, trat sein Zigarillo aus und verschwand im Pub.

»*Have a lovely day.*«

Vera stand noch einen Moment einfach da und schämte sich. Sie konnte nicht fassen, dass ihr absolut gar nichts eingefallen war.

Auf dem Rückweg von der Sprachschule erinnerte der zunehmend stärker werdende Regen sie daran, dass sie tatsächlich einmal nach den Gummistiefeln von Zoës Mutter schauen könnte. Sie war nicht besonders erpicht darauf, in den Keller hinabzusteigen, aber sie erlaubte sich keine kindischen Ängstlichkeiten. Und da sie noch ein wenig Zeit hatte, bevor sie Zoë aus der Vorschule abholen musste, stieg sie mit einer Taschenlampe und ihrem Telefon, man wusste nie, eventuell musste man Hilfe holen oder es gab einen Stromausfall, die steile Treppe hinab.

Doch unten im Keller war es aufgeräumt und nicht einmal feucht. Stattdessen fand Vera eine erstaunliche Anzahl von Frauenkleidern. Zuerst dachte Vera, sie seien für eine andere Saison, dann bemerkte sie, da hingen Wintermäntel und Sonnenhüte einträchtig neben Stiefeln und Sandalen, Strandlaken und Wollmützen. Wo immer die Mutter auch hingegangen war, sehr viel mitgenommen hatte sie nicht. Vera sah sich weiter um. In einem Korb fand sie Unmengen von gerahmten Bildern. Abbildungen der ganzen Familie, ausgelassen vor lieblicher Küstenlandschaft. Doch im Zentrum stand die Mutter der Kinder. Eine hochgewachsene Frau, in deren Gestalt und Gesicht sie Facetten der Mädchen wiedererkennen konnte. Vera wusste nicht einmal, wie sie hieß. Diese hingebungsvolle Person, die offen in die Kamera sah, die freudestrahlend in die Luft sprang, die sich lachend die Nase zuhielt und vertrauensvoll mit verbundenen Augen in etwas Glibberiges biss. Und immer wieder zärtlich ihre Töchter umfing. Die Bilder zeigten die Familie, wie sie nicht mehr war. Hellere Zeiten, geronnen zu Erinnerung. Vera legte die Bilder an ihren Platz zurück. Es gab in dieser Familie eine Menge Liebe, so viel war ihr jetzt klar. Es wurde Zeit, dass sie zurück an die Erdoberfläche kam. Sie schlüpfte in die Stiefel, sie passten, und stieg nachdenklich die Treppe hinauf. Die Sehnsucht der Kinder begleitete sie. Denn jetzt hatte der Mensch, nach dem sie sich verzehrten, ein Gesicht bekommen.

Als Vera am Abend die Spülmaschine öffnete, stieß sie an ihre Grenzen. Sämtliches Geschirr war schwarz. Jemand musste Tinte statt Spülmittel hineingegeben haben. Und Vera wusste auch, wer das gewesen war.

Sie musste sich einen Augenblick setzen. Das war zu viel. Eben noch war sie überzeugt gewesen, sie hätte den Schlüssel gefunden zu Amandas bitterböser Feindseligkeit, eine Erklärung für Rubys nicht enden wollende Melancholie und Zoës Klammergriff. Vera hatte begriffen, was sie alle drei verband. Sie hatte daran geglaubt, ihre Situation verbessern zu können und ihre Sehnsucht ein wenig aufzufangen. Aber was, wenn sie jetzt die Kraft verließ? Wenn sie einfach aufgab? Sie hatte alles versucht, um vernünftig zu sein, umsichtig und mütterlich, doch stattdessen war sie genauso unberechenbar geworden wie die Mädchen. Sie hatte unschlüssig zwischen Geduld und Wut, Strenge und Verständnis hin und her gewechselt, ohne jeden Plan, und nichts davon hatte sie ihnen nähergebracht. Vera fiel einfach nichts mehr ein. Sie konnte ihnen keine Hilfe sein. Sie würde gehen, sich ohne Umschweife ein Taxi bestellen und durch den verflixten Tunnel zurück nach Hause fahren.

Wie auf Stichwort stürmten die Kinder ins Zimmer, und wie zu erwarten, lachte Zoë sich kringelig über das Geschirr, während Amanda nicht sehr überzeugend die Unschuld gab. Ruby legte ein neues Tab in die Lade und stellte die Maschine wieder an. Vera stand da wie gelähmt. Sie fühlte sich ausgehöhlt, als wäre sämtliche Kraft aus ihr herausgeflossen. Vera blickte auf den Herd, auf dem das Essen stand, und rührte sich nicht. Angestrengt versuchte sie ihr Gesicht zu verbergen, indem sie so tat, als sei es ungeheuer wichtig, das Tütenpüree beim Quellen zu beobachten. Zoë schien wie immer beneidenswert unempfänglich für die Stimmungen um sie herum zu sein. Sie deckte, untermalt von einer Springflut von Worten über irgendwelche Vorschulfreundinnen und deren Haustiere, den Tisch. Ruby goss Wasser in die Gläser und verteilte Besteck. Allein Amanda schien zu ahnen, wie gefährlich dünn das Eis war, auf dem sie stand. Sie verhielt sich auffallend ruhig und beobachtete Vera verstohlen aus den Augenwinkeln. Als Ruby dann auch noch ihre Lieblingsspeise verschmähte und weder Kartoffelpüree noch Erbsen oder Fisch anrührte, konnte Vera spüren, wie ihr ohnehin schon poröser Geduldsfaden endgültig riss. Sie sah Ruby fest ins Gesicht.

»Ich bestehe darauf, dass du deinen Teller leer isst, verstehst du mich?«

Ruby hielt die Luft an. Sie würgte. Sie verzog das Gesicht. Aber sie atmete nicht. Amanda nahm ihren Teller, murmelte etwas von *bad vibes* und stand auf. Nur um Sekunden später in Wutgeheul auszubrechen, sie hatte die Gummistiefel ihrer Mutter an Veras Füßen entdeckt. Die sie vergessen hatte auszuziehen.

»Gib die her, sofort! Das sind nicht deine, die gehören Mama, und sie braucht die noch! Du darfst nicht ihre Dinge nehmen, einfach so!«

Vera wollte eben etwas erwidern, als ein hoher, gellender Laut das verhinderte. Zoë stand auf dem Stuhl und stieß einen markerschütternden Schrei aus. Zugleich sah Vera aus dem Augenwinkel, dass etwas in Rubys Gesicht geschah. Zuerst schien es, als wollte sie etwas sagen, als formten ihre Lippen ein Wort. Aber sie überlegte es sich anders. Sie ballte die Fäuste, und ihr Mund verschloss sich.

Vera hatte den Abend irgendwie hinter sich gebracht. Die Mädchen hatten sich erbittert gestritten. Nicht nur, dass sie Englisch sprachen, sie redeten irgendwie komisch verklausuliert. Vera hatte nicht genau verstanden, worüber. Nur, dass es am Ende darum ging, ob Vera die Stiefel der Mutter leihen könnte und dass Zoë ihren Willen bekam.

Als alle sich wieder beruhigt hatten, nahm Ruby endlich ein wenig Apfelmus zu sich. Amanda verschwand in ihrem Zimmer und telefonierte stundenlang mit ihrer besten Freundin. Zoë malte im Wohnzimmer eine ganze Reihe von Bildern, bis Vera sie schließlich ins Bett bugsierte. Es blieb einigermaßen friedlich, und doch schien die Stimmung zwischen den Schwestern endgültig ruiniert zu sein.

Und jetzt auch noch das, Schlaflosigkeit. Vera warf sich zum hundertsten Mal von einer Seite auf die andere. Diese Matratze spottete jeder Beschreibung, eine komplette Zumutung. Vera fragte sich, ob es helfen würde, sie aus dem Gestell zu heben und die Federn in irgendeiner Form zu entstauchen. Sie musste an Amandas Bett denken und das Darunter. Was für einen Schatz sie wohl in der Kiste hütete. Auf einmal erinnerte Vera sich an ihre geheime Notration. Schon als Kind war Leberwurst ihre Waffe gegen jede Form von Kummer gewesen. Wie schlimm die Welt ihr auch erschien, ein paar klein geschnittene Streifen Brot bestrichen mit der blassrosa Wurst hatten sie immer trösten können. Als hätte sie es geahnt, hatte sie noch in letzter Minute drei Gläser davon erstanden, eingepackt und heimlich aufbewahrt. Heute war eindeutig ein Leberwursttag. Vera zog den Koffer unterm Bett hervor, fischte das erste Glas daraus und schlich mit der Kostbarkeit versteckt unterm Morgenmantel durch das stille Haus.

In der Küche sah Vera sich nach Toastbrot um. Es war keines mehr da. Wahrscheinlich hatte Amanda es mit in ihr Zimmer genommen, um es dort mit Marmelade aufzuessen. Das hatte sie schon öfter getan, aus Protest gegen das ungenießbare Essen der *Kraut*. Cracker waren auch keine da. Zur Not musste es die Wurst eben pur tun. Vera besorgte sich einen Löffel und ließ sich auf der Trittleiter nieder. Dr. Schneider hatte heute zum dritten Mal auf ihre

Mailbox gesprochen. Er riet ihr dringend, weitere Untersuchungen vorzunehmen. Vera öffnete das Glas. Der vertraute Geruch strömte ihr entgegen. Vielleicht hatte er recht. Andererseits, irrten sich Ärzte nicht weit häufiger, als bekannt wurde? Vera stach in die gestockte Oberfläche. Sie schob einen großen Brocken auf den Löffel und führte ihn zum Mund. Und wer behauptete eigentlich, dass Wissen überhaupt in irgendeiner Weise hilft? Vielleicht war der Kopfschmerz gar keine Begleiterscheinung. Vera begann die Wurst zu löffeln. Sie nahm den vertrauten Geruch tief in sich auf. Genoss die Nachgiebigkeit, mit der sie sich in ihrem Mund verteilte. Sie meinte im Bauch das Aufkommen einer Wärme zu spüren. Die nervenberuhigende Wirkung setzte langsam ein. Die Anspannung der letzten Wochen fiel in kleinen Schuppen von ihr ab. Vera fühlte sich selber weich werden und irgendwie ruhig. Das sollte sie sich öfter erlauben, sich etwas Gutes zu tun, nur für sich. Sie versank geradezu in lauter Genuss … bis etwas sie fast zu Tode erschreckte.

Unangekündigt stand auf einmal ein Mann in der Küche und machte Licht. Geblendet sah Vera sich einer dunklen, mit verdächtigen Gegenständen beladenen Gestalt gegenüber. Die sich allerdings als Mr. Hastings entpuppte, der, anscheinend genauso erschrocken wie sie, krachend einen ganzen Arm voll Mitbringsel fallen ließ.

»Was um Teufel machen Sie hier? In die Dunkelheit? Das ist doch kein Aufenthaltsort!«

Mr. Hastings' Tonfall erinnerte Vera fatal an ihren Ehemann. Er hatte die gleiche Wirkung auf sie wie Kreide, die über eine Tafel kreischt. Nur dass dieser Mann ihn ihr gegenüber ganz sicher nicht benutzen durfte. Vera sah ihn an, reserviert und von oben herab. Jedenfalls soweit das möglich war, kauernd auf einer kleinen Trittleiter zu einem Mann, der mindestens eins achtzig groß war.

»Ich erlaube mir einen Moment der Ruhe. Um mich von Ihren entzückenden Töchtern zu erholen. Und das geht Sie auch nicht wirklich etwas an. Wie ich meinen Feierabend verbringe, bleibt mir überlassen, nicht wahr?«

Das war nicht schlecht gewesen. Seelenruhig genehmigte Vera sich einen weiteren Löffel Leberwurst.

»Ach ja? Ist das mein Haus? Warum ist hier kein Licht? Wie sieht es hier aus? Und was eigentlich essen Sie da?«

»Allerdings, genauso wie es auch *Ihre* Familie ist, die Sie offenbar nicht die Bohne interessiert, so selten, wie Sie sich hier blicken lassen!«

Wie unangenehm es war, sich mit diesem fremden Mann auseinanderzusetzen. Andererseits, sie straffte sich, sein perplexes Schweigen ob ihrer Vehemenz beflügelte sie nur noch.

»Leberwurst! Ich esse Leberwurst.«

Vera pfefferte den Löffel in die Spüle und schraubte das halb volle Glas, ungeachtet seiner begehrlichen Blicke, wieder zu. Er sollte sich bloß nicht einbilden, sie würde ihn kosten lassen. Wie unverschämt, nach Wochen mitten in der Nacht aufzukreuzen und ihr auch noch Vorwürfe zu machen. Vera fühlte eine belebende Wut durch ihre Adern rauschen. Sie stand auf.

»Und überhaupt. Die Mädchen brauchen dringend die Zuwendung von mindestens einem Elternteil. Da die Mutter ja vom Erdboden verschluckt scheint und mir offensichtlich keiner sagen kann, wie man sie erreichen kann, oder will, jedenfalls wären Sie zuständig. Wenn Sie sich also wochenlang nicht blicken lassen, sollten Sie sich nicht wundern, dass Ihre Kinder aus dem Ruder laufen!«

»Was *Ihre* Aufgabe ist. Das Kommando geben und da sein für sie. Und was ich tue, ist nicht Ihr Kompetenz, Frau …«

Es fehlte nicht viel, und Mr. Hastings hätte sie auch noch für das miserable Wetter verantwortlich gemacht. Und er wusste nicht mehr, wie sie hieß! Vera schnaubte und buchstabierte ihm direkt ins Gesicht.

»K-l-a-p-p-r-o-t-h!«

»*You are the nanny, Mrs. Klapproth. The family is not at all your business!*«

Veras Wut implodierte. Das hatte sie unerwartet getroffen. Er hatte sie abgefertigt wie ein Dienstmädchen. Vera sah aus dem Fenster. Unten geisterte ein Schatten vorbei. Die Silhouette erinnerte sie vage an Ruby. Die selbstverständlich längst schlafend in ihrem Bett lag. Der Schatten blieb stehen und senkte den Kopf, als musterte er den Boden unter seinen Füßen, wie eigenartig. In ihrem Rücken klaubte Mr. Hastings die Päckchen auf, er räusperte sich leise.

»Meine Frau ist psychisch nicht ganz heil … verstehen Sie? Sie ist, sagt man das so? Kaputt. Ich möchte die Kinder nicht belasten damit, dass sie ist in einer Einrichtung. Bitte respektieren Sie das. *Good night*, Mrs. Klapproth.«

»Krank, man sagt besser krank. Gemütskrank vielleicht. Ja. Schlafen Sie gut, Mr. Hastings.« Vera flüsterte fast. Sie wagte nicht, sich umzudrehen, und hörte nur, wie er sich entfernte. Das erklärte natürlich einiges. Und doch, der Streit tat ihr kein bisschen leid. Im Gegenteil, er hatte ihr irgendwie gutgetan. Der letzte Rest vom Rauch ihres Zorns verflog, sie fühlte sich erstarkt und klar. Außerdem wusste sie jetzt endlich über die Mutter der Kinder Bescheid. Als Vera kurz darauf die Treppen hinaufstieg, drang ein Geräusch aus Mr. Hastings' Zimmer. Es klang wie ein Mann, der weint.

14

Am nächsten Morgen, Vera hatte gerade das Netz aus Tesafilm, das ihre Tür verklebte, mit der Nagelschere durchgeschnitten und sich aus dem Zimmer gekämpft, stellte sie überrascht fest, dass das ganze Haus nach Frühstück duftete.

Erwartungsvoll betrat sie die Küche und fand den Küchentisch beladen mit Köstlichkeiten, oder zumindest dem, was Amanda dafür hielt. Sie hatte den Tisch zur Feier des Tages mit Tulpenblättern geschmückt, das Beet draußen vorm Fenster wirkte dementsprechend kahl, und alles, was irgendwie süß war, aufgetischt. Allein beim Anblick der Berge von Marmeladen und Sirupflaschen, der Dosenfrüchte und Zuckerstreusel bekam Vera Appetit auf saure Gurken. In der Mitte des Tisches saß Mr. Hastings wie der koloniale König eines Südseeinselstaats, umgeben von seinen Untertanen, die ihn ganz offensichtlich genauso vergötterten wie er sie. Er verteilte großzügig seine mitgebrachten Gaben, die mit ziemlicher Wahrscheinlichkeit einem italienischen Flughafenshop entstammten, aber enthusiastisch empfangen wurden, als habe er sie von einem jahrelangen Beutezug eigenhändig über den Kanal geschleppt. Dabei waren sie nichts als Drachenfutter.

Vera nahm am Tisch Platz und goss sich die unvermeidbare Tasse Tee ein. Mr. Hastings nickte ihr zu. Sie nickte zurück. Er stimmte scheinbar mit ihr überein, dass es das Beste war, die nächtliche Episode zu vergessen. Amanda öffnete unter den gespannten Blicken der Schwestern ihr Paket. Sie zog einen Bikini in allen Farben des Regenbogens hervor. Vera erhaschte einen Blick auf das Etikett. Wie übertrieben, so viel Geld für einen Teenager auszugeben, ein Designerstück, das wusste so ein junges Ding doch gar nicht zu schätzen. Amanda fiel ihrem Vater um den Hals. Mr. Hastings ließ es sich zwar gefallen, doch froh schien er nicht. Vera schenkte sich noch eine Tasse Tee ein und beobachtete Mr. Hastings unauffällig. Er ließ zwar zu, dass sie sich bedankten, seine körperliche Nähe suchten, und bemühte sich auch, so auszusehen, als ob er sich über seine Kinder freute, doch wahrte er innerlich Distanz. Die Mädchen dagegen überboten sich darin, ihren Vater mit Leckerbissen zu verwöhnen, und buhlten um seine Aufmerksamkeit. Zoë kletterte auf seinen Schoß, um ihm eine ihrer Zeichnungen zu zeigen. Ruby setzte ihre neuen Kopfhörer auf, und Amanda führte ihren Bikini vor, aber er wich ihren Blicken aus. Er tätschelte seine Töchter, er lachte eine Spur hilflos, doch er sah sie nicht wirklich an. Bei Zoë war das ein bisschen anders. Als sie wie ein Kolibri um ihren heiß geliebten Vater herumflatterte, seine Wange streichelte, ihn fütterte und verzückt durch seine Haare strich, konnte er nicht anders, als unter dem warmen Wasserfall ihrer Liebesbekundungen aufzutauen. Er sah sie an, und sie strahlte in einem fort. Wie das Spiegelbild einer heilen Welt.

Kurz darauf ging auch das zu Bruch. Mr. Hastings war verschwunden und stand wenig später in Anglermontur im Flur, murmelte etwas von *Nachmittag zurück* und wandte sich zur Tür. Vera verschlug es die Sprache. Was war los mit dem Mann? Seine Töchter freuten sich seit Wochen auf diesen Tag, und er wollte allein Angeln gehen? Hatte er den Verstand verloren? Womit hatten die Mädchen eine derartige Behandlung verdient?

»Mr. Hastings …?«

Er drehte sich um und sah sie ungehalten an. Vera überlegte fieberhaft, was sie tun oder sagen sollte. Sie hatte absolut keine Idee, sie war zu schockiert. Ruby tauchte im Türrahmen auf. Sie sah ihren Vater aus umschatteten Augen fragend an.

»*Goodbye.*«

Mr. Hastings verließ fluchtartig das Haus.

Das eigennützige Verhalten dieses Mannes war in der Tat sonderlich. Erst verwöhnte er seine Töchter mit übertriebenen Geschenken, dann verschwand er überstürzt. Vera konnte sehen, dass er sie liebte, doch sie sah auch sehr deutlich, da stimmte etwas Grundlegendes nicht. Etwas, das mehr war als eine vorübergehende Wolkenfront. Vielleicht machte er sie in irgendeiner verdrehten Weise für die Krise seiner Frau verantwortlich? Dass an dieser abwegigen Theorie etwas dran sein konnte, war zwar mehr als unwahrscheinlich und doch, Vera erinnerte sich daran, wie befremdlich sein Blick auf Amanda gewesen war. Vielleicht war sie es, die ihn am stärksten an sie erinnerte?

Die Mädchen gingen einfach weiter ihren Beschäftigungen nach, verschroben und desolat wie bisher. Ruby verschwand stumm im Garten, wo sie nachdenklich eine Harke in die Hände nahm. Amanda tat, als kümmerte sie das Desinteresse des Vaters nicht weiter, und verzog sich ins Bügelzimmer. Zoë stand mit Herrn Schultz am oberen Treppenabsatz und blickte starr auf die sich auflösende Familie herunter. Glücklicherweise war das Wetter heute einfach miserabel. Bevor Zoë das Ausmaß der eigenen Enttäuschung komplett realisieren konnte, schlug Vera ihr schnell einen Spaziergang zu ihrem Lieblingsbrunnen am Trafalgar Square vor.

Zoë schluckte die Tränen hinunter und zog sich an. Herr Schultz fand anscheinend auch, dass der Trafalgar Square ein Grund zur Freude war.

»Er liebt besonders die Nixen, die spucken, sagt er.«

Zoë hatte in den letzten Wochen immer wieder geduldig versucht, Vera beizubringen, die Stimme ihres fadenscheinigen Stofffreundes zu hören. Leider vergeblich. Vera hatte erklärt, das konnte nur daran liegen, dass Erwachsene bestimmte Frequenzen nicht mehr hören könnten, ihre Sinne, bestimmte Fähigkeiten schliffen sich mit der Zeit langsam ab. Zoë hatte sie bedauernd angesehen und ihre Hand getätschelt. Vera begann zu überlegen, ob es wirklich so richtig war, immer bei der schnöden Wahrheit zu bleiben.

Auf dem Weg zur Haustür fiel Veras Blick auf die Kommode. Inmitten eines kleinen Stapels mit Post lag eine bunte Karte. Sie nahm sie in die Hand.

Eigentümlicherweise kam sie aus Deutschland. Beschrieben war sie mit hellgrüner Tinte. Und sie war an Zoë gerichtet. Vera gab sie ihr. Zoë hielt die Karte in ihren Händen und reagierte nicht. Vera sah über ihre Schulter, neben die Adresse hatte jemand ein rotes Herz gemalt. Darunter stand nur ein einziger Satz.

»Soll ich dir vorlesen, was da steht?«

Zoë sah Vera an, dann nickte sie leicht.

»Ich hab dich unendlich lieb. Mama.«

Zoë steckte die Karte ein und verlor den ganzen Tag kein Wort mehr darüber.

Und der Tag wurde zum reinen Vergnügen, dafür sorgte Vera, ganz einfach, indem sie Zoë einen Wunsch nach dem anderen von den Lippen ablas und sie sämtlich erfüllte. Nachdem sie den Brunnennixen einen Besuch abgestattet hatten, spazierten sie, aufgeweichte Eiswaffeln essend, am Themseufer entlang. Vera staunte über die sandigen Uferstellen, die Möwen, den Geruch nach Tang. Das hier war ein richtiger Fluss, mit all seiner unerschütterlichen Kraft. Und dank seiner Strömung, die sich von nichts aus der Ruhe bringen ließ, übte er eine ungeheuer ausgleichende Wirkung auf sie aus. Als Zoë um eine Bootstour bettelte, musste Vera nicht lange überlegen, sie hatte selbst Lust darauf.

Wenig später gingen sie an Bord des kleinsten Schiffes, das sie hatten finden können. Bis auf ein paar betrunkene Touristen waren sie die einzigen Passagiere. Sie verschmähten die Kajüte. Zoë, überflutet von der womöglich euphorischsten Fröhlichkeit aller Fröhlichkeiten, die Vera je an ihr beobachtet hatte, kletterte juchzend die Stufen zum Deck hinauf. Vera folgte ihr, sie kauerten sich unter ein schmales Vordach und ließen sich den Nieselregen um die Nase wehen.

»Wir sind Seeären …!«

Ein großes Schiff fuhr tutend an ihnen vorbei. Die Lautstärke war enorm, Vera hatte zwar genau verstanden, doch war sie von einer plötzlichen Spielfreude gepackt.

»Wie bitte?«

»Echte Seeären! Das sagt Mama, wenn wir am Wasser sind …!«

»Bist du sicher? Könnte es eventuell sein, dass sie See*bären* meint?«

»Hihihi, Bären leben doch im Land, *dummy*!«

»Was hast du gesagt? Du hast mich nicht gerade Dummkopf genannt, oder?«

Vera hob drohend den Schirm. Zoë hüpfte leise gackernd übers Deck.

»Na warte, du freche kleine Engländerin, das wirst du noch sehr, sehr bitter bereuen!«

Vera setzte ihr nach. Zoë wusste in ihrem Freudentaumel kaum noch, wohin mit sich. Sie krabbelte an der Reling hoch und drehte sich zu ihr um.

»Du kriegst mich nicht, verspreche ich!«

»Weg vom Geländer! Zoë!«

Doch Zoë hatte beschlossen, nicht zu hören. Sie streckte vergnügt ihre Nase in den Wind und hob die Arme empor. Genau in diesem Moment traf eine Welle das Boot. Ein Ruck ging durch Zoës kleinen Körper. Sie verschwand in einem Nebel aus Gischt.

»Zoë!«

Vera schrie. Ihr Herz begann zu rasen.

Für einen Augenblick sah sie vor sich, wie Zoë zappelnd in den Fluss kippte. Wie der kleine Körper auf und ab wogte wie ein Korken. Sie stellte sich vor, wie der Kopf des Kindes hinter einer Welle verschwand. Wie es vergeblich versuchte, sich an einem Rettungsring festzuhalten, und ihr dann in die Themse entglitt. Wie es kämpfte und Angst hatte und unterging.

Mit einem Satz sprang Vera an die Reling und umschlang die triefende Gestalt. Sie hatten Glück gehabt. Vera hielt sie ganz nah an sich gedrückt. Zoë prustete ihr ins Gesicht.

»Was ist nur in dich gefahren? Du hast versprochen, keinen Unfug zu machen. Und dann das! Warum bitte bist du das Geländer hochgeklettert? Das war lebensgefährlich! Verstehst du, was das heißt? Verflucht noch mal, mir wäre fast das Herz stehen geblieben!«

Vera hätte sie am liebsten geschüttelt. Stattdessen umfasste sie das Kind mit einem Arm und rieb seinen Körper mit der anderen Hand ganz fest. Tränen schossen ihr in die Augen. Zoë hustete leise.

»Warum du traurig bist?«

»Ich bin froh. Dass du lebst. Und ich bin sehr wütend auf dich. Weil du nicht auf mich hörst!«

Zoë klapperte mit den Zähnen.

»Ich bin auch frohohoh, dass duhuhuhu lebst ...«

Vera ließ zu, dass Zoë sich wie ein kleiner Affe an sie klammerte, und trug sie unter Deck. Wo sie mit einer kratzigen Wolldecke, mit heißem Zuckertee, einmal mit Rum, versorgt wurden und Vera weiter auf Zoë einredete und ihr diverse Versprechen abnahm, was die mit bangen Entschuldigungen und exzessiven Kuschelattacken beantwortete. Erst im Taxi nach Hause begann Vera sich langsam zu beruhigen. Sie versuchte, Zoë das heilige Versprechen abzunehmen, niemandem ein *Sterbenswörtchen* von ihrem Abenteuer zu verraten. Doch es war aussichtslos. Den Rest der Fahrt hatte Vera damit zu tun, Zoë das Wort zu erklären und warum sie schweigen und der Vorfall ihr Geheimnis bleiben musste, was vollkommen aussichtslos war.

»Vielleicht ein *tiny little* bisschen?«

Zoë schmiegte sich eng an Vera.

»Auf gar keinen Fall.«

»Aber wieso?«

Zoë schlotterte ein bisschen stärker.

»Weil sie mich dann nach Hause schicken, und vorher stecken sie mich in den Tower, wo ich verschmachten werde.«

»Verschachteln?«

»Sag mal, hast du etwa immer noch Wasser im Ohr?« Vera kniff suchend die Augen zusammen und beugte sich vor.

»*No!*«

Zoë schüttelte vehement den Kopf. Und kicherte. Sie waren mit einem Schrecken davongekommen, und Vera wusste, sie würde so schnell nicht vergessen, wie erleichtert sie darüber war.

Er war einfach abgereist. Mr. Hastings hatte nicht auf sie gewartet, und es gab keine Nachricht von ihm. Er hatte nichts als einen Sack voller Schmutzwäsche zurückgelassen, der im Flur einen muffigen Geruch verbreitete. Amanda erklärte, er habe einen Anruf erhalten, gerade als er vom

Angeln wiedergekommen war, hätte versprochen, es sei eine Ausnahme, und er melde sich. Dann sei er weggeflogen. Die drei Mädchen standen schweigend im Flur und sahen auf den Wäschebeutel. Niemand sagte ein Wort.

Vera steckte Zoë in die Badewanne, während Amanda einen Topf mit heißer Schokolade kochte und an alle verteilte. Sogar Ruby nahm einen Becher an und trank ihn in kleinen Schlucken leer. Sie hatten sich um die Wanne versammelt und lauschten der ausgeschmückten Erzählung, die Zoë von ihrem Abenteuer zum Besten gab. Vera erlaubte es ihr. Hauptsache, sie vergaß die Abreise ihres Vaters so schnell es ging. Sie allerdings würde mit ihm ein Hühnchen rupfen, und zwar heute noch.

Sobald Zoë eingeschlafen war und die Großen sich einen Film ansahen, zog Vera sich in den Wintergarten zurück und rief Mr. Hastings an. Sie erreichte seine Mailbox und sprach ihm eine Nachricht darauf.

»Mr. Hastings? *Good evening.* Ich weiß ja nicht, wo Sie gerade so dringend hinmussten, aber es muss wirklich wichtig gewesen sein. Wenn Sie die Gesichter Ihrer Töchter gesehen hätten, dann wüssten Sie allerdings auch, wie entscheidend es ist, die richtigen Prioritäten zu setzen. Verstehen Sie, was ich damit sagen will? In jedem Fall brauchen die Mädchen Schwimmpraxis. Zoë sagte mir heute, ihre Mutter wollte sie längst zum Kurs angemeldet haben. Nun ja, sie hat es offensichtlich nicht getan. Ich werde das nachholen, doch ich brauche dafür sicher Ihre schriftliche Einwilligung. Schicken Sie sie mir bitte möglichst schnell. Das war alles. Ja. Gute Nacht.«

Als Vera aufgelegt hatte, stutzte sie. Die verdorrten Pflanzen auf der Fensterbank hatten neue Triebe gebildet. Wie konnte das denn sein? Sie waren doch längst vertrocknet gewesen, grau und porös, und auf einmal tauchte neues Grün an den Zweigen auf? Vera hätte nicht gedacht, dass das möglich war. Irgendjemand aber musste sie heimlich wieder zu gießen begonnen haben.

15

Noch 59 Tage. Vera wartete seit geschlagenen zwanzig Minuten an der Tür. Angezogen und mit dem Schlüssel in der Hand stand sie sich die Beine in den Bauch, und keinen kümmerte es. Ihre Nachsicht war langsam aufgebraucht. Sie hatte genug davon, ihre Zeit ausschließlich mit Kindern zu verbringen, denen dazu noch nicht besonders viel daran lag. Sie brauchte einen vernünftigen Gesprächspartner, einen freien Abend, einen Drink. Am Morgen um halb fünf war sie von einer Kakofonie versteckter Wecker aus dem Schlaf gerissen worden, und dementsprechend mürbe fühlte sie sich jetzt. Sie hatte keine Lust mehr durchzuhalten. Sie fand Stolperfallen in der Küche oder Wärmesalbe auf dem Toilettensitz überhaupt nicht komisch. Vera lehnte sich an den Türrahmen. Sie kam einfach nicht an sie heran. An keine von ihnen. Und da sie nicht im Entferntesten das Verlangen nach einer blutigen Nase verspürte, sollte sie aufhören, gegen die immer gleiche Wand zu laufen. Es musste etwas passieren, und zwar bald. Sonst könnte sie demnächst für nichts mehr garantieren. Apropos bald, wo blieben die Mädchen nur? Sie hörte es oben schon seit einer Ewigkeit rumoren, aber keine der drei erschien. Was war so schwer zu verstehen an ... *und wir müssen pünktlich los*? Veras Autorität wurde offenbar weiterhin nicht im Geringsten ernst genommen. Im Gegenteil, sie labten sich an ihrer Hilflosigkeit. Wahrscheinlich hatten sie sich irgendwo zusammengerottet und lachten über sie. Rage erfasste Vera, wie ein plötzlich aufkommender Wind schoss sie die Treppe hoch und riss die Tür zu Amandas Zimmer auf. Was ein verheerendes Gebrüll provozierte.

»Anklopfen! Ich hab gesagt, ich komme gleich, und nebenbei, ich will nicht mit!« Flammende Röte ergoss sich über Amandas Gesicht. »Du hast mich zu befehlen absolut gar nichts, wir nicht sind beim Militär!«

Fassungslos stand Vera in der Tür. Wie konnte ein Mädchen, das seinen Schwestern gegenüber so fürsorglich war und dazu viel zu reif für sein Alter, auf der anderen Seite so voll sein von besinnungsloser Wut? Keine von beiden bewegte sich. So unversöhnlich, als tobte zwischen ihnen ein Krieg, als trennte sie ein Graben voll Morast. Sie belauerten einander und suchten den einen Moment, den Schwachpunkt in den Augen des anderen. Langsam schob Amanda mit dem Fuß ihre Kiste unters Bett zurück. Was nicht gerade unauffällig geriet. Wobei hatte Vera sie gestört, was sollte ihr verborgen bleiben? Ihre Fantasie begann Purzelbäume zu schlagen. Doch sie hatte jetzt keine Zeit, darüber nachzudenken.

»Abflug!«

Vera sah dem Kind unerbittlich ins Gesicht. Wies mit dem Kopf auf die Tür und rührte sich nicht vom Fleck.

Amanda holte tief Luft. Nahm ganz langsam ihre Sporttasche und folgte ihr. Widerwillig. Aber sie kam mit. Vera lief hinter ihr die Treppe hinunter. Im unteren Flur sah sie Ruby, die eben in Richtung ihres neuen Domizils, dem Wintergarten, trottete.

»Bist du so weit?«

Ruby zuckte zusammen und duckte sich. Sie sah sich verschreckt nach einem Fluchtweg um. Spielte sie wahrhaftig mit dem Gedanken, sich in den schmalen Spalt zwischen Schrank und Wand zu quetschen? Vera war am Fuß der Treppe angelangt.

»Du erinnerst dich? Wir hatten ausgemacht, dass du es versuchen willst?«

Ruby nickte ergeben und fügte sich. Aufrecht und gefasst, als ginge es zum Schafott, schritt sie Richtung Tür. Wo Zoë ihnen glühend vor Vorfreude die Tür aufhielt und hinaus in den Platzregen strömte, der passenderweise gerade begann.

Im Hallenbad nahm das Desaster seinen Lauf. Vera hatte Amanda und Ruby in die Umkleide verfrachtet und sich selbst überlassen, sie hatte genug mit der quecksilbrigen Zoë zu tun. Allein deren Haare in der obligatorischen Badekappe unterzubringen erforderte Veras gesamte Aufmerksamkeit. Endlich waren sie gerüstet und betraten die Schwimmhalle. Wo sie der tosende Lärm von Vergnügen und Furcht empfing. Vera übergab Zoë der Lehrerin, versprach, sämtliche Kunststücke gebührend zu bewundern, und sah sich nach den beiden Großen um. Ruby stand zitternd an einer Wand und weigerte sich, ihren Bademantel abzulegen. Mit Engelszungen sprach Vera auf sie ein, Ruby klammerte sich an eine Türklinke und war nicht dazu zu bewegen, auch nur einen weiteren Fuß in die Halle zu setzen. Vera versuchte, sie mit der Aussicht auf eine Belohnung zu locken, mit dem Versprechen von Spaß, mit sanfter Gewalt, doch nichts fruchtete. Ruby hatte unverkennbar eine übermächtige Angst davor, dass jemand sie im Badeanzug sehen könnte. Vera versicherte ihr, dass niemand sie anstarren würde, alle seien zu beschäftigt mit sich selbst. Und wenn sie sich umsehe, fiele ihr sicher auch auf, dass hier alle möglichen Menschen mit jeder erdenklichen Art von Körpern versammelt seien. Ruby täuschte einen Schwächeanfall vor. Vera blieb nichts übrig, als sie zu einer Bank zu begleiten und dort in Handtücher gehüllt zurückzulassen.

Vera entschied sich, selbst schwimmen zu gehen. Sie ließ sich langsam ins Wasser herab und genoss den Schock der leichten Kälte. Die Kühle, die bis zu ihren Knochen drang. Wie der Körper sich langsam an das neue Element gewöhnte. Es zu genießen begann. Sie ließ sich ins Becken gleiten und streckte sich. Sie schob das Wasser seitlich von sich und bewegte sich ruhig voran. Ein klarer Rhythmus breitete sich in ihrem Inneren aus. Sie schwamm eine Bahn, sie wendete mit einer fließenden Drehung, sie glitt wieder zurück. Sie wurde eins mit der körperlichen Sensation und dem Augenblick, war nur noch, was sie tat. Sie genoss es, wie das Wasser sie trug. Bis ein unerwarteter Gedanke sie erschreckte. Was, wenn auch diese Sicherheit trügerisch war? Wenn das Wasser sie nicht mehr hielt? Wenn niemand da war, der sie fangen würde, wenn sie strauchelte? Vera klammerte sich am Beckenrand fest. Niemand wusste, was real war und was Illusion, wie lange es gut gehen würde und was einen jenseits der Zeit erwartete. Unwillkürlich sah Vera hoch zur Uhr, fast eine halbe Stunde war vergangen. Sie kletterte die Leiter hoch und sah sich um. Die Gruppe der Kleinkinder planschte mit länglichen Schaumstoffwürmern bewaffnet im flachen Becken herum. Vera hielt Ausschau nach Zoë. Sie war nicht dabei. Es lief ihr eisig den Rücken hinunter. Sie suchte das Wasser mit den Augen ab. Unter der Oberfläche, im tiefsten Winkel des gekachelten Beckens waberte ein pinkfarbener Fleck. Als sie näher kam, konnte Vera verschwommen Zoë erkennen, die am Boden verharrte und sich die Nase zuhielt. Sie tauchte prustend auf und sah sich Lob heischend um. Jetzt entdeckte Vera auch die Trainerin, die direkt neben ihr stand und wachte. Vera applaudierte und lächelte Zoë zu, und doch hatte sie kein wirklich gutes Gefühl dabei. Amanda tippte Vera auf die Schulter.

»Ich glaube nicht, Daddy findet gut, dass du selber schwimmst und Zoë war ganz allein …«

Ihre Stimme war unangenehm spitz.

»Sie ist die ganze Zeit in der Obhut der Schwimmlehrerin gewesen! Und das weißt du ganz genau.« Vera sah ihr direkt in die Augen.

»Aber das ist dein Job.«

Vera hatte das sichere Gefühl, keine einzige Auseinandersetzung mehr ertragen zu können, ohne auf der Stelle durchzudrehen. Sie sah Amanda liebenswürdig an.

»Warum sagst du mir nicht einfach, was du willst?«

»Ich brrrauche Gelttt für *fish and chips*, und ich habe Durrrrrst.«

Amanda rollte theatralisch mit den Augen und schlang sich eine imaginäre Federboa um den Hals. Vera drückte ihr ohne Kommentar zwanzig Pfund in die Hand, worauf Amanda aasig lächelnd in Richtung Kiosk verschwand. Zoë krabbelte aus dem Becken und trippelte fröstelnd zu ihr hin. Vera hüllte sie in ihr Handtuch und rubbelte sie warm. Sie trichterte Zoë ein, nichts zu tun, was sie nicht von der Schwimmlehrerin gelernt hätte, zum Beispiel einfach irgendwo runterzuspringen, und ganz sicher nicht zu tauchen. Sie nahm Zoë das Versprechen ab, sämtliche unbekannten Gewässer zu meiden und sich fürs Erste ausschließlich an der Wasseroberfläche aufzuhalten.

Während Vera sich abtrocknete, fühlte sie auf einmal Blicke auf sich. Sie wickelte sich in ihr Handtuch und sah sich unauffällig um. Am gegenüberliegenden Ende der Halle hatte sich eine kleine Gruppe zusammengefunden, die sie ungeniert beobachtete.

Zoë schüttelte ihre Hand. Sie sprach schon eine Weile auf sie ein. Die einzigen Worte allerdings, die Vera verstanden hatte, waren *Schaum* und *Allein*.

»Möchtest du vielleicht ein Eis?«

»Ich möchte immer ein Eis, kennst du mich nicht?«

»Dann lauf zu deiner Schwester, solange die noch Geld übrig hat!«

Zoë drehte sich um und flitzte, so gut das auf ihren Flipflops möglich war, in Richtung Kiosk.

»Vorsicht, dass du nicht rutschst!«

Vera schlenderte zu Ruby, die unweit der Beobachter kauerte und sich bibbernd die Füße massierte. Die Gruppe bestand aus drei ziemlich jungen Leuten, und etwas an der

Art, wie sie mit den Kindern, die sie begleiteten, umgingen, zeigte Vera, dass auch sie Au-pairs waren. Natürlich waren sie etwa halb so alt wie sie, nun ja, rechnete man sehr großzügig. Und sie redeten über Vera, das konnte sie an ihren kribbelnden Nackenhaaren spüren, einem Seismografen, der sie noch nie im Stich gelassen hatte. Eine der jungen Frauen, stark geschminkt und mit einem goldenen Bikini bekleidet, hatte etwas eindeutig Abschätziges im Blick. Sie erhob sich und stolzierte grazil in Richtung Nichtschwimmerbecken, wo ein spiddeliger Junge, schon als sich ihr Schatten näherte, auf der Stelle aufhörte herumzutollen und in eine Art soldatische Haltung verfiel. Sie nickte huldvoll und lief zurück zu den anderen, wo sie sich in Zeitlupe auf einer Liege ausstreckte und nachlässig in einem Modemagazin zu blättern begann. Das zweite Au-pair wirkte neben ihr wie ein Kaltblüter neben einem Araber, kurzhaarig und ganz und gar stabil. Sicher kam sie vom Land, hatte schon in frühester Jugend bei Steißgeburten assistiert und Ställe vom Mist befreit. So konnte sie auch mit den Drillingen umgehen, für die sie anscheinend zuständig war. Reizende Mädchen, vielleicht drei Jahre alt, aber bereits durch und durch abenteuerlustig. Trotzdem gelang es ihnen nicht, die Kurzhaarige aus der Ruhe zu bringen, gelassen griff sie mal hierhin, mal dorthin, putzte Nasen, verteilte Reiswaffeln, verhinderte größere Katastrophen, schon wenn sie sich in ihrem Augenwinkel anbahnten, und wurde offensichtlich mit bedingungsloser Zuneigung belohnt. Das dritte Au-pair war ein großer Junge mit hinreißendem, engelsgleichem Haar. Er hütete drei kleine Jungen, deren Gesichter Vera an die Daltons aus den Comics erinnerten, Orgelpfeifen mit beeindruckenden Kinnpartien und mehr Chuzpe als Verstand. Wobei *hüten* nicht ganz der richtige Ausdruck war. Der Au-pair-Junge verhielt sich, als wäre er einer von ihnen, er balgte mit ihnen und verfolgte sie quer durch das ganze Bad. Doch er wusste, selbst wenn er sie wie nebenbei ins Wasser warf, in jedem Moment ganz genau, was er tat. Nur der Bademeister sah das eindeutig anders. Er pfiff, schimpfte und drohte ihm samt seiner Schützlinge Hausverbot an. Worauf der mitsamt den Jungen einen so charmanten Kotau hinlegte, dass selbst der bärbeißige Bademeister in sein Mikrofon lachen musste und die vier im Gänsemarsch brav zu ihrem Lager zurückkehrten.

Amanda, die eben gefolgt von Zoë zurückkam, ließ beinah die beiden Teebecher fallen, die sie mitgebracht hatte, als sie sich plötzlich dem ziemlich männlichen Au-pair gegenüber fand. Sie setzte ein überhebliches Gesicht auf und quetschte sich an ihm vorbei. Während Zoë lauthals die farbenfrohe Tätowierung bewunderte, die die muskulöse Brust des Jungen verzierte und die Vera zumindest aus dieser Entfernung an einen explodierenden Fesselballon erinnerte, fiel ihr eine winzige Veränderung an Amanda auf. Sie hatte sich kaum merklich ausgerichtet. Als wäre ihr Körper von Flimmerhärchen bedeckt, die Fühlung aufgenommen hatten, mit der Welt um sie herum. Es war, als wäre sie aufgewacht.

Am nächsten Tag erwachte Vera mit einer ausgewachsenen Sommergrippe. Ihre Knochen waren wie versteinert, ihr Kopf in Watte gefangen, und die Stimme versagte ihr fast, als sie Zoë davon abbringen wollte, ihr nahe zu kommen.

»Achtung, ich bin bestimmt ansteckend!«

Zoë sah sie fragend an. Vera wedelte abwehrend mit den Händen.

»Bleib weg ...!« Ein kratzender Husten hinderte sie daran weiterzusprechen.

»Was? Warum?« Zoë erstarrte, vom Donner gerührt. »Ich nichts habe getan!«

»Nein, das waren Bazillen, verstehst du nicht?«

»Aber ich bin nicht schuld, du so fies, *no, I did not do anything* ...« Geknickt schlich Zoë, Herrn Schultz im Schlepptau, aus der Tür. Meine Güte, warum verstand das Kind denn nicht? Vera ließ sich erschöpft ins Kissen fallen. Das konnte sie unmöglich so stehen lassen. Sie schälte sich aus dem Bett und zog fröstelnd ihren Morgenmantel über, Socken und eine Strickjacke. Im Spiegel blickte ihr eine unförmige Gestalt entgegen. Vera wandte sich ab und band sich einen voluminösen Schal um den Hals. Ihr Aussehen war ihr vollkommen gleich.

In der Küche gelang es Vera, einen etwas vitaleren Eindruck zu machen, hoffte sie jedenfalls. Doch sie fühlte sich erbärmlich, und das färbte auch auf den Pfannkuchen ab, den sie Zoë für heute versprochen hatte und tapfer buk. Es wurde ein Schmarrn daraus, er war weder durch, noch konnte man seinen Geschmack in irgendeiner Form loben, befand Vera, nachdem sie vorsichtig ein Stück getestet hatte, beim besten Willen nicht. Vera warf ihn in den Müll und goss einen weiteren krumpligen Kreis in die Pfanne.

»Bist du krank?«

Ruby war geräuschlos ins Zimmer geschlichen.

»Nein, wie kommst du darauf?«

Vera unterdrückte erfolglos ein rasselndes Husten.

Ruby hielt ihr einen Brief entgegen.

»Er ist für dich, und er ist von einem Arzt in deinem Land.«

»Was? Ach so … Oh, nein, das ist ein alter Freund von meinem Mann.«

Vera konnte selber hören, wie lahm das klang. Sie riss Ruby den Umschlag aus der Hand und stopfte ihn in die Strickjackentasche. Kalter Schweiß brach ihr aus den Poren. Vera wischte ihn schnell mit ihrem Ärmel ab. Ruby nutzte den Augenblick ihrer Unaufmerksamkeit und entwand ihr den Pfannenwender.

»Ich kann das machen.«

Vera glaubte, sie habe sich verhört. Aber sie war zu erstaunt und zu erschlagen, um zu widerstehen, und ließ sich auf einen Küchenstuhl sinken. Draußen plumpste Zoë vom Treppengeländer. Sie kam in Schräglage in die Küche gelaufen, wie ein Bär, der einem Bratenduft folgt.

»*Panca* …« Zoë blieb wie angewurzelt stehen, der Anblick der kochenden Schwester machte sie stumm.

Vera erwartete einen verschwörerischen Blick, aber Zoë ignorierte sie. Ehrfürchtig setzte sie sich an den Tisch, schaukelte erwartungsvoll mit den pummeligen Beinen und begann mit Herrn Schultz zu plaudern.

»*You know, it's not my fault that the nanny got the flu. Not everything is my fault.*« Sie senkte die Stimme. »*Maybe Mama's vanishing is, though. You know, I was a very bad girl. She was mad at me …*«

Vera lauschte mit angehaltenem Atem. Wie grässlich, Zoë glaubte offenbar, auf irgendeine dubiose Weise Verantwortung für das Verschwinden ihrer Mutter zu tragen. Sie musste unbedingt mit Mr. Hastings sprechen, so konnte es nicht einen Tag weitergehen. Als sie aufsah, bemerkte sie Rubys nachdenkliche Augen auf sich. Ruby hatte schon vor einiger Zeit begonnen, Vera zu beobachten. Wie die Katze aus Alice im Wunderland tauchte sie aus dem Nichts auf und starrte sie an. Als denke sie über Veras Inneres nach, oder führte irgendetwas völlig Unvorhersehbares im Schilde. Auch jetzt ruhte Rubys Blick auf ihr. Plötzlich, als hätte sie einen Entschluss gefasst, löste sich ihre Erstarrung auf. Sie verteilte vier makellose Pfannkuchen auf den Tellern und setzte sich hin. Vera schien es wie ein mittleres Wunder, dass ausgerechnet dieses Kind kochen konnte.

»Danke, Ruby, das sind ja die reinsten *Leckerbissen*!«

Zoë zeigte keine Reaktion, sie sah unbewegt in Herrn Schultzens Plüschgesicht, als erhielte sie Trost von ihm oder wichtigen Rat für ihr Problem.

»Zoë, wäre das nicht ein *Lieblingswort?*«

Immer wenn sie ein besonders schönes Wort fanden, je zungenbrecherischer, desto besser, trugen sie es in ein Heftchen ein, und an normalen Tagen wäre Zoë begeistert aufgesprungen, hätte sofort das Heft geholt, den Stift gezückt, unwillkürlich die Zunge zwischen den Lippen rausgestreckt und versucht, das Wort aufzuschreiben. Dann hätte sie Vera fragend angesehen, und die hätte ihr geholfen, und gemeinsam hätten sie das Wort mehr gemalt als notiert, und Zoë hätte es immer wieder leise vor sich hin gesprochen, um es sich einzuprägen. Doch sie schwieg und rührte sich nicht.

»*Leckerbissen* ist doch wirklich lustig! Nein?«

Zoë zeigte absolut keine Reaktion.

»Sag mal, was war noch mal das erste Wort, das wir hatten? *Nacktschnecke,* nicht?«

»*Blitzkrieg.*«

Amanda polterte ins Zimmer und warf die Jacke ihrer Schuluniform auf den Stuhl.

»Das ist leider überhaupt nicht lustig. Eher richtig geschmacklos. Ja primitiv.«

Vera wandte sich Zoë zu und teilte ein Stück Pfannkuchen mit der Gabel ab. Zoë schüttelte heftig den Kopf. Vera träufelte ein wenig Sirup auf den Bissen, sie wusste, dem konnte Zoë nicht widerstehen. Sie lächelte auffordernd und hielt ihr die Gabel vor den Mund.

»Ein Löffelchen für Mama?«

Es klirrte schrill. Vera sah sich um. Obwohl sie nicht wusste, was sie genau verbrochen hatte, war klar, das war ein Fehler gewesen. Amanda hatte ihr Messer fallen lassen, der Teller darunter war zerbrochen. Langsam verteilte sich sonnenfarbener Sirup übers Tischtuch.

16

Vera war wieder ins Bett gegangen. Wo sie mit der Decke überm Kopf den Rest ihres Lebens zu bleiben gedachte. Aber dank Rubys überaus aufopferungsvoller Pflege war sie auf dem Weg der Besserung. Als Vera klar geworden war, dass Ruby es irgendwie genoss, sich um sie zu kümmern, hatte sie ihre verkümmerten schauspielerischen Talente hervorgekramt und in den vergangenen Tagen übertrieben gestöhnt und geschnieft, sobald sie sich ihr näherte. Und Ruby behandelte Vera mit Freuden wie ein kränkliches Kind. Sie war erstaunlich bestimmt, wenn es darum ging, frische Luft ins Zimmer zu lassen oder darauf zu bestehen, dass Vera ihren Teller Hühnersuppe aufaß. Die sie immerhin eigenhändig aus der Dose in den Topf befördert und liebevoll aufgewärmt hatte. Was eher deren Geschmack entsprach als der selbst hergestellte Haferbrei, den sie ihr jeden Morgen kredenzte, auch wenn der ganz bestimmt gut gemeint war. Am späten Nachmittag fühlte Vera sich einigermaßen wiederhergestellt und nutzte ihre wiedergewonnene Kraft, um sich in der Sprachschule abzumelden. Denn eins war klar, diese ekelhafte Erkältung sollte sie zumindest von der Bürde dieses idiotischen Unterrichts befreien. Was für eine Erleichterung, nie wieder in dem anonymen Verschlag sitzen und hirnverbrannte Aufgaben lösen zu müssen, monotone Texte nachzuplappern oder, schlimmer noch, in den Gruppenstunden den läppischen Rollenspielideen des dreiundzwanzigjährigen Hilfsdozenten ausgeliefert zu sein. Vera fühlte sich augenblicklich gesund, was ein vernehmliches Magenknurren noch unterstrich. Sie beschloss, statt weiter im Bett Wurzeln zu schlagen, in der Küche nach etwas Essbarem zu fahnden.

Im Haus war es still. Die Mädchen waren in der Schule, die Reinemachefrau hatte ihre Arbeit für heute beendet. Aber sie hatte versehentlich Amandas Zimmertür offen gelassen. Vera stahl sich hinein und holte die geheimnisvolle Schachtel unterm Bett hervor. Sie öffnete den Deckel und sah hinein. Zuerst hatte sie keine Ahnung, was sie davon halten sollte. Die kleinen Behälter und Tüten, Fläschchen und Dosen, mit anscheinend vollkommen unzusammenhängenden Gegenständen gefüllt. Aber dann fiel ihr etwas auf. Sämtliche Behältnisse waren dicht verschlossen. Sie ließen keine Luft hinein oder hinaus. In einem Einmachglas lag ein Rest von einem Stück Seife, benutzt, von länglichen Rissen durchzogen und hellgelb. Doch Vera roch nichts davon. Auch nicht von der Mütze, der Handcreme oder dem angebissenen Stück Shortbread. Alles Dinge, die normalerweise einen mehr oder weniger intensiven Duft verströmten. Machte Amanda ein Experiment? Vielleicht für den Chemieunterricht? Nachdenklich legte sie die vermutlich wertvollen Dinge zurück in die Kiste und verstaute sie unterm Bett. Vera strich die Stelle, auf der sie gesessen hatte, wieder glatt und sah sich noch einmal um. Hatte sie sonst noch Spuren hinterlassen? Gab es noch einen Hinweis? Alles sah aus wie immer, nur auf der Fensterbank, halb verborgen vom Vorhang, stand eine Gießkanne, das war neu. Andererseits war es aber auch nicht überraschend, hatte Amanda doch diesen ausgeprägt mütterlichen Zug. Sie kümmerte sich um ihre jüngeren Geschwister, warum sollte sie es dann nicht auch bei den Topfpflanzen tun? Nur kam sie dabei selbst vielleicht zu kurz? Immerhin war sie noch ein Kind.

Vera schloss die Tür hinter sich. Am liebsten hätte sie die Klinke abgewischt, doch das kam ihr dann doch albern vor. Amanda brauchte eine Beschäftigung, etwas, das sie allein tun konnte. Und das gesünder war, als obskure Souvenirs zu horten. Waren das etwa Geruchsproben? Wie Geheimdienste sie sammelten? Aber warum? Vera schüttelte den beunruhigenden Gedanken ab und verschob das Nachdenken darüber auf später. Morgen war auch noch ein Tag. Sie wickelte sich enger in ihre Strickjacke und steckte die Hände in die Taschen. In der linken war der Brief. Wie unangenehm. Sie würde ihn morgen lesen, versprach sie sich selbst. Sie war ja auch noch nicht ganz wiederhergestellt. In der anderen Tasche steckte auch etwas. Vera zog es heraus. Es war ein Schlüssel. Sie selbst hatte ihn ganz bestimmt nicht dort hineingesteckt, sie hatte ihn überhaupt noch nie gesehen. Auf dem kleinen Schildchen stand *Office*. Vera überlegte. Das konnte kein Zufall sein. Und wo der Raum sich befand, ahnte sie schon. Als sie das Haus zum ersten Mal in

Ruhe vom Garten aus betrachtet hatte, war ihr eine Art runder Erker aufgefallen, der erleuchtet gewesen war. Es war das Wochenende gewesen, an dem Mr. Hastings zuletzt da gewesen war. Jetzt war er in Amerika, es bestand keine Gefahr, dass er plötzlich hinter ihr stand, und doch fürchtete Vera sich. Sie hielt den Schlüssel wie eine Waffe zwischen den Fingern und ging zur Tapetentür im Elternschlafzimmer. Es war die richtige, der Schlüssel drehte sich ganz leicht im Schloss.

Vera hatte ein ungutes Gefühl, als sie den Raum betrat. Er war beinah dunkel, die flaschengrünen Vorhänge waren zugezogen. Es herrschte eine Atmosphäre wie in einem sehr stillen Wald. Ansonsten war dies ein ganz normales Arbeitszimmer, soweit Vera das beurteilen konnte. Sie konnte einen Schreibtisch erkennen, ein paar Regale, die übliche Ausstattung von Computerzeug, einige Lampen und Bilder, ein Telefon. Auf dem Schreibtisch jede Menge Briefumschläge. Karten. Und Postkarten sowie ein hellgrüner Stift. Sollte das heißen, Mr. Hastings schrieb die Karten an die Kinder?

Es klopfte an der Haustür. Vera lief aus dem Zimmer, schloss hinter sich ab und nahm die Post in Empfang.

Doch es blieb ein irritiertes Gefühl zurück. Als hätte sie etwas vergessen. Als wäre ihr etwas Unabdingbares entgangen. Als hätte sie einen riesigen Gorilla mitten im Raum übersehen. Sie humpelte durch den Rest des Tages, als hätte sie einen zwar kleinen, doch schrecklich enervierenden Stein im Schuh. Doch Vera dachte nicht mehr darüber nach. Gernot hatte ihr ein Päckchen geschickt, das hatte ihr grade noch gefehlt.

Am Abend las Vera zum dritten Mal *Die kleine Meerjungfrau* vor. Zoë liebte diese Geschichte über alles, bestand darauf, nur diese wieder und wieder zu hören, und löcherte Vera mit täglich neuen Fragen.

»Welche Farbe hat eigentlich Nixenhaar?«

»Nun, ich habe persönlich noch keine Nixe getroffen, aber es ist pastellfarben, nach allem, was man so hört.«

»Kann Schaum ein glückliches Schaum sein?«

»Das kommt darauf an, in vielen Religionen macht man keinen Unterschied zwischen Natur und Mensch und glaubt, alles ist belebt. Ich weiß, das ist kompliziert. Denk dir einfach, Schaum ist auch nur ein Tier.«

»Was kann ich machen, damit ich nicht älter werde?«

»Ich denke, nichts. Weißt du, das größte Rätsel von allen ist ganz sicher die Zeit …«

»Wieso essen Leute Austern?«

»Rohe Meeresbewohner zu verspeisen ist meiner Meinung nach die allerletzte Wahl, bevor man den sicheren Hungertod stirbt. Wahrscheinlich gab es irgendwann mal eine große Not.«

»Warum gehen die Schwestern von die kleine Meerjungfrau nicht mit?«

»Weil Nixen, ähnlich wie Menschen, sehr unterschiedlich sind. Einige wenige wagen sich hinaus ins Unbekannte, die anderen bleiben einfach zu Hause.«

»Können wir die Meerfrau besuchen gehen?«

»Definitiv nein. Und jetzt wird das Licht ausgemacht. Sonst verliere ich noch meinen Verstand, und davon haben weder du noch ich irgendetwas, nicht wahr?«

Seitdem Vera zum ersten Mal das Ende vorgelesen hatte und Zoë in Angst und Schrecken versetzt hatte, fädelte sie an der Stelle, an der es zu unheimlich wurde, immer eine Diskussion ein. So musste sie kein weiteres Mal vorlesen, wie traurig es war, dass der Prinz eine andere heiratete und wie die Nixe sich in Schaum auflöste. Zoë hatte sich Schutz suchend an Vera geschmiegt und leise und stockend gejapst, sie wolle mehr. Vera las weiter, aber an der Stelle, an der die Sonne aufstieg und die *durchsichtigen Geschöpfe* beleuchtete, waren Tropfen auf ihrem Handrücken gelandet, zum Rand gekullert, hinuntergestürzt und irgendwo im Nichts verschwunden. Vera hatte das Buch zugeklappt und das driftende Kind fest in ihrem Arm gehalten.

Wie auch jetzt. Zoë wurde ruhig, ihr Körper sank langsam nach hinten, die Augen schlossen sich, und sie stieß ein winziges Schnarchen aus. Vera sah in das runde, blasse Gesicht mit den vereinzelten Sommersprossen und zermarterte sich das Hirn darüber, wie um alles in der Welt man diese verletzliche Kreatur allein lassen konnte. Es konnte einfach nicht sein, sosehr Zoë das auch glauben mochte. Die Mutter der Kinder war sicher nicht *gereist*, wie Zoë meinte. Und Vera hatte das unbestimmte Gefühl, dass auch an der Geschichte mit der sogenannten *Einrichtung* etwas nicht stimmte.

Sobald Zoë eingeschlafen war, ging Vera nach unten. Im Erdgeschoss brannte nirgends Licht. Sie ging in den Wintergarten und sah hinaus in die aufkommende Dunkelheit. Ruby stakste durchs Gras. Sie hatte weiter abgenommen und war inzwischen erschreckend dünn. Als versuche sie, sich selbst zum Verschwinden zu bringen. Vera betrachtete das Kind, wie es über die Wiese schwebte. Zumindest verbrachte sie mehr und mehr Zeit an der frischen Luft.

Einige Tage zuvor hatte Vera einen Anruf von der Schule bekommen, mit der Bitte, Ruby abzuholen, es ginge ihr nicht gut. Sie war entkräftet zusammengebrochen. Vera hatte Ruby im Flur in Empfang genommen, als gerade eine Pause begann. So hatte sie die Lehrerin, Mrs. Featherstein, im Lärm der tobenden Horden nur schlecht hören können, doch glaubte sie, so etwas wie *psychological support* verstanden zu haben, und ein Wort, das sie nicht kannte. Der Tonfall der Lehrerin war unangenehm gewesen, gewollt sanftmütig und zugleich schrill. Sie hatte ernsthaft besorgt geklungen und doch merkwürdig professionell. Doch Vera hatte sich nur mit Mühe aufrecht halten können und das alles wie durch einen Schleier aus Schmerzmitteln und Kleenex wahrgenommen. Wie hatte es geheißen, das verflixte Wort? Es schien auf einmal ungeheuer wichtig, den Ausdruck endlich nachzusehen. Vera versuchte sich zu erinnern, doch sie kam nicht darauf. *Bereavement!* Plötzlich war es wieder da. Vera lief in die Bibliothek und schlug das Wörterbuch auf. Sie fühlte, wie ihr das Blut in die Füße sackte und ihr die Welt vor den Augen verschwamm. Es bedeutete *Trauerfall.*

Vera tat gar nichts. Sie war damit beschäftigt, still zu stehen. Nicht unterzugehen. Dem Weg des Lichts an der Wand zuzuschauen. Vielleicht verging das wieder, von selbst … Doch stattdessen wurde es immer schlimmer. Wie ein endloser, lang gezogener Schrei. Der plötzlich unterbrochen wurde. Die Erinnerung fuhr wie ein Blitz in ihre Glieder. Sie nahm den Schlüssel, der an einem Haken im Flur hing, und stürzte zur Tür des Arbeitszimmers. Öffnete sie und sah den Berg von Umschlägen auf dem Schreibtisch liegen. Sie hatten alle keine Marken, und sie trugen alle einen schwarzen Trauerrand.

Plötzlich ergab alles einen Sinn. Im Nachhinein konnte Vera sich selbst nicht mehr erklären, wie sie sämtliche Zeichen hatte übersehen können. Sie begriff es erst, als sie sich widerwillig eingestand, dass sie selbst alles dafür getan hatte, dass es genau so gekommen war. Als sei sie einmal rundherum umgeben gewesen von einem gigantischen, blinden Fleck. Sie hatte ihn eigenhändig gezüchtet, ihn gehegt und gepflegt und zum Verstecken benutzt. Sie hatte ihn nötig gehabt, um sich selbst zu schützen. Aber im Grunde war es noch viel einfacher, es war beschämend einfach. Sie hatte die Wahrheit gemieden, mit aller Gewalt. Und es hatte 34 Tage gebraucht, bis sie die Augen nicht mehr davor verschloss.

Vera zog die Tür hinter sich zu und setzte sich an den Tisch. Ihre Zeit in England zog in einem inneren Bilderstrom an ihr vorbei. Der sie zwang, die Zeichen zu erkennen, als das, was sie waren. *Die Welt erscheint uns, wie wir sind.* Wie die Teile eines Puzzles fügten sie sich zusammen und ergaben ein grauenvoll stimmiges Bild. Dem Vera sich aussetzen musste, jetzt und hier in der Dunkelheit.

Immer neue Momente tauchten vor ihrem inneren Auge auf und erschienen ihr in ganz neuem Licht. Sie hatte mit Strenge reagiert, wo Trost angebracht gewesen war. Sie hatte weder gesehen, dass Amanda alles tat, um die Mutter zu ersetzen, noch hatte sie begriffen, dass Ruby in der eigenen Trauer beinah ertrank. Und sie war nicht in der Lage gewesen zu erkennen, dass Zoë nur ahnte, was tatsächlich passiert war. Dass sie unter der Unsicherheit litt und dass sie den Boden unter den Füßen verlor.

Vera lehnte sich zurück und zog die Beine auf den Schreibtischstuhl hoch. Sie fror erbärmlich in ihrem verschossenen Morgenmantel. Es wurde Zeit, ihn zu ersetzen, fuhr es ihr durch den Kopf. Gleich morgen würde sie sich einen neuen kaufen, vielleicht aus Flanell? Wie absonderlich, jetzt über so etwas Nebensächliches nachzudenken. Gänsehaut lief ihren Nacken hinunter. Doch sie konnte sich nicht vorstellen, den Mädchen unter die Augen zu treten. Noch nicht. Nicht bevor sie entschieden hatte, was sie tun sollte.

Veras Blick fiel auf die Umschläge. Zögernd nahm sie einen in die Hand. Sie nahm ihren Mut zusammen und zog die Karte heraus. Sie zeigte das Bild einer lachenden Frau, Daten, die Namen der Zurückgebliebenen. Amanda und Ruby mussten sie für unglaublich herzlos gehalten haben. Sie hatten ihr Zeichen gegeben, die sie nicht mal als solche erkannt hatte. Hoffentlich hatten sie irgendwann begriffen, dass sie ahnungslos gewesen war. Nicht vorsätzlich gemein. Vera fragte sich, ob sie das je wiedergutmachen konnte. Und wer war schuld daran? Der Vater der Kinder. Er flüchtete sich in immer neue Dienstreisen und ließ sie einfach allein zurück. Vera schlug die Arme um sich. Wahrscheinlich brach ihm die Traurigkeit seiner Kinder wieder und wieder das Herz. Seine Frau lebte nicht mehr.

Draußen konnte sie einen Vogel zwitschern hören. Vera saß regungslos in der Dunkelheit. In der Küche machte Amanda das Radio an.

Irgendwie gelang es Vera, sich zusammenzureißen. Sie ging kurz in die Küche, um Amanda Gute Nacht zu sagen, und versteckte sich in ihrem Zimmer. Wie ferngesteuert duschte sie und wusch sich das Gesicht. Zog sich an und holte das zweite Glas aus seinem Versteck.

Das Haus war jetzt still. Vera ging die Treppe hinunter. Sie machte sich in der Küche eine Kanne starken Tee und Brot mit Leberwurst. Von dem sie nur einen einzigen Bissen hinunterbrachte.

Vera kannte heillosen Schmerz, sie wusste, wie angreifbar er machte. Das Ausmaß dieses Verlustes aber war ihr unbekannt. Sie konnte mit einem Mal ganz deutlich vor sich sehen, wie Mr. Hastings seine Töchter mied, wie er ihren Augen auswich, ihre Berührungen abwehrte, wie er floh. Es war offensichtlich, dass er ihren Anblick nicht ertragen konnte. Sie erinnerten ihn an seine Frau. Und seine Schroffheit rührte von dem Schmerz, dem er ausgeliefert war. Bei Zoë war das etwas anderes. Sie durfte ihm nahekommen. Er verwöhnte sie hemmungslos, weil sie noch zu der heilen Welt gehörte. Aber war das fair? Vera wusste es nicht. Sie wusste nur, dass diese Welt gefährlich fragil war. Weil sie nur aus Lügen bestand.

Vera stellte ihren Teller auf das Fensterbrett. Das Fenster stand offen. Auf einmal wurde Vera gewahr, dass sie beobachtet wurde. Ruby lag im Baum auf einem Ast. Sie schloss blitzschnell die Augen, doch Vera glaubte zu erkennen, dass sie schnupperte. Sie tat, als würde sie das Mädchen nicht bemerken, und wandte sich ab. Aber aus dem Augenwinkel konnte Vera erkennen, wie ein schmaler Arm nach einem Streifen Leberwurstbrot griff.

17

Vera war einfach geflohen. Sie hatte, ohne nachzudenken, nach ihrer Jacke gegriffen, leise Tasche und Schlüssel genommen, und war aus dem Haus geschlichen. Sie brauchte Veränderung und Luft. Sehr viel frische Luft. Sie musste dringend den Kopf klar bekommen. Oder zumindest erst einmal leer. Vera lief immer noch wie aufgezogen durch die Straßen des Viertels. Der feuchte Wind vertrieb das Bohren und Hämmern, und langsam wurde es stiller in ihrem Inneren.

Eine Gruppe von Leuten kam ihr entgegen. Sie hatten sich beieinander eingehakt und lachten laut. Vera erkannte sie als die Au-pairs aus dem Schwimmbad. Sie wandte sich ab. Doch nicht schnell genug. Ihr Blick traf den des überschminkten Mädchens, das offenbar instinktiv begriff, wie es um sie stand. Sie zog die anderen weg von Veras erschrockener Gestalt, die sich vor ein Schaufenster flüchtete. In dessen Spiegelung sie ihr eigenes, von Kummer verzerrtes Gesicht kaum wiedererkannte. Vera wich zurück. Sie versuchte ihrem eigenen Anblick zu entkommen, sie drehte sich, sie strauchelte, sie fiel beinah hin. Und landete direkt in den Armen von Percival.

Bis Vera sich langsam von dem Schrecken erholt hatte, hatte er sie schon in ein Lokal am anderen Ende der Straße gebracht. Ihr behutsam den Mantel abgenommen, sie auf einen der freien Barhocker gesetzt und ihr einen Punsch bestellt. Vera protestierte entgegen ihrer Gewohnheit nicht, dafür war sie zu schwach. Sie kauerte auf ihrem Hocker, einfach nur froh über ein bekanntes Gesicht, und ließ sich seine Fürsorge gefallen. Sie musterte unauffällig den Schwung seiner Oberlippe, die hohen Augenbrauen, sein expressives Profil. Er ging, um ihren Mantel aufzuhängen. Sie sah ihm nach. Seine Schritte waren leicht und bestimmt. Doch unter dieser beinah greifbaren Zähigkeit, da war noch etwas anderes, eine Unregelmäßigkeit im Rhythmus seiner Bewegungen. Er zog sein linkes Bein nach, nur eine Spur, aber doch merklich. Das war ihr bisher nicht aufgefallen.

Der Barkeeper stellte die Drinks vor sie hin.

»*I once saw him at the London Ballet, he was …*« Bevor er zu Ende sprechen konnte, kam Percival zurück. Vera sah auf das kalte, dunkelbraune Getränk in ihrem Glas. Es hatte die Farbe seiner Haut. Sie schwiegen einen langen Moment. Erst nachdem Vera ihr halbes Glas Punsch, der fast ausschließlich aus Rum bestand, geleert hatte und Percival sie mit einem seiner unnachahmlich weichen Blicke bedacht und ihr seine feingliedrige Hand auf den Arm gelegt hatte, begann sie zu sprechen. Es floss aus ihr heraus, ohne dass sie irgendetwas dazu tat. Alles, was sie quälte, brach sich Bahn, Vera stammelte und mischte wild alle Sprachen, die sie kannte, und es war beinah gleichgültig, ob er sie nun verstand oder nicht. Hauptsache, er war da und nahm sich einfach Zeit für sie. Vielleicht hatte er auch etwas Schlaues gesagt, Vera war sich nicht mehr sicher. Auf jeden Fall hatte er noch zwei weitere Drinks besorgt und sah ihr mit einem irgendwie universellen Verständnis in die Augen.

»*Keep calm.*«

Er lächelte sehr, sehr sanft.

Ruhe bewahren. Leicht gesagt, wenn man nicht wie sie diesem ziemlich berückenden Mann gegenübersaß. Sein Haar sah aus wie ein seltenes Moos, sicher war es auf widerstandsfähige Weise elastisch und duftete gut.

»*He is the father of the girls so he should decide for himself, don't you think?*«

»*No! I don't think!*«

Percival kämpfte sichtlich mit aller Kraft dagegen an, in Gelächter auszubrechen, was Vera nur noch mehr aufbrachte.

»*He is in* Asien, angeblich, *all the time!*«

»*Even so. And even if you think he is totally wrong. It's his decision. That's the way it is.*«

Er meinte, es sollte allein an Mr. Hastings sein zu entscheiden, was er ihnen zumuten durfte? Es hatte keinen Zweck, er verstand sie einfach nicht, wollte es nicht. Nach dem dritten Glas Punsch begann Vera, gegen den Vater zu wettern, allein um der Kinder willen. Percival warb um Verständnis für den trauernden Mann. Nach einem weiteren

Glas brach sie in Tränen aus, über *die verfluchte Menge an Unglück in dieser verdammten Welt.* Und Percival hielt Vera einfach fest in seinem Arm.

Es war mitten in der Nacht. Und es lag wahrscheinlich an den vier Gläsern dieses teuflischen Rumpunsches, die sie intus hatte, dass der Hausschlüssel nicht passen wollte. Das dachte Vera jedenfalls, bis Mr. Hastings die Tür öffnete und sie mit einem Schwall von Vorwürfen willkommen hieß. Sein Schlüssel steckte von innen im Schloss, er hatte ihr eine Falle gestellt! Vera biss sich auf die Zunge, um nicht auf ihn loszugehen, doch sie tobte innerlich. Äußerlich schwankte sie ein bisschen, und sie schämte sich dafür. Wie typisch, Vera versuchte vergeblich, sich den verflixten Gummistiefel vom Fuß zu ziehen, und gab schließlich auf. Sie spürte, wie sie langsam ungehalten wurde. Wie konnte man nur so bescheuert sein und sich andauernd selbst die Schuld in die Schuhe schieben? Mr. Hastings hatte ja wohl entschieden mehr Grund dafür, sich zu schämen. Immerhin hatte er ihr die Wahrheit vorenthalten!

Jetzt redete sie doch. »Ich wüsste ganz gerne mal, wie Sie mir erklären können, warum Sie so absolut unverantwortlich handeln? Ihren eigenen Töchtern gegenüber? Und was ist mit mir? Mich allein zu lassen, mit einer Lüge, von der ich nicht einmal etwas weiß? Ich hatte nicht die geringste Chance! Weder die Kämpfe, die sie permanent untereinander austragen, noch diese komischen Schwingungen, die hier umherwabern, zu verstehen. Noch sonst irgendwas! Nachzuvollziehen!«

Mr. Hastings drehte sich einfach um und ging. Wenn er

glaubte, sie so einfach loszuwerden, dann hatte er sich geschnitten. Vera folgte ihm in die Küche, wo er sich, von ihren Worten scheinbar völlig unbeeindruckt, ein Glas Wasser einschenkte. Vera starrte auf seinen Hinterkopf. Das war zu viel. Sie schleuderte ihm die Wahrheit entgegen.

»Und falls es Sie interessiert, ich weiß alles. Ihre Frau ist weder verreist, noch hat sie die Familie verlassen. Sie lebt nicht mehr!«

Er zuckte ganz leicht zusammen. Veras Stimme begann zu zittern, doch sie konnte nicht aufhören. »Bedauerlicherweise haben sowohl die Agentur als auch Sie vergessen, mir dieses Detail mitzuteilen. Weil es unbedeutend ist? Als ob es irgendetwas Wichtigeres geben könnte!« Veras Stimme brach. Sie brachte gerade noch ein Flüstern zustande. »Wie konnten Sie mich derart ins Messer laufen lassen?«

Mr. Hastings drehte sich zu ihr, als wollte er etwas erwidern. Doch Vera war noch nicht fertig. Mit der neu aufschäumenden Wut meldete sich auch ihre Stimme zurück.

»Und Zoë wusste nichts? Sie haben sie im Unklaren gehalten? Sie fühlt doch, dass sie getäuscht wird! Dass man sie betrügt! Das arme Kind. Und die beiden Großen? Was halten die jetzt bitte von mir? Haben Sie darüber mal nachgedacht? Ich muss ihnen wie ein dummer Klotz vorkommen. Ein Trampel, ein Ausbund an Grobheit. Sie müssen denken, ich besitze nicht einen Hauch von Feingefühl. Ich kann nicht fassen, in was für eine unmögliche Situation Sie mich manövriert haben. Das Allerletzte …«

Er hielt ihr ein Glas Wasser hin. Er setzte sich auf einen Stuhl und sah den Küchenfußboden an. Er sprach leise, sie hörte ihn kaum. Er erklärte, dass er Kraft sammeln musste.

Dass ein Gedanke ihn nicht mehr losließ. Dass er Zoës Welt in ein *Vorher* und ein *Nachher* entzweischneiden würde. Und dass er sich wünschte, das *Vorher* mit so viel Glück wie irgendwie möglich anfüllen zu können. Vera nickte stumm. Er stand auf und verließ still den Raum.

18

Beobachten Sie sie genau, sie zeigt Ihnen jetzt, wie man lebt. Das hatte der Arzt gesagt, als er Vera damals beiseitenahm. Evelyns Arzt, der sie eingeweiht hatte, als deutlich wurde, dass ihre Freundin nicht mehr zu retten war. Und doch war es Vera in den folgenden Monaten so vorgekommen, als ob Evelyn *sie* unter ihre Fittiche genommen hatte, statt umgekehrt.

Vera streckte sich unter ihrer Federdecke, wodurch ihre Füße im Freien landeten. Sie hatte eine ganze Woche gebraucht, um den Schock zu überwinden. Sie hatte einfach irgendwie weitergemacht, durchgehalten, den Alltag bewältigt und nichts gesagt. Ein kalter Luftzug streifte ihre Zehen, doch statt sich wie sonst darüber zu ärgern, schien es Vera auf einmal ganz natürlich, darüber so etwas wie Glück zu empfinden. Erfrischend, so ein Luftzug. Sie wackelte mit den Zehen, spreizte und krümmte sie. Wie dankbar sie Evelyn immer noch war. Vera schlug die Augen auf. Draußen kämpfte sich die Sonne durch die Wolken, und sie fasste einen wichtigen Entschluss. Ab sofort ginge es um die Helligkeit. Sie würde alles daransetzen, diesen Kindern Kraft einzuflößen und Lebensmut. Sodass sie selbst ihre verschüttete Freude ausgraben und wieder zum Leben erwecken könnten. Sie würde sie nehmen, wie sie waren, und ihnen geben, wozu sie nur in der Lage war. Sie würde ihnen zeigen, was sie von ihrer Freundin erfahren hatte.

Vera schlug die Decke zurück und griff nach ihrem Morgenmantel. Das einzig wahrhaft hässliche Kleidungsstück, das sie besaß. Oh, nein, dieses Ding hatte ausgedient. Sie knüllte ihn zusammen und warf ihn in hohem Bogen in den Mülleimer. Wenn sie schon dabei war, konnte sie gleich weitermachen. Vera leerte ihren Kulturbeutel auf das Bett und entsorgte ihn gleich mit, dazu ein Paar vernünftige Schuhe und einen öden Roman. Sie sah sich um. Was konnte noch weg? Vom Stuhl in der Ecke starrte Gernots Päckchen sie vorwurfsvoll an. Vera zuckte mit den Schultern. Pech gehabt, sie hatte keine Lust, es heute zu öffnen. Es schadete bestimmt nicht, es einen weiteren Tag zu ignorieren, das hatte er selbst mit ihr schließlich auch oft genug getan. Sie schnitt den täglichen Zentimeter ab. Nur noch 26 Tage für ihre Mission. Vera hatte keinen einzigen davon zu verlieren.

Es war, als hätte der Wind sich gedreht. Vera öffnete das Fenster, draußen hing eine bleierne Wolkendecke seit Tagen wie festgetackert über der Stadt, und doch, sie hätte schwören können, dass es heller geworden war. Dass die Wolken sich aufzulösen begannen. Dass der Geruch von Sommer zu ahnen war. Ob sie London jemals in so etwas wie anhaltendem Sonnenlicht erleben würde? Vera konnte sich kaum vorstellen, ohne den täglichen Regenguss auszukommen, so sehr hatte sie sich mittlerweile daran gewöhnt.

Trappelnde Füße näherten sich der Tür. Zoë, bewaffnet mit der unvermeidlichen Futterdose, wollte gerade aufs Bett springen, als sie realisierte, dass Vera gar nicht mehr darin lag, und hielt mitten im Sprung inne, was zu einer interessanten Verrenkung führte, ähnlich einem Tier im Cartoon, das zu spät entdeckt, dass es über einem Abgrund rennt. Das noch ein bisschen weiterstrampelt, obwohl es weiß, dass es gleich fallen wird, das optimistische Grinsen fest im Gesicht. Vielleicht ging ja doch noch alles gut und ein Wunder fand statt, man konnte nie wissen. Vera hatte keine Ahnung, ob sich dieser Gedanke auf Zoë oder auf sie selbst bezog.

»Hey, Liebes, ich bin hier.«

Vera hatte sich auf dem Fensterbrett niedergelassen. Zoë wendete und lief freudig auf sie zu.

»Warum bist du wach? Beobachtest du vielleicht was? Eine Spionin? Oder eine Einbrecher? Darf ich auch sehen, was du sieht?«

Zoë machte eine ganze Reihe von Sprüngen und versuchte, an Vera vorbei aus dem Fenster zu sehen. Was zur Folge hatte, dass der Deckel ihrer Dose sich löste und der Teppich unter ihr mit dem nutzlosen Fischfutter übersät wurde.

»Oh, nein, sie haben immer so viele Hunger, was mache ich, wenn jetzt es nicht reicht für sie?«

Zoë ließ die Schultern hängen.

Vera streichelte ihr kurz über die Locken. »Hör mal, ich verstehe ja, dass es normal ist, in deinem Alter irgendwelche eingebildeten Freunde zu haben. Aber es ist doch nicht wirklich nötig, sie zu füttern, nicht wahr?«

»Sie sind nicht eingebildet, sie sind sehr nett. Du musst sie kennenlernen. Ich stellen euch vor …«

Zoë packte Vera am Nachthemd, zerrte sie in Richtung Wasserbecken und platzierte sie davor. Vera erinnerte sich an ihre neue positive Einstellung und heuchelte lebhaftes Interesse an der verkeimten Fischbehausung. Die wie immer, abgesehen von den schlierigen Pflanzen, vollkommen ausgestorben war. Aber Zoë ließ nicht locker, unverdrossen schabte sie Krümel vom Teppich und streuselte sie auf die Wasseroberfläche. Vera seufzte. Sie hatte nicht die Absicht, dem Kind eine lieb gewonnene Illusion zu zerstören. Andererseits fühlte sie sich der Wahrheit mehr als verpflichtet. Jedenfalls wenn man von dem wortlosen Versprechen absah, das sie ihrem Vater gegeben hatte. Vera seufzte tief, was für eine vertrackte Situation. Doch es hatte keinen Zweck zu grübeln, nicht hier und nicht jetzt. Sie blickte in das leere Becken und wollte eben anfangen, dem Kind schonend beizubringen, dass seine Fantasie hier leider übertrieben hatte, als sich hinter der Scheibe überraschend etwas zu regen begann. Zwei winzige Scheren schoben sich durch den Algenwald.

»*This is Harold!*«

Vera traute ihre Augen kaum.

»*Oh, well,* guten Morgen, Harold, sehr erfreut!«

»*Where is your wife?*«

»Er ist verheiratet?«

»Natürlich, Krabben sind nicht gern allein …!«

»Ach, das wusste ich gar nicht.«

»Das weiß aber jedes Kind.«

»Eben, ich hab es sicher bloß vergessen, weil ich schon so lange kein Kind mehr bin.«

Vera guckte zerknirscht. Zoë strich ihr freundlich übers Gesicht.

»Du kannst das vielleicht wieder lernen, von mir.«

Zoës Hand wanderte zu Veras Ohrläppchen und zupfte versonnen daran. Warum nur hatte dieses Kind so ein Faible für Berührungen oberhalb des Schlüsselbeins?

»Was meinst du damit? Was kann ich lernen?«

»Ich kann das nicht sagen. Aber du kannst es spielen vielleicht.«

»Oh, ich verstehe. Ich mache einfach den ganzen Tag, was du machst, dann merke ich es bestimmt. Ist das eine gute Idee?«

»Allerbeste!« Zoë sprang in drei riesigen Sätzen quer durch das Zimmer. An der Tür drehte sie sich um. »Ich bestimme alles heute, was du tust, ich bin die Nanny, und du bist der Kind!«

Vera nickte leicht beklommen. Hatte sie sich eben tatsächlich wegen einem Paar Krustentiere auf einen Rollentausch eingelassen? Zoë verschwand hocherfreut. Sie musste den Verstand verloren haben, Vera ließ den Blick über die Algenlandschaft schweifen. Harold ließ sich die Krümel schmecken. Hinter einer Muschel kroch die zweite Krabbe hervor.

»Nett, dich kennenzulernen. Ich heiße Vera, und du?«

Die Reise ins Zoëland begann mit einer Lüge. Sie riefen in der Vorschule an und behaupteten, Zoë hätte sich den

Magen verdorben. Dann taten sie alles, um diese Flunkerei wahr werden zu lassen. Zoë begann sogleich mit dem allergrößten Vergnügen, ihre neue Macht auszuüben, indem sie von Vera verlangte, die gleiche Menge an Nutellabrot mit Marmelade und Zuckerstreuseln zu verspeisen wie sie selbst und dazu Limonade zu trinken, was Vera in eine Art Zuckerkoma versetzte. Doch sie hatte keine Zeit, sich davon zu erholen, schon verkündete Zoë ihr nächstes Vorhaben. Sie würden nämlich einen ganz besonderen Ausflug machen, und eine grandiose Überraschung erwartete sie dort. Beim Anblick von Zoës Funken sprühenden Augen schwante Vera Fürchterliches.

Draußen brach die Sonne endgültig durch die Wolken. Zoë stand in der Haustür und blickte missbilligend auf das ausgesprochen freundliche Wetter. Vera stand hinter ihr und wartete ab. Andererseits, wenn sie das Kind war, dann hatte sie auch das Recht zu quengeln, nicht wahr?

»Worauf warten wir? Ich will endlich loooooooos …«

Zoë sah Vera an und verzog keine Miene. Es gelang ihr tatsächlich, auf Vera hinabzublicken, obwohl sie über einen Meter kleiner war als sie. Eine steile Falte bildete sich zwischen ihren Augenbrauen, und sie knurrte mehr, als dass sie sprach.

»Geduld musst du üben! Das ist wichtig für dich, deinen Leben, du verstehst?«

Vera klappte die Kinnlade herunter. Sollte diese krumme Karikatur eines geschrumpften Diktators allen Ernstes sie darstellen? Na gut, dann würde sie mal so tun, als wäre das normal. Sie verstellte ihre Stimme zu einem heiseren Fiepsen und nestelte an Zoë herum.

»Was machen wir heute? Ich will Spaß haben, ganz viel Spaß, ab jetzt gleich und den ganzen Tag!«

Zoë stampfte unnachgiebig mit dem Fuß auf. »Aber du musst auch lernen, dabei!«

Unverschämtheit, na warte, das würde sie noch bereuen. Vera hatte eine Idee. »Und wenn ich zu *Hamleys* will?«

Das hatte gesessen. Vera sah, wie sich ein unlösbares Dilemma in Zoë zusammenbraute. Sie hatte Vera schon tausendmal in den Ohren gelegen und auf alle erdenklichen Weisen versucht, sie zu einem Besuch in dem sagenumwobenen Spielzeugladen zu überreden. Die widersinnigsten Empfindungen stritten sich offen sichtbar in Zoës Gesicht. Als echte Vera müsste sie den Wunsch abschlagen. Andererseits konnte sie der Versuchung unmöglich widerstehen. Zoë dachte so angestrengt nach, dass sie kaum mehr atmen konnte. Vera konnte förmlich sehen, wie ihr das Dilemma über den Kopf wuchs und sie zu überwältigen drohte. Niemand konnte doch ernsthaft von ihr verlangen, sich selbst den Spaß zu verderben. Den sie haben würde, Kind hin oder her. Oder doch? Dann fiel ihr eine Lösung ein.

»Wie viel Taschengeld hast du denn?«

Vera gelang es, einen einigermaßen tragbaren Kompromiss zu finden zwischen ihrer realen Körpergröße, ihrer Aufsichtspflicht und ihrem Wunsch, sich wirklich in Zoës Sicht zu versetzen. In der *Tube* etwa kauerte sie sich auf die Bank und betrachtete die um sie herumstehenden Erwachsenen, in dem Bewusstsein, dass dies hier der alltägliche Blick eines Kindes auf die Welt war. Vera sah verbeulte Hosen und Bügelfalten, dicke Bäuche und hohe Hacken, blutrote

Fingernägel, die sich in Handtaschen krallten, ein gegipstes Bein.

Doch das Abenteuer verlangte Vera mehr ab, als sie gedacht hätte. Ihre Kondition war in letzter Zeit nicht unbedingt besser geworden, und einen Rest von Würde und Schamgefühl hatte sie sich auch bewahrt, wie sie dachte, doch auch von dem hieß es, jedenfalls für heute, Abschied nehmen. Hoffentlich war es später wieder aufzufinden.

Auf dem Weg in den Laden, den sie in waghalsigen Schlenkern rennend durch das Gewusel der geschäftigen Leute zurücklegten, fielen Vera völlig andere Dinge ins Auge als sonst. Sie freute sich über einen kleinen Hund mit komischer Frisur, klaubte einen Penny vom Asphalt und wurde sofort dafür gerügt, gefolgt von dem unmissverständlichen Befehl, sich die Hände an einem zerschlissenen Taschentuch abzuwischen, das Zoë aus den Untiefen ihrer Jackentasche kramte. Vera entdeckte eine Wolke in Form eines Xylofons. Oder einer Banane. Das war nicht leicht zu entscheiden. Zoë schwankte zwischen anrührender Ernsthaftigkeit, in ihrem Versuch, eine Erwachsene darzustellen, und einer tiefen Verwunderung, mit der sie Vera betrachtete. Dass ihre Nanny so unbeschwert und ausgelassen sein konnte, hatte sie sich offenbar in ihren kühnsten Träumen nicht vorstellen können. Und Vera fand mehr und mehr Gefallen daran, die Situation auszukosten, Unfug zu treiben und sämtlichen Eingebungen zu folgen. Vera trat absichtlich in eine Pfütze, und Zoë juchzte laut.

Doch damit war gar nicht sie gemeint, sie waren um eine Ecke gebogen, und vor ihnen lag das Paradies.

Als sie das Gebäude, in dem der berühmte Spielzeugladen *Hamleys* seit 1760 seine Heimat hatte, dreieinhalb Stunden später wieder verließen, hatte Vera das Gefühl, ihre Geschmacksnerven wären durch einen Fleischwolf gedreht worden. Sie wäre auch gern taub gewesen und so den zahllosen Klingelgeräuschen, den sirupartigen Melodien und den quäkenden Kunststimmen entgangen. Stattdessen war sie um zweihundert Pfund ärmer. Im Austausch dafür war sie stolze Besitzerin einer Seehundhandpuppe, eines Nachtlichts in Form eines Fliegenpilzes und eines Meerjungfrauenkostüms inklusive schwimmfähiger Flosse in Größe XS. *Vorübergehende Besitzerin*, besser gesagt. Sobald sie die Rollen wieder tauschten, beanspruchte Zoë die Sachen garantiert auf der Stelle für sich. Vera hatte der Verkäuferin versprechen müssen, Zoë das Kostüm erst zum Schwimmen zu überlassen, wenn sie es gelernt und die erste Prüfung bestanden hatte. Zoë hatte beseelt gelächelt, immer wieder genickt und ihre Hand feierlich zum Schwur erhoben. Sie hätte alles versprochen, hätte eine ihrer Schwestern verkauft, ihren Vater beklaut, vielleicht sogar Herrn Schultz eingetauscht. Alles nur, um in den Besitz dieses giftig glitzernden Polyestertraums zu gelangen. Vera hatte ihre Kreditkarte gezückt und mehr oder weniger gefasst dabei zugesehen, wie die Verkäuferin seelenruhig Fantasiepreise abbuchte, die bis dahin weit außerhalb ihres Vorstellungsvermögens gelegen hatten. Doch dann hatte Zoë Vera zu sich heruntergezogen, ihr die Arme um den Hals geschlungen und geflüstert: »Danke, Kind.«

An diesem Abend war Vera zum ersten Mal seit zwei Monaten einfach zufrieden mit sich. In der Ecke ihres Zimmers leuchtete ein Pilz in der Steckdose. Zoë hatte ihn ihr vermacht und erklärt, Vera brauche ihn dringend, allein, wie sie war. Wenn man von den Krabben absah, die sie ja dummerweise nicht mit ins Bett nehmen konnte. Weder Harald noch Phoebe, seine Frau. Doch Vera fühlte sich nicht allein, sie hatte das Gefühl, dass der Nebel sich endlich zu lichten begann.

19

»Spinatwachtel!«

»Meinst du das persönlich?«

»Findest du es nicht schön?«

»Na ja, also, Schönheit ist ja relativ …«

Vera wusste ganz genau, dass Zoë ein Wort für die Lieblingswort-Liste vorgeschlagen hatte. Aber sie konnte nicht widerstehen, zu entzückend sah das Gesicht des Kindes aus, wenn es so richtig entgeistert war.

»Warum sagst du immer Sachen, die ein kleiner Mensch nicht versteht?«

»Vielleicht weil ich erwachsen bin, hast du mal darüber nachgedacht?«

»Sind darum deine Haar ganz hellgrau?«

»Du bist ein schlaues Kind.«

»Kannst du das bitte weitersagen?«

»Dafür sorgst du schon selbst, dass das die ganze Welt erfährt. Darum habe ich gar keine Sorge ….«

Vera gab Zoë einen Klaps, um sie in Bewegung zu

setzen. Einen Augenblick sah es auch so aus, als hätte sie Erfolg damit. Zoë machte ein paar Schritte in Richtung Vorschule, dann drehte sie sich um. Das war jeden Tag wieder der neuralgische Punkt, und auch heute knackste es genau dort. Zoë sah sie an und begann zu schluchzen. Vera wurde innerlich ganz schwer. Zoë rannte zurück zu Vera, nahm ihre Hand und streichelte sich mit ihr das Gesicht. Zoë fürchtete verlassen zu werden, und es wurde von Tag zu Tag schlimmer damit. Es war, als entglitte dem Kind die Realität, denn es suchte den Grund für seine falschen Gefühle bei sich. Dabei hatte Zoë ja recht, sie war verlassen worden, bloß sagte ihr das niemand. Vera hatte Angst. Wenn das so weiterging, drehte Zoë eines Tages leer, wie eine Schraube, die keinen Halt mehr in ihrem Gewinde fand.

»Morgen kommt dein Vater und guckt sich deine Schwimmprüfung an. Das wird toll. Und ich warte auf dich, nachher, wenn du fertig bist, versprochen, ja?« Vera senkte ihre Stimme. »Und kümmere dich um Herrn Schultz, du weißt ja, wie sehr er dich braucht, ein so fürchterlicher Angsthase, wie er ist …«

Zoë strich Vera noch einmal quer übers Gesicht, klemmte sich Herrn Schultz unter den Arm und rannte los. Sie beschrieb einen trudelnden, kleinen Bogen und wandte sich im Laufen um.

»Er ist aber kein Hase, weißt du doch!«

Nein, wusste sie nicht, sie hatte nicht die geringste Idee, was für ein Tier er einmal, in grauer Vorzeit, hatte sein sollen. Zoë winkte, lief um ein Haar gegen den nächsten Zaun, schlug im letzten Moment einen steilen Haken, erklomm die Stufen und landete endlich sicher im Kindergartengebäude. Vera fiel ein Stein vom Herzen.

Der Sommer war angekommen. Wärme hatte sich durchgesetzt. Die ganze Welt schien aufzuatmen. Vera ging zu Fuß. Sie hatte noch eine Stunde für sich, bevor sie mit Ruby zum Arzt aufbrechen musste. Sie redete sich ein, neuerdings eine Vorliebe für Schwäne entwickelt zu haben, und lief zum Fluss. Was eventuell damit zusammenhing, dass der Rückweg vom Fluss sie wie zufällig an Percivals Pub vorbeiführte. Und die Chance darauf, ihn zu sehen, war ein Vergnügen, auf das sie um nichts in der Welt verzichten konnte.

Vera ließ sich auf einer Bank am Ufer nieder. Bis auf ein paar versprengte Touristen war die Gegend noch angenehm leer. Eine Gruppe verhüllter Japaner lief vorbei. Mit Hüten und Schirmen gegen die Sonne gewappnet. Die Ärmsten, zu glauben, sich so abkapseln zu müssen, gegen das Fremde, das sie umgab. »*All the swans of the kingdom belong to the Queen. The whales and dolphins too …*« Die Gruppe lief weiter, und Vera konnte nichts mehr verstehen. Sie sog den Duft ihrer Umgebung ein, der Fluss roch nach hartnäckigem Leben und altem Öl. Ein Luftzug strich zärtlich über ihre Stirn. Sie hatte auf einmal Lust, ihre Füße zu spüren, zog ihre Socken aus und stellte die nackten Füße auf die Schuhe. Wackelte mit den Zehen, spreizte sie leicht, fuhr sich, bloß weil es sich gut anfühlte, mit dem Spann ihr eigenes Schienbein hinauf. Es war herrlich, das Gefühl der nackten Wade an der Luft. Vera zog die Hosenbeine hoch, schloss die Augen und lehnte sich zurück.

Meist war er da, häufig allerdings beschäftigt, er hatte immer viel zu tun. Er putzte oder schleppte Kisten, er telefonierte oder schrieb irgendetwas auf. Dann sah Vera nur flüchtig durch die schmutzigen Scheiben, erhaschte einen Blick oder ein Winken. Und ein Bild, das sie den restlichen Tag begleitete.

An den Glückstagen, da lehnte er an der Tür. Dann sah sie ihn schon von Weitem und richtete sich unwillkürlich auf. Dann musste Vera sich zügeln, um nicht einfach loszulaufen. Als trüge sie einen übermächtigen Magneten zwischen ihren Schulterblättern, der sie mit Gewalt in seine Richtung zog.

Wenn sie dann vor ihm stand, passierte eigentlich nichts Weltbewegendes. Vielleicht plauderten sie kurz, manchmal lud er sie auf einen Tee ein, und hin und wieder nahm sie die Einladung auch an. Doch meist übte Vera sich in Zurückhaltung. Was alles andere als leicht war, fühlte sie sich doch in seiner Gegenwart wie mit Helium gefüllt. Eine unbändige Lust zu kichern überkam sie, und sie hatte das sichere Gefühl, sich an etwas, wie vielleicht Möbelstücken, festhalten zu müssen, um nicht zur Decke emporzuschweben. Sie hatte Angst, sich zu verplappern, oder dass ihr Körper sie verraten und das übermächtige Verlangen sichtbar werden könnte, das sie in seiner Gegenwart ergriff. Sie wünschte sich so sehr, ihn wenigstens noch ein einziges Mal zu berühren, sich an ihn zu schmiegen, ihm nahe zu sein. Zugleich fürchtete Vera nichts mehr als das. Es war ja schon jetzt so, dass jede Begegnung mit ihm sie immer tiefer in das innere Dilemma stieß, in dem sie sich gefangen sah. Und aus dem es unmöglich einen Ausweg geben konnte. Oder etwa doch? Immer wenn Vera an dieser Stelle ihrer Überlegungen angekommen war, verbot sie sich rigoros jeden weiteren Gedanken. Sie durfte sich nicht derart gehen lassen, zu glauben, dass sie diesem Mann jemals näher kommen würde, als sie es in jener einen Nacht gewesen war. Als er ihr Trost gespendet hatte – und weiter nichts. Und was dieser Moment in ihr angerichtet hatte, ging niemanden etwas an.

Vera blickte einer Gruppe von Schwänen nach. Die struppigen Jungen und das große Exemplar schwammen schnurgerade an ihr vorbei. *Wagt es ja nicht, in unsere Nähe zu kommen,* schien der ausgewachsene Vogel seiner Umgebung mitzuteilen, *ich verteidige diese Brut bis aufs Blut.* Wenn das so weiterging, entwickelte sie tatsächlich noch ein echtes Interesse für diese Vogelgattung. So weit käme es noch. Vera stand auf und machte sich auf den Weg, um Ruby abzuholen.

Ruby hielt sich mit jedem Tag länger im Garten auf. Obwohl Vera nach wie vor unklar war, was genau sie dort eigentlich machte, konnte sie deutlich erkennen, dass es ihr guttat, an der Luft zu sein. Sie hatte ein wenig Farbe bekommen und aß hin und wieder etwas Obst. Vor allem aber hatte sich ihr Verhältnis zu Vera gewandelt, seit diese krank gewesen war. Zuerst kaum merklich, dann immer spürbarer, von Tag zu Tag. Es tat ihr zweifellos gut, sich um einen anderen Menschen zu sorgen. Ruby hatte sich derart hingebungsvoll um Vera gekümmert, dass die ihre Genesung um anderthalb Tage hinausgezögert hatte. Und insgeheim hatte sie es auch genossen, bemuttert zu werden, etwas, das ihr seit Jahrzehnten nicht passiert war. Doch überflüssigerweise begann Ruby, sich in Veras Angelegenheiten zu mischen und ihr damit gehörig auf die Nerven zu gehen. Es stimmte, Vera hatte das Paket immer noch nicht ausgepackt, doch das war allein ihre Sache. Die Sehnsucht nach ihrem Ehemann hielt sich schlicht in Grenzen. Und dieses dürre Ding ging ihre Ehe ohnehin gar nichts an. Zugegeben, je länger Vera den Gedanken an Gernot verdrängte, desto fremder wurde er ihr. Sie hatte ihn, wie überhaupt die Erinnerung und ihr altes Leben, mit ihrem neuen Alltag überschrieben. Was nach England passieren würde, war Vera vollkommen schleierhaft. Und es war auch nicht wichtig, jedenfalls nicht jetzt. Die Kinder hatten Vorrang, ihr eigenes Leben würde sie frühestens in Ordnung bringen, wenn es ihnen besser ging. Immerhin hatte sie noch beinah drei Wochen Zeit dafür.

Manches war auch erstaunlich unkompliziert, wie etwa, als sie Ruby auf den Arztbesuch angesprochen hatte. Das Mädchen hatte nur einen Augenblick nachgedacht, dann hatte sie leichthin zugestimmt. Wusste der Himmel, warum ausgerechnet dieser Moment, von dem Vera sicher gewesen war, dass er zu erbitterten Kämpfen führen würde, alles andere als schwierig gewesen war. Das Leben war voller Überraschungen, und das war ganz sicher eine davon. Sie hatte bei dem Arzt, den Rubys Lehrerin empfohlen hatte, kurzfristig einen Termin bekommen. Endlich jemand, der die Last der Verantwortung mit ihr teilen würde, mit dem Vater der Kinder war es in dieser Hinsicht ja nicht besonders weit her. Sie wusste nur noch nicht, wie sie es anstellen würde, dem Arzt zwischen den Zeilen klarzumachen, dass sie Bescheid wusste, das Kind davon aber wiederum nichts wissen durfte. Ganz abgesehen von der unbedeutenden

Tatsache, dass das alles in einer fremden Sprache stattfinden würde. Veras Englisch hatte sich zwar in den vergangenen Wochen deutlich verbessert, von fließend konnte aber noch lange nicht die Rede sein. Vera spürte, dass sie die Last ihres Wissens nicht mehr lange tragen konnte und auch nicht wollte. Das nächste Mal würde Mr. Hastings ihr nicht entwischen. Sie würde von ihm verlangen, Farbe zu bekennen. Sie würde ihn zwingen, mit ihr über seine Töchter zu sprechen. Sie würde ihm erklären, wie es war, mit drei Kindern zu leben, während ein unausgesprochenes Geheimnis zwischen ihnen stand wie ein gigantischer, gestreifter Elefant. Zu allem Überfluss schwelte dazu auch noch ein Konflikt zwischen den beiden großen Mädchen, der sich jeden Augenblick zu einem Flächenbrand auswachsen konnte.

Gestern Abend erst, beim Essen, war das wieder mehr als deutlich zu spüren gewesen. Irgendwie war die Rede auf das unselige Thema der Lüge gekommen, und Ruby war in einen überraschend flammenden Monolog ausgebrochen. Sie hatte behauptet, dass sie in der Schule gerade die *Geschichte der Wahrheit* behandelten, was ganz offensichtlich gelogen war. Ruby redete sich in eine, zugegeben ziemlich gesunde, Rage und vertrat die Meinung, dass nichts, aber auch gar nichts in diesem Leben über die Wahrheit gehe. In ihrer Aufregung vergaß sie sogar die eigene Appetitlosigkeit und aß wütend ein ganzes gekochtes Ei. Sobald sie eine Lücke im Monolog ihrer Schwester entdecken konnte, preschte Amanda dort hinein und vertrat selbstverständlich den ganz und gar entgegengesetzten Standpunkt. Sie erklärte mit steinerner Miene und felsenfester Überzeugung, niemand dürfe die Wahrheit eigenmächtig an sich reißen. Deren Gefährlichkeit sei ja allgemein bekannt, sie könne eine Waffe sein, sogar ein tödliches Schwert. Der Karatekurs, den Amanda neuerdings besuchte, Vera hatte dafür gesorgt, dass der Flyer zufällig gerade auf dem Tisch und zuoberst lag, als sie nach Hause kam, zeigte erste Wirkung. Allerdings hatte Vera sich vorgestellt, Amanda würde friedlicher, wenn sie sich zweimal die Woche auf einer Gymnastikmatte austobte. Noch dazu rein zufällig unter der Anleitung eines überaus attraktiven Au-pairs namens Klaas. Scheinbar war das Gegenteil der Fall, und Amanda mutierte binnen Kurzem zu einer beeindruckend unbarmherzigen Kriegerin. Was bei genauerem Nachdenken natürlich überhaupt nicht überraschend war. Aber auch Ruby entwickelte neuerdings ungeahntes Temperament, sie blitzte ihre Schwester an.

»*I do know how to tell someone the truth in a warmhearted way.*«

»*Nobody can break something like this gently. And don't you dare call her ›someone‹ ever again!*« Amanda hob ihre Gabel drohend auf Augenhöhe an.

Doch so leicht ließ Ruby sich nicht einschüchtern.

»*I don't want her to know we're talking about her, you know that, thicko!*«

»*Ha, you don't know anything, you blithering idiot! I'm older than you are and I know she'll be crushed by grief and she'll never be the same, and I hate that she'll cry and …*«

Amanda bemerkte, was sie im Begriff war zu sagen, schlug die Hand vor den Mund und tat so, als hätte sie sich furchtbar verschluckt.

Vera hatte genug gehört. Sie wollte auf keinen Fall, dass Zoë durch einen Unfall, einen Versprecher oder auf andere unbedachte Art und Weise von der Wahrheit erfuhr.

»Wenn ihr nicht sofort aufhört, werde ich fuchsteufelswild!«

Zoë wiederholte das Wort entzückt.

»*Fux-deuff-les-wilt?!* Soll ich das aufschreiben?«

20

Im Wartezimmer des Psychiaters hing ein Kunstdruck an der Wand. Abstrakte Farbflächen von erschütternder Brillanz. Sie verliefen ineinander, als hätten sie nie etwas anderes getan. Hatten sie ja auch nicht, sie waren dafür geschaffen, das allein war ihr Ziel. Die hatten es gut. Wenn Vera nervös war, neigte sie immer wieder dazu, irgendwelchen tiefschürfenden Unsinn zu denken, das beruhigte sie irgendwie. Und sie war anscheinend etwas nervös zurzeit. Zum Beispiel jetzt. Ruby scharrte mit den Füßen, als sei sie schon eine ganze Weile in Gefangenschaft, und störte Vera mit dem reibenden Geräusch dabei, sich weiter das Hirn zu zermartern. Was wohl auf sie zukam? Würde es ihr gelingen, diese Situation zu meistern? Und was war der Arzt für ein Mensch? Doch dann klärte sich ein Teil des Problems ganz von selbst. Die Tür öffnete sich, und ein sehr alter Herr erschien. Gab es in diesem Land keine Obergrenze für praktizierende Ärzte? Offenbar nicht. Er hob seine mit verästelten Adern überzogene Hand und winkte Ruby zu sich heran.

Die fand ihn eindeutig kein bisschen angsteinflößend, es fehlte nicht viel und sie wäre auf ihn zugeflogen. Irgendwie seltsam, dieser Sinneswandel, es wirkte ja fast, als freute Ruby sich auf die Untersuchung. Vera dagegen empfand eine unbegreifliche Furcht, oder war es eine Art Vorahnung? Sie erhob sich, doch der Arzt bedeutete ihr mit einer kaum sichtbaren Geste, zunächst draußen zu bleiben. Als wäre sie ein lästiges Anhängsel. Vera wollte gerade protestieren, als ihr einfiel, dass es vielleicht von Vorteil war, wenn der Arzt allein mit jeder von ihnen sprach, denn so konnte sie das Geheimnis besser wahren.

Eine Viertelstunde später öffnete sich die Tür des Sprechzimmers erneut. Vera blickte Ruby prüfend ins Gesicht. Das Mädchen huschte schnell zum Fenster und füllte sich einen Becher am Wasserspender auf. Sonderbar, sie wirkte gefasst und, ja, stolz, was ja irgendwie nachvollziehbar gewesen wäre. Doch wich sie dazu ihrem Blick aus, was Vera mehr als verdächtig vorkam.

Und sie hatte recht. Dr. Seymour bat Vera herein und bedeutete ihr, ihm gegenüber Platz zu nehmen. Es stellte sich heraus, er war ein Mann, der sich nicht lange mit Nebensächlichkeiten aufhielt.

»I suppose you know that Ruby thinks you know nothing about the truth?«

Vera blinzelte verwirrt.

»Yes, but this has to end very soon. Don't you think so too?«

»I do, yes, definitely. But that's a task for their father to deal with, don't you think? Let me be frank and ask you something. How are you?«

Seine Augen hefteten sich auf ihr Gesicht.

Vera verstand mit einem Mal, wie ein Lebewesen sich fühlen musste, das begreifen muss, dass es in eine Lebendfalle geraten ist. Der Jäger, und er war riesig und schwebte hoch über ihr, nahm sich alle Zeit der Welt, sein Opfer zu taxieren. Seit wann ging es hier um sie? Sie war wegen eines betrübten Kindes hier. Aus keinem anderen Grund. Und das sagte sie ihm auch. Seine Antwort fiel eher kryptisch aus.

»Mhhmmhh.«

Was sollte das denn bitte heißen? Er schwieg und sah sie an. Ach, so lief das Spiel? Das konnte sie auch. Vera blickte zurück. Sie galt nicht umsonst schon von jeher als ganz besonders beratungsresistent. Und sie würde ihrem Ruf auch hier und jetzt gerecht werden. Darauf konnte er Gift nehmen, dieser verschrumpelte alte Zwerg. Fatalerweise kratzte den wiederum Veras Dickköpfigkeit scheinbar kein Stück. Im Gegenteil, Dr. Seymour schien es geradezu zu genießen. Er lehnte sich genüsslich in seinem ausgebeulten Sessel zurück, betrachtete Vera in aller Ruhe und wartete einfach ab. Vera begann das Kinn zu jucken, aber sie untersagte sich selbstredend, in irgendeiner Form darauf zu reagieren. Sie hörte ihrem eigenen Atem zu. Der Mann musste auf die neunzig zugehen. Sein Gesicht hatte etwas Schuppiges angenommen, seine Augen den Ausdruck eines Reptils. Er sah sie weiter unverwandt an. Ohne irgendeine Art von Urteil guckte er ihr in die Augen, freundlich und doch bis in die Knochen neutral. Höchstwahrscheinlich konnte er Veras sämtliche Gefühle erkennen und mühelos entschlüsseln. Jedenfalls fühlte es sich so an. Und doch, irgendwie angenehm, hier zu sitzen. Mit einem Mann, der hoffentlich wusste, was er tat. Vielleicht hypnotisierte er sie heimlich? Minuten vergingen. Keiner bewegte sich. Auf einmal fühlte Vera sich innerlich ganz weich. Wie der Frosch im Wasser, das langsam immer heißer wird, hatte auch sie den Zeitpunkt verpasst, an dem es angefangen hatte, und jetzt war es zu spät. Sie wollte sich nicht mehr gegen ihn auflehnen, sie wollte nachgeben und todtraurig sein und voller Furcht. Er sah sie immer noch an, und er lächelte ganz leicht. Vera musste an ein Orakel denken. Das seit Jahrtausenden im Besitz der Wahrheit ist. Es hatte keinen Zweck, sich gegen ihn zu wehren. Natürlich nicht. Er wusste Bescheid.

»*Well, I think I am a brave person.*«

»*I think so too.*« Jetzt lächelte er breit. »*Maybe you should consider the next courageous step now …*«

Sie stand auf.

»*I know. Thank you.*«

Er stand auf, ging zur Tür und öffnete sie.

»*No, thank you for visiting me. Thank you both.*«

Sie reichte ihm die Hand und verließ mit Ruby die Praxis.

Im Aufzug wandte Vera sich an Ruby.

»Gib ihn her!«

»Wen?«

Ruby sah zur Fahrstuhlwand.

»Das weißt du genau.«

Ruby spielte mit den Lippen herum. Sie kräuselte und schürzte sie, sie machte sogar eine unterwürfige Schnute, um Vera zum Lachen zu bringen. Oder sie zumindest sanft zu stimmen. Sie erreichten das Erdgeschoss, die Tür des

Aufzugs öffnete sich, Ruby sah sich nach einem Fluchtweg um. Das hatte sie sich so gedacht. Vera drückte auf den Knopf, die Tür schloss sich wieder. Sie hatte Zeit, sie konnten gern den restlichen Tag hier verbringen. Umständlich kramte Ruby den Brief von Veras deutschem Arzt aus der hinteren Tasche ihrer Jeans. Er war ganz klein zusammengefaltet.

Pling. Die Fahrstuhltür öffnete sich ein weiteres Mal. Keine von beiden rührte sich. Ruby hielt ihr das gefaltete Papier entgegen. Vera nahm es und steckte es kommentarlos ein. Sie überlegte einen Moment.

»Komm mit. Du schuldest mir was.«

Ruby war neugierig hinter ihr hergetrottet. Vera hatte sie in einen Frozen-Yogurt-Laden gelockt, wo sie sich überreden ließ, eine kleine Portion, ohne Topping, zu sich zu nehmen. Sie setzten sich in eine kleine Nische, in der sie ungestört waren. Vera entschloss sich, ganz offen zu sprechen.

»Du glaubst an die Wahrheit?«

»Das tue ich.« Ruby leckte langsam ihren Löffel ab.

Vera besah sich ihr eigenes kreischbuntes Topping. Sie hatte ein lebensfrohes Vorbild abgeben wollen, das hatte sie jetzt davon.

»Du glaubst, sie ist wichtiger als alles andere?« Vera probierte vorsichtig einen Löffel. Es war einfach wunderbar. Chemisch, zuckrig und kalt, was konnte es Herrlicheres geben?

»Ja. Weil man auf Lügen nicht reagieren kann. Weil es dann Stillstehen gibt. Und Stillstehen ist wie tot.«

Vera hatte schon immer den Verdacht gehabt, dass dieses

Kind hier hinter seiner stummen Fassade einen ziemlich regen Geist verbarg. Sie hatte recht behalten.

»Aber was ist mit den Menschen, die anderer Meinung sind? Darfst du ihnen deinen Willen aufzwingen? Du hältst doch nicht etwa Zwang für ein erlaubtes Mittel?«

Ruby entwickelte eine erstaunlich unverblümte Art. »Meinst du jetzt Amanda? Oder dich selbst?«

»Ich frage dich, ob man nicht auf alle Menschen gleich viel Rücksicht nehmen muss.«

Ruby sagte nichts, und je länger sie schwieg, desto stärker fühlte Vera eine hilflose Wut in sich aufbranden. Wie immer, wenn sie an den verfluchten Arztbrief dachte.

»Vielleicht fangen du und ich bei uns selber an?« Ruby sah ihr direkt ins Gesicht. Jetzt war es an Vera, über Flucht nachzudenken, doch sie hatte das dumpfe Gefühl, aus dieser Geschichte hier kam sie nicht mehr heraus. Ihr Herz begann wie verrückt zu klopfen. Allein der Gedanke an ihr eigenes Problem schnürte ihr die Kehle zu. Ruby rutschte vom Stuhl und lief zum Tresen, wo sie ein Glas Wasser eingoss. Sie brachte es zum Tisch, stellte es vor Vera hin und sah zu, wie sie es leerte. Vera stellte das Glas ab und schaffte es irgendwie, über ihren eigenen Schatten zu springen.

»Ich glaube, du hast recht, Ruby. Schließen wir einen Pakt.«

»Was ist das, eine Pakt?«

Ruby schien auf einmal sehr beschäftigt damit, in ihrem Becher zu schaben. Vera lächelte, hoffentlich vertrauenerweckend. »Weißt du, was eine Waage ist?«

Ruby sah erschrocken auf.

Vera hob beschwichtigend beide Hände und bewegte sie

auf und ab, so eine Waage war gemeint. »Jeder von uns legt etwas in die Schale, das er verspricht zu tun.«

»Ein Versprechen?«

Ruby sah immerhin neugierig aus. Wenn ihr Mund auch Skepsis verriet.

»Ein Versprechen. Ganz genau. Möchtest du anfangen?« Vera berührte ganz leicht Rubys Arm.

»Das ist leicht. Ich nehme, worüber ich mit den *doctor* geredet habe. Ich verspreche, ich esse jeden Tag ein bisschen mehr. Bis es ist wie bevor.«

Ruby bemühte sich, optimistisch zu klingen, aber Vera konnte sehen, dass es sie einige Kraft kostete, und sie honorierte das. Sie dachte daran, dass es Amanda einzig darum ging, dem Leben Zoës so viele glückliche Momente wie irgendwie möglich abzutrotzen. Wie ähnlich sie ihrem Vater darin war. Doch es gab etwas, das Vera mit diesem Mädchen hier ganz besonders verband. Sie beide wussten, dass eine Lüge immer spürbar blieb, ganz gleich, wie sehr man sich bemühte, sie wegzuschließen. Und was nützten glückliche Augenblicke, wenn sie nicht echt waren? Sie würde mit Mr. Hastings sprechen müssen.

Und sich ihrer eigenen Wahrheit stellen.

Ruby blickte aufmunternd in Veras Gesicht. Die jetzt schon altbekannte Panik stieg in ihr auf, ihre unnütze Begleiterin. Ihre Hände begannen zu flattern. Ihr Atem wurde flach. Sie wollte zurück ins Bett. Komme, was wolle, sie würde sich nicht untersuchen lassen. Sie wollte nichts wissen, sie würde die Diagnose, den Verdacht, alles das ignorieren. Es ging niemanden etwas an. Das war allein ihre Sache. Zur Hölle mit der Liebe zur Wahrheit. Einfach total überschätzt. Das alles schoss in ihrem Kopf hin und her, wie eine ganze Bande von Flipperkugeln. Es klapperte und klingelte so laut, dass sie kaum mehr denken konnte. Doch Vera hatte nicht mit Ruby gerechnet. Die sich als genauso dickköpfig wie sie selbst erwies.

»Sei kein Frosch!«

»Wie bitte?«

»Das hat Mama immer gesagt.«

Vera verstand sofort. Ruby hatte zum ersten Mal ihre Mutter erwähnt. In der Vergangenheitsform.

Okay. Jetzt war die Reihe an ihr. Vera nahm den Brief und öffnete ihn. Sie las ihn durch. Sie faltete ihn zusammen und steckte ihn in den Umschlag zurück. Sie versuchte ein letztes Mal, noch irgendwie Zeit zu gewinnen. Ruby streckte beide Hände aus. Sie lagen offen auf der mintfarben gesprenkelten Tischplatte, und sie waren ziemlich klein. Trotzdem hatte Vera das sichere Gefühl, dass das Mädchen hier die Erwachsene von beiden war. Sie legte ihre Hände in die von Ruby, die Veras Hände umschlossen.

»Ich gehe zum MRT. Nächste Woche. Das ist eine Untersuchung. Wo sie in mich reingucken können. Ich glaube nicht, dass es wehtut. Aber es macht mir Angst. Eine Heidenangst.«

Wie in Zeitlupe löste sich eine Träne aus Rubys linkem Auge. Segelte in einem erlesenen Bogen hinab, fiel auf den Tisch und zerstob beim Aufprall sternförmig in alle Himmelsrichtungen. Vera nahm das schmale Kind in die Arme, und sie saßen lange einfach nur da.

21

Vera konnte selbst kaum glauben, wie erlöst sie war. Sie hatte einen Entschluss gefasst. Und allein diese Tatsache tat ihr gut. Am glücklichsten war Vera aber über den Umstand, dass es hier einen Menschen gab, der sich um sie Sorgen machte. Dieser Mensch war zufällig noch ein Kind, aber das machte nichts. Vera fand den Gedanken eines *inneren Alters*, das nicht zwangsläufig mit dem äußeren übereinstimmen musste, nicht ganz falsch. Außerdem war sowieso nichts auf ewig wahr. Merkwürdigerweise hatte diese neue Erkenntnis nicht nur beunruhigende Facetten. Das alles war komplex und heikel, aber es war auch vielfältig und schimmernd. Wie Perlmutt. Oder wie Öl auf einer Pfütze.

»Sie ist dran!«

Ruby boxte Vera in die Rippen und riss sie unsanft aus ihren Überlegungen. Zoë stand vor ihnen in ihrem kleinen Rüschenbadeanzug und trippelte vor Aufregung auf der Stelle herum.

»Zoë, du wirst das ganz wunderbar machen. Du weißt ja, dass du es kannst?«

»Das stimmt!«

Zoë hielt ihr den Kopf entgegen, das hatten sie gestern geübt, Vera spuckte ihr symbolisch über die Schultern, und Zoë kreischte und tat, als würde sie sich furchtbar vor einem imaginären Spuckeregen ekeln, und lief quietschend und sich immer noch vergnügt schüttelnd zum Beckenrand. Wo die Lehrerin die Kinder schon erwartete und ihnen noch einmal den Ablauf der Schwimmprüfung erklärte. Vera sah zu Amanda, die nicht weit entfernt am Fenster saß. Doch statt des erwarteten blasierten Gesichtsausdrucks sah sie aufmerksam und interessiert auf das Treiben um sie herum, und hätte Vera es nicht besser gewusst, hätte sie glatt behauptet, Amanda sei gut gelaunt. Von ihren Augen ging ein sanftes Leuchten aus. Sie trug sogar ihren neuen Bikini. Dann fiel es Vera auf. Klaas war mit seiner Meute eingetroffen, und Amanda tat alles, was sie tat, über Bande auch für ihn. Sie schickte ihm Signale, sie sandte ein bestimmtes Bild von sich, und er empfing. Vera konnte erkennen, wie er auf Amandas Anwesenheit reagierte, wie er seine Muskeln spielen ließ und sein Haar gleich einem Gefieder zu funkeln begann. Es war herzzerreißend.

Auf Veras anderer Seite hockte Ruby. Sie saugte ein wenig Kokoswasser durch einen Trinkhalm, in kleinen Schlucken zwar, aber immerhin. Vera sah sie zufrieden an. Ruby hatte heute Morgen etwas zu sich genommen, das man schon fast Frühstück nennen konnte, und sogar zugesagt, mit essen zu gehen, zur Feier des Tages, in ein ganz besonderes Restaurant. Mr. Hastings hatte einen Tisch bestellt, und jetzt war weit und breit keine Spur von ihm zu sehen. So ein Lump. Er hatte es hoch und heilig versprochen, und statt seine Kinder in so wichtigen Augenblicken, wie dies einer war, zu begleiten, ließ er sie im Stich. Was auch der Grund dafür war, Vera hatte genug davon. Es wurde Zeit, ihnen zu geben, was jetzt lebenswichtig für sie war. Er konnte sich nicht länger allein in seine Trauer zurückziehen wie in einen geschlossenen Raum, in den er allein Zutritt hatte. Er würde ersticken darin.

Zoë hatte bestanden, wie auch alle anderen Kinder. Der Jubel war groß, die Freude unbeschreiblich und der Stolz auf ihr erstes *Swimstar*-Abzeichen schier grenzenlos. Wenn nicht die Trübung durch den abwesenden Vater gewesen wäre. Vera hatte beobachtet, wie Zoës Blick immer wieder unwillkürlich zum Eingang geflogen war, und versuchte diesen Umstand so gut wie möglich vergessen zu machen. Sie applaudierte besonders heftig und belohnte Zoë, indem sie höchstpersönlich mit ihr im Wasser tobte und sogar zusammen mit dem Mädchen vom Ein-Meter-Brett sprang. Allerdings nur ein einziges Mal. Vera ließ sich zu keiner weiteren Runde erweichen. Sie brauchte dringend eine Verschnaufpause. Sie war schließlich keine vierzig mehr, und dazu noch nicht ganz gesund. Eventuell jedenfalls. Vera machte, dass sie aus dem kühlen Wasser kam, und ließ sich auf der Fensterbank nieder. Aber mit der Ruhe war es nicht sehr weit her. Eines der anderen Au-pairs, das kurzhaarige Kaltblütermädchen, steuerte auf Vera zu und ließ sich ungefragt neben ihr nieder.

»Are you one of those new Grand-mère-Au-pairs?«

So alt war sie ja nun auch noch nicht. Sie setzte den Blick auf, den sie normalerweise für Ladendiebe reserviert hatte.

»Are you a person that is very much too curious?« Und wenn es mit der Grammatik nach wie vor haperte, war das auch egal, denn dies hier war, dem Akzent nach zu urteilen, aller Wahrscheinlichkeit nach eine Französin, und die waren ja nicht gerade für ihre Fremdsprachentalente bekannt.

»Touché.«

Das Mädchen schenkte ihr ein belustigtes Lächeln, das Vera ein bisschen friedlicher stimmte. Sie drehte sich zu der jungen Frau um und sah sie freundlich an.

»Vera, and yes, they call it Granny-Au-pair, what I hate, but yes, I am one of them.«

»Enchanté, my name is Stéphanie. I 'ate some things of being an Au-pair too. If you want to know which ones, why don't you join us tonight? We meet at the Blue Frog Tavern, it is not so very far from 'ere.«

Ausgerechnet, Vera überlegte, eigentlich war das ein glücklicher Zufall. So hätte sie einen Vorwand, in Percivals Nähe aufzukreuzen, ohne dass der Grund allzu offensichtlich war. Im Schutz einer Gruppe von neuen Freunden würde sie sich sicher fühlen, vielleicht würde es ihr sogar gelingen, so etwas wie locker zu sein. Vielleicht könnte sie ihm erzählen, was passiert war, sich ihm anvertrauen …

Stéphanie schnalzte nonchalant mit der Zunge, als sie in Veras Gesicht bemerkte, wie groß die Versuchung war, aber auch der Widerstand, gegen den Vera innerlich kämpfte, und klopfte ihr ziemlich kräftig auf die Schultern.

»Bien, we will be there definitely until midnight minimum. Will you come?«

»Yes, no, I hope, I can, maybe?«

Vera hoffte, sie wirkte nicht allzu konfus, und wusste doch, dass sie genau das tat. Als sie hochsah, bemerkte sie, dass Amanda wie angewurzelt direkt neben ihr stand. Sie hatte das Gespräch mit angehört.

In der Umkleide beschloss Vera, auch ohne den unfähigen Mr. Hastings mit seinen Töchtern essen zu gehen. Unnötig, der Enttäuschung über sein Fehlen eine weitere hinzuzufügen und ihnen das Festmahl vorzuenthalten. Sie würde dafür sorgen, dass das freudige Ereignis gebührend gefeiert würde. Und wenn sie sich auf den Kopf stellen musste. Sie rubbelte sich die Haare trocken und verkündete ihren Entschluss. Die Mädchen sahen sie mit offenen Mündern an.

»Was ist denn in euch gefahren? Ein Blitz?«

»Nicht direkt …«

Amanda sprach leise, als hätte sie Sorge, Vera sei eventuell aus Nitroglyzerin, und jede Erschütterung hätte höchstwahrscheinlich eine tödliche Explosion zur Folge.

»Das lässt sich bestimmt wieder rückgängig machen. Vielleicht.«

Ruby näherte sich Vera mit erhobenen, vorgestreckten Händen, wachsam und angespannt, behielt sie im Auge, als stünde sie auf einem Hochhaussims und drohte jeden Augenblick hinunterzusegeln. Oder zu springen.

Vera bekam es langsam mit der Angst zu tun. »Stimmt etwas nicht?«

»Du bist so … *magnificent*!« Zoë strahlte von einem Ohr zum anderen, den Blick auf ihren Oberkopf geheftet.

In Vera stieg eine Ahnung auf. Sie wühlte in ihrer Tasche, doch Amanda war schneller und hielt ihr ihren Kosmetikspiegel entgegen. Vera fasste ihren ganzen Mut zusammen und sah hinein. Eine fremde Frau mit rosafarbenen Haaren blickte ihr entgegen.

»Du Satansbraten!«

Zoë musste ihre Haarkur mit Farbe versetzt haben. Vera stieß ein ausführliches Schnauben aus. Zoë flüchtete blitzschnell hinter ihre Schwestern und probierte aus deren Schutz eine ganze Flut entschuldigender Geräusche aus. In ihrer Aufregung ließ Zoë ein kleines Plastikfläschchen fallen, das sie hinter ihrem Rücken versteckt hatte. Es kollerte über den Kachelboden und direkt auf Veras linken Fuß zu. Vera trat darauf, beugte sich, ohne den Blick von Zoës, inzwischen himbeerrot angelaufenem, Gesicht zu lösen, hinunter, hob es auf und las das Etikett.

»*Sugarflair concentrated babypink?*«

»Das war Herr Schultz' Idee. Ich habe gedacht, du willst bestimmt noch schöner sein. Und es geht irgendwann wieder raus … oder nicht? Du siehst aus wie ein Schauspielerin! In echt!«

»Sie hat recht, es sieht aus wie ein Lady!«

Ruby sprang Zoë zur Seite.

»Ja, klar, die reinste Augenweide, und ich wette, jeder wird sich freuen, mich zu sehen. Jeder, der auch Barbara Cartland mag!«

Zoës Augen nahmen eine kugelrunde Form an.

»Wirklich? Findest du?«

Vera näherte sich gefährlich langsam ihrem sommersprossigen Gesicht.

»Ich werde mich wochenlang verstecken müssen oder mich für alle Zeiten lächerlich machen!«

Bei dem Gedanken an queenartige Kopftücher oder daran, dass Percival sie hässlich finden könnte, war Vera plötzlich den Tränen nah. Sie würde ihn niemals wiedersehen. Das wäre sowieso das Beste. Amanda betrachtete Vera nachdenklich.

»Wir müssen die Umgebung anpassen.«

Sie legte den Kopf schief und nickte langsam. Vera fühlte sich auf einmal ein wenig blümerant.

»Oh nein!« Sie wich zurück, aber es war, als hätte sie gar nichts gesagt. »Hört mich jemand? Ist das ein Traum? Was genau hast du an *Nein* nicht verstanden?«

Doch Veras Protest ging im allgemeinen Getümmel unter. Amanda zückte ihren Schminkbeutel und machte sich zusammen mit Ruby, die mit einem Föhn bewaffnet auf Vera zusteuerte, und Zoë, die ihr die nächste halbe Stunde mit aufmunternden Gesichtern und Anekdoten aus ihrem kleinen Vorschuluniversum versüßte, an die radikale Umgestaltung von Veras Äußerem. Es herrschte konzentrierte Stille, nur unterbrochen von gemurmelten Befehlen wie: *Den Mund weit auf, bitte*, oder Kommentaren wie: *Das verträgt noch more*. Sie föhnten und schminkten sie und stellten etwas Ominöses mit ihrem Twinset an. Vera zwang sich, ruhig zu bleiben, hielt schicksalsergeben die Augen geschlossen und ließ die Tortur über sich ergehen.

Endlich war es so weit, sie führten Vera in das Foyer des Schwimmbads, wo sich ein großer Spiegel befand.

Amanda drehte Vera und nahm die Hände von ihrem Gesicht. Vera blieb buchstäblich die Spucke weg. Was zum

Teufel hatten sie getan? Aus dem Spiegel blickte ihr eine vollkommen neue Version ihrer selbst entgegen. Vera schwankte zwischen Entsetzen und Begeisterung, dann pendelte ihr Inneres sich irgendwo bei Überwältigung ein. Vera sah genauer hin. Ihre Augen waren ziemlich beeindruckend. Die Mädchen hatten Kajal verwendet und farbigen Lidschatten, zusammen gab das ihrem Gesicht etwas, ja Draufgängerisches. Sie hatten ihre Kette geknotet und als Brosche benutzt, ihr Haar stand in gewagten Wellen vom Kopf. Dazu hatten sie ihr die Strickjacke irgendwie anders geknöpft – die Details, ein einziges Chaos, ergaben zusammen genommen ein erstaunliches, schwindelerregendes Bild. Und doch, Vera bewegte sich ein wenig, sie fühlte sich gar nicht mal so unelegant. Sie fand, sie machte einen ziemlich couragierten Eindruck. Außerdem schadete es nie, die kleinen Biester mit einer unerwarteten Reaktion zu strafen.

»Cool. Worauf wartet ihr noch?«

Vera warf sich tollkühn den Mantel um die Schultern, drehte sich auf dem Absatz um und schlenderte zur Tür. Die Mädchen stolperten ihr sprachlos hinterher.

Im Restaurant machte Vera eine interessante Entdeckung. Wenn man Aufsehen erregt, wenn alle einen anstarren, wenn selbst die Gespräche verstummen, sobald man den Raum betritt, liegt genau darin auch eine Freiheit versteckt. Wird man beobachtet, kann man ebenso gut tun, was man will. Ein süßes Gefühl von Unbeschwertheit nahm von ihr Besitz. Sie beugte sich zu den Mädchen vor und flüsterte verschwörerisch: »Ich finde, jede von uns sollte etwas bestellen, das uns ein wenig unheimlich ist. Oder vielleicht das

Teuerste, das wir finden können? Was meint ihr? Habt ihr Lust? Oh, ich weiß, *ich* brauche etwas, das zu meinen Haaren passt!«

Amanda sah Vera an, als hätte sie nicht alle Tassen im Schrank, aber Ruby studierte die Karte und fand sichtlich Vergnügen daran, sich ein Menü zusammenzustellen, das den Kellner zur Weißglut bringen sollte.

Vera machte sich daran, Zoë ein paar Vorschläge – angeblich – vorzulesen.

»Seegurkensuppe, die magst du bestimmt.«

Zoë tat, als würde sie nachdenken.

»Hmmmm. Was gibt es denn noch?«

»Regenwurmragout mit Schokosauce …!«

Zoë wurde sichtlich von einer derart tödlichen Langeweile überwältigt, dass sie kaum mehr sprechen konnte.

»Daaas hatte ich leeetztes Mal schooon.«

»Schneckensalat mit Kaulquappendressing, das klingt doch gut.«

Zoë guckte sie mit gespieltem Abscheu an.

»Du weißt doch, ich mag Salat nicht so.«

Vera tat, als studierte sie auch den Rest der Karte genau. Zoë bekam es langsam doch mit der Angst zu tun.

»Du, haben die auch Kartoffelbrei?«

»Lass mal sehen, ja, und du hast Glück, dazu gibt es gebratene Froschbeine und Quallengemüse, hast du darauf Appetit?«

In Zoë tobte ein Krieg zwischen Stolz und Furcht. Sie schwieg, dadurch gelang ihr, nicht den Kopf zu schütteln.

Der Kellner tauchte auf, und Ruby bestellte zuerst.

»I think I'll have the consommé, please, but without any

garnishes, herbal tea … and some string beans, but no butter please!«

Vera lächelte ihr anerkennend zu und gab ihre Bestellung auf. Sie tat, als entscheide sie sich spontan um.

»*I would like a half a bottle of Rosé-Champagne, three glasses and one of each of the deserts you have. And a glass of milk, thank you.*«

Amanda wählte Krabbencocktail und Fasan. Der Kellner war ein Profi. Ohne mit der Wimper zu zucken, notierte er die Bestellungen und verschwand so diskret, wie er erschienen war.

In der kommenden Stunde hatten die vier zum ersten Mal zusammen nichts als Spaß. Vera brachte ihnen das Stop-Zeitlupe-Stipstop-Spiel bei, das sie mit ihrem Vater gespielt hatte, als sie selber noch klein war, und bei dem man die anderen zwingt, immer wieder die gleiche Bewegung zu machen, mitten in einer Handlung zu verharren oder ganz langsam weiterzuessen. Sie ließen die Desserts, neun an der Zahl, im Kreis herumgehen, und Amanda hatte auch dafür eine Idee. Jeder durfte von einem Teller essen, so lange, bis die anderen drei dreiviertel Mal *supercalifragilisticexpialidocious* gesagt hatten. Aber obwohl sie in einer Art Separee untergebracht waren, waren sie wohl doch etwas zu laut gewesen und überhaupt ziemlich aus der Reihe getanzt. Am Ende des Dinners wurde Vera zur Rechnung ein kleines Kärtchen gereicht. Ruby schnappte es sich und übersetzte. »Danke für Ihren Besuch, doch bitte beehren Sie uns nicht wieder.«

Sie schafften es gerade noch zur Tür, bevor Ruby in schallendes Gelächter ausbrach. Das sich als ungeheuer ansteckend herausstellte.

22

Auf dem Heimweg schien Amanda Vera, trotz des Essens, der guten Stimmung und allem, besorgniserregend still, als kämpfte sie innerlich mit einem schwerwiegenden Problem. Amanda warf einen Hilfe heischenden Blick in ihre Richtung. Doch vor den Schwestern konnte sie offensichtlich unmöglich sprechen. Vera wollte sie eben darauf ansprechen, als sie sich unvermittelt Mr. Hastings gegenüberfanden. Er hatte im Vorgarten gewartet, und zwar offensichtlich schon eine ganze Weile. Er wirkte etwas außer sich. Seine Stimme war leise, sicher wegen der Nachbarn, die ihn nicht hören sollten. Doch er schaffte es trotzdem irgendwie, dass es klang, als ob er schrie. Und Vera war der Adressat seines Zorns.

»*Where have you been?*«

Vera wurde von einem rasant aufsteigenden Trotz durchflutet. Sie hatte keine Lust, sich auch nur einen weiteren Moment zu beherrschen.

»Im Restaurant. Und wo waren Sie bitte schön?«

»Ich war im Flugzeug von Singapur. Und warum gehen Sie nicht an den Telefon? Wenn ich Sie anrufe?«

»Weil in meinem Vertrag vielleicht nichts von permanenter Erreichbarkeit stand?«

Vor ihrem inneren Auge sah Vera ihr Mobiltelefon auf dem kleinen Tisch im Flur liegen, wo sie es mit Strom versorgt und dann liegen gelassen hatte. Sie musste es nachher unauffällig an sich nehmen. Währenddessen ging eine wahre Flut von Beschwerden auf sie nieder. Mr. Hastings war es offenbar lieber, Vera sämtlicher Versäumnisse zu bezichtigen und all ihre Fehler aufzulisten, als die simple Tatsache zuzugeben, dass er selbst etwas verpasst hatte. Etwas, das wichtig gewesen wäre. Für ihn und für seine Töchter. Neben Vera standen die Kinder. Zoë war zu einer kleinen, bekümmerten Statue erstarrt. Ruby blickte voll Abscheu auf ihren Vater, ihre Unterlippe zitterte, und sie bemühte sich, nicht die Fassung zu verlieren. Amanda sah irgendwo völlig anders hin. Vera fand, die Kinder hatten genug unter der bodenlosen Unfähigkeit ihres Vaters, unter seiner fehlenden Aufrichtigkeit gelitten, und unterbrach Mr. Hastings mitten in seinem lachhaften Monolog.

»Wollen Sie damit sagen, dass Ihr Flugzeug ganze fünf, nein, sechs Stunden Verspätung gehabt hat?«

»Zweifeln Sie mein Wahrheit an?«

Vera hatte keine Lust auf diese unsinnige Diskussion. Sie nahm Zoë bei den Schultern und schob sie an ihm vorbei ins Haus.

»Ich glaube, es ist Zeit, ins Bett zu gehen. Für uns alle. Denken Sie nicht auch?«

Mr. Hastings sah Vera an, er schien zu überlegen. Doch

es ging ihm nicht darum, sich für seinen Ton zu entschuldigen, er musterte Vera ungeniert. Irgendetwas schien ihm anders an der Erscheinung der Nanny, nur was?

»Haben Sie etwas mit Ihre Haar gemacht?«

»Gekürzt, warum?«

Vera drückte ihm die Restaurantquittung in die Hand. Sie überprüfte, dass die Mädchen ihre Mäntel und Schuhe in der Garderobe verstauten, und sammelte die Badesachen ein. Amanda schlüpfte an Vera vorbei, sah deren Handy auf der Ablage liegen, steckte es sich schnell in die Tasche, bevor ihr Vater es entdecken konnte, und verzog sich die Treppe hinauf in ihr Zimmer. Die anderen trotteten hinterher. Mr. Hastings sah ihnen kummervoll nach, er fürchtete offenbar, seine Kinder hätten sich zu allem Unglück jetzt auch noch mit dem Au-pair gegen ihn verschworen. Er konnte einem fast leidtun.

Eine Stunde später schlich Vera durch den oberen Flur. Sie öffnete die Tür zu Amandas Zimmer und schob sich schnell hinein. Das Mädchen lag im Schein ihrer Nachttischlampe auf dem Teppich vor ihrem Bett und erschrak. Vera konnte sie verstehen. Sie musste zugeben, dass der Turban, den sie um ihren rosafarbenen Kopf drapiert hatte, nicht, wie sie gehofft hatte, an einen eleganten Filmstar erinnerte, sondern eher an einen missglückten Kopfverband. Aus Mr. Hastings' Zimmer kam ein Geräusch. Vera machte Amanda Zeichen, unbedingt still zu sein, doch Amanda sah sie verständnislos an. Vera bedeutete ihr, sich anzuziehen, und zwar schnell. Amanda stand zögerlich auf und gab Vera mit skeptischem Blick ihr Handy zurück. Glaubte sie etwa, Vera wollte ihr eine Falle stellen? Vera machte das internationale Zeichen für *Bar* und lächelte verheißungsvoll. Und Amanda verstand endlich. Obwohl sie ihr Glück offensichtlich kaum glauben konnte, entwickelte sie ein erstaunliches Tempo darin, sich anzuziehen, die Haare aufzuplustern und ihre Lippen mit Gloss nachzumalen. Vera besah sich über Amandas Schulter im Spiegel, und Amanda reichte ihr das Gloss. Also gut. Vera tupfte sich ein bisschen davon auf den Mund, dann blieb sie eben so, sie sollten zusehen, dass sie wegkamen. Vera schlich sich zur Tür und legte den Finger an die Lippen. Amanda nickte stumm, nahm ihre Schuhe in die Hand und schlich Vera folgsam hinterher. Durch das schlafende Haus und hinaus in die vielversprechende Nacht.

In der *Blue Frog Tavern* war die Hölle los. Das konnte man schon aus hundert Metern Entfernung sehen. Wäre Amanda nicht dabei gewesen, hätte Vera spätestens jetzt kehrtgemacht. Doch in deren Gesicht war ein verräterischer Schimmer aufgetaucht, und sie schwebte auf den Eingang zu. Nichts würde sie jetzt noch aufhalten. Um in die Nähe von Klaas zu gelangen, würde sie jedes Verbrechen begehen. Vera blieb nichts übrig, als ihr hinterherzulaufen und zum ersten Mal den Pub zu betreten. Percivals Pub.

Drinnen schlug ihnen feuchte Hitze entgegen. Vera zog ihren Mantel aus. Vorsichtig ließ sie ihren Blick über die feiernde Menge gleiten. Die Au-pairs saßen an einem kleinen Tisch, der von Samtsesseln umgeben war. Überhaupt war der ganze Laden ziemlich eklektisch möbliert. Zahllose Bilder, mit Klebeband an den Wänden befestigt, übrig gebliebene Dekorationsobjekte aller nur denkbaren Feste, üppige

Schalen voll Blumen und Obst. Die Französin entdeckte sie und winkte sie freudig zu sich. Vera zermarterte sich das Hirn nach ihrem Namen und gab zugleich Amanda einen Stups, doch die rührte sich nicht. Von plötzlicher Schüchternheit befallen, war sie beim Anblick von Klaas förmlich eingefroren. Klaas grinste verlegen, doch er machte eine einladende Geste und klopfte auf den Platz neben sich. Amanda sah Hilfe suchend zu Vera. Die war allerdings vollauf damit beschäftigt, das kleine bisschen Mut zusammenzuklauben, das ihr zur Verfügung stand. Um in naher Zukunft in der Lage zu sein, etwas zu trinken zu bestellen. Eventuell. Denn hinter der Theke stand Percival. Was vielleicht kein Wunder war, immerhin war er jeden Abend hier, aber irgendwie kam es ihr doch so vor. Wie ein Mirakel, oder zumindest etwas in der Art. Vera zwang sich, den Blick wieder abzuwenden.

»Was möchtest du trinken?«

»Bier?!«

»Träum weiter. Saft oder Wasser?«

Vera erkannte Amandas Dilemma. Jede weitere Sekunde, die sie ihr heute Abend hier erlaubte, war kostbar. Sie fürchtete sich davor, Vera zu widersprechen. Zugleich hatte sie Angst, ihr Gesicht zu verlieren. Sie lächelte lieblich in Richtung Klaas und beugte sich zu Veras Ohr. »Vielleicht alkoholfrei? Bitte!«

Vera nickte gnädig, soweit das ging, denn der Schweiß rann über ihr Gesicht und brannte ihr in den Augen.

»Setz dich schon mal. Na los, er wird dich schon nicht fressen. Jedenfalls nicht sofort.«

Vera gab ihr einen Schubs, Amanda ruderte kurz mit den

Armen, als drohte sie das Gleichgewicht zu verlieren, drehte ab und machte einen Schritt in Veras Richtung. Doch dann fing sie sich und drehte sich weiter um die eigene Achse. Wie eines dieser Ballettpüppchen aus Plastik, die sich mithilfe eines magnetischen Spiegels fortbewegen. Sie stolperte weiter, fand aber immerhin schlafwandlerisch die richtigen Lücken zwischen Stühlen und Leuten und ließ sich neben Klaas nieder. Der sie keine Sekunde mehr aus den Augen ließ. Unter seinem Blick legte Amandas Körper ein für alle Mal alles, was linkisch gewesen war, ab. Sie schmiegte sich an seine Seite, als hätte sie nie etwas anderes getan, und versank auf der Stelle in seiner Anwesenheit.

Vera zog sich den Schal vom Kopf und sah sich um. Hinterm Tresen wirbelte Percival. Vera atmete tief ein. Sie fuhr sich durch die Frisur und ging zu ihm. Percival bewegte sich geschmeidig, und obwohl sein Körper muskulös war, wirkte er wie schwerelos. Wie federnd seine Schritte waren, wie er die Kiste mit Leergut trug, sich leicht den Weg durch die Menge bahnte. Wie geschickt er Flaschen in das von hinten beleuchtete Regal sortierte, wie zärtlich er neues Eis in den Behälter gab. Vera hätte ihr Leben damit zubringen können, ihm zuzusehen. Percival drehte sich um, und ihre Blicke trafen sich.

»*What can I get you?*«

Es dauerte einen Augenblick, bis er sie erkannte. Er stieß ein anerkennendes Pfeifen aus. Vera kicherte verlegen und schürzte ihre Lippen. Das hatte sie schon seit Jahren nicht getan. Nein, es war Jahrzehnte her, hoffte sie jedenfalls. Wenn sie nicht aufpasste, verlor sie in seiner Nähe noch das letzte Restchen Bodenhaftung. Vera konnte spüren, wie sich ein Vakuum an die Stelle schob, wo sonst ihr Gehirn zu Hause war, und einem inneren Kichern Platz machte. Das sie anhob und dazu verführte, sich trudelnd in Richtung Äther zu verabschieden. Wo sie auf Nimmerwiedersehen verschwinden würde. Schnell und bevor sie weiteren Unfug anstellen konnte, zwang Vera sich, vernünftig zu sein, und bestellte beherzt eine Runde für den Tisch.

»*You look adorable. What happened to you?*« Schlagartig wieder sprachlos, sah Vera Percival an. Anbetungswürdig? Das musste er gerade sagen. Er, der aussah wie ein junger Gott. Sie verlor sich in seinem Antlitz, den bewundernswerten Augen, deren weicher Blick sie so betörend umfing. Die Wimpern lagen wie Schwingen darüber. Vera meinte, ein weit entferntes Flattern zu hören. Bis ein Ellenbogen zwischen den Rippen sie unsanft aus ihren Träumen riss. Vera zwang sich, den Mund aufzumachen.

»*The children happened. They hate me, obviously. But I am glad you like it. Although it makes me think you are a pervert, perhaps.*«

Vera schickte ein winziges Stoßgebet zum Himmel. Hoffentlich verstand er, dass das ein Scherz sein sollte und dass sie nicht wirklich dachte, er wäre pervers, wenn er sie tatsächlich hübsch finden sollte. Aber es war gar nicht so kompliziert, Veras Sorge löste sich in nichts auf, sobald sie sein Gesicht sah. Percival grinste und stellte die Getränke auf die Theke, Vera kramte nach ihrem Portemonnaie, doch er winkte ab.

»*You are my guest, love.*«

Vera wurden die Knie weich. Percival zwinkerte, wandte sich ab und begrüßte einen neuen Gast, einen kleinen, rothaarigen Mann mit schwarz lackierten Fingernägeln, mit dreifachem Wangenküsschen.

Irgendwie gelang es Vera, das Tablett durch die ausgelassene Menge zu balancieren. Es war schrecklich voll. Die Au-pairs applaudierten anerkennend beim Anblick der Drinks. Vera prostete ihren Kollegen zu, ließ sich auf den letzten freien Platz sinken und nahm einen tiefen Schluck. Alle schienen ehrlich erfreut, sie zu sehen, und sie fanden ihr Aussehen *stylish* und *posh*, was auch immer das heißen mochte. Sogar Amanda machte mit.

Eine Stunde später hatte Vera die Namen ihrer Kollegen ein weiteres Mal in Erfahrung gebracht und sie sich diesmal hoffentlich eingeprägt. Die Französin hieß Stéphanie und liebte alles, was mit Mode zusammenhing, war Veganerin und plante die Welt zu retten. Mit Kleidern aus Tang. Vera kam aus dem Staunen kaum mehr heraus. Die Russin, Aglaia, hatte, statt Jagd auf einen reichen Ehemann zu machen, wie Vera peinlicherweise vermutet hatte, tatsächlich vor, Informatik zu studieren und Philosophie, das Stipendium dazu hatte sie schon. Vera dachte mit Schaudern an die Begrenzungen, die ihre eigenen Vorurteile ihr immer wieder machten.

Vera erzählte von ihrer angeknacksten Ehe, sogar von Gernots Aussetzern, sehr zur Erheiterung ihrer Kolleginnen. Nur von dem Verdacht sagte sie nichts, sondern sprach lieber von seinem Paket, das immer noch darauf wartete, dass sie es öffnete. Vergnügt malten sie sich aus, was alles darin sein konnte und was eventuell darin vor sich hin schimmelte. Hering etwa, oder Blumen, oder vielleicht Sahnetorte? Sie stellten ein Ranking der schlimmsten Erlebnisse mit ihren Zöglingen auf, bestellten zwei weitere Runden Drinks, und es wurde noch amüsanter. Und immer schwieriger, Klaas und Amanda von übereiltem, öffentlichem Knutschen abzuhalten. Dann wurde die Musik aufgedreht. Ein Teil der Tische war auf wundersame Weise binnen Sekunden verschwunden, und die Gäste stürzten wie auf ein geheimes Kommando in die entstandene Lücke. Auch ihr gesamter Tisch sprang auf. Vera sah sich verzweifelt nach einem Fluchtweg um. Sie sollten machen, dass sie wegkamen, bevor sie hier noch völlig die Kontrolle verlor. Doch noch bevor sie diesen Gedanken zu Ende denken konnte, hatten die Au-pairs sie schon geschnappt und auf die Tanzfläche gezogen. Auf der sich gerade ein wildes Knäuel formierte, das sich entfesselt in sich selbst verknotete und wogend auf der Stelle bewegte. Vera beteuerte, es habe keinen Zweck, sie habe schon seit Urzeiten nicht getanzt, und das aus gutem Grund. Aber niemand hörte sie. Aglaia zeigte auf ihre Ohren und schüttelte den Kopf. Stéphanie tanzte sie an, sie lachte und schwang ihre Hüften. Die beiden riefen einander unverständliche Worte zu und fassten einander an den Händen und hatten augenscheinlich einen Heidenspaß. Vera sah auf ihre Füße. Die Musik war hinreißend, melodisch, zugleich irgendwie treibend, vielleicht osteuropäisch? Sie kam nicht mehr dagegen an. Ihr Körper folgte seinem eigenen Willen, er begann von selbst sich zu bewegen. Nun gut, wenn er unbedingt wollte, er würde schon sehen, was er davon hatte. Vera verlagerte trotzig ihr Gewicht von einem Bein zum anderen. Ließ vorsichtig eine Schulter kreisen. Der ganze Laden bebte, und Vera konnte sehen, wie Percival sich quer durch die Menge bewegte.

Vera hielt die Luft an. Es kam ihr vor, als tanzte er ihr in Ellipsen entgegen. Sie tat, als bemerkte sie es nicht. Doch auf einmal griff Percival sie um die Taille und zog sie an sich. Jetzt, da jeder weitere Widerstand zwecklos war, konnte es genauso gut geschehen. Sie umkreisten einander, er schlang einen Arm um sie. Vera schloss die Augen und lachte. Er wiegte weich seine Hüften und hielt sie fest. Sie war so beglückt. Ihm nahe zu sein. Wie gut das tat. Ein verbotener Rausch. Wenigstens für diesen kleinen, ekstatischen Moment. Vera konnte nur noch eines fühlen, eines denken – *Bliss.*

Es war nicht leicht, die beiden Teenager voneinander loszueisen. Sie klebten zusammen, entflammte Blutegel, die einander nicht lassen konnten. Doch es war schon nach zwölf, und Vera befürchtete langsam ernsthaft, das Gesetz zu verletzen, wenn sie dieses halbe Kind nicht bald nach Hause verfrachtete. Sie packte Amanda am Arm und zwang sie, sich hinzustellen und sie anzusehen.

»Auch du wirst eines Tages begreifen müssen, dass Sehnsucht sowieso unstillbar ist. Und dass man mit dieser Tatsache leben kann. Besser du fängst gleich heute damit an.«

Vera wusste selbst, wie stachelig und ungerecht und bösartig sie scheinen musste, aber es war ihr egal. Sie war müde und hatte längst genug von Lärm und Alkohol. Und noch etwas anderes störte sie, sie kam nur nicht darauf, was. Vielleicht hatte sie etwas gehört oder gesehen, das sie irritiert hatte? Vielleicht fiel es ihr wieder ein, erst mal jedenfalls schnappte Vera sich Amanda, die, trunken vom neuen

Gefühl, offenbar keine Kraft für Widerstand übrig hatte, und zog sie einfach mit.

Draußen war es herrlich, Vera sog die sanfte Luft tief in sich ein, und niemand war unterwegs. Amanda trabte neben ihr her. Vera hakte sich bei ihr unter. Zu zweit war die Gefahr, gegen die nächste Laterne zu laufen, hoffentlich geringer, denn Vera war nicht viel weniger verwirrt als das belämmerte Wesen neben ihr. Und die immer heftigeren Kopfschmerzen konnte sie auch nicht viel länger ignorieren.

Bald würde sie einen Arzt sehen. Übermorgen, um genau zu sein. Er würde sie in eine dieser Röhren schieben. Und Einblick in ihren Kopf bekommen. Auch ein hartes Los. Nicht witzig, schalt Vera sich. Sie saß im Nachthemd auf ihrem Bett und spürte, wie sie langsam wieder nüchtern wurde. Dann wäre die Gewissheit nicht mehr aufzuhalten. Als ob irgendetwas jemals sicher war. Als Evelyn damals gestorben war, erinnerte sich Vera, hatte sie gedacht, dass das ein ganz falscher Ausdruck war. Gestorben. Ein idiotisches Synonym. Weil es nach irgendeiner Form von Wissen klang. Was nichts als eine Lüge war. Viel richtiger wäre, wenn man sagen würde *als Evelyn damals verschwunden war*. Denn es war doch eine Tatsache, *wir wissen absolut nichts*.

Einmal, kurze Zeit danach, hatte Vera am Ende ihres wöchentlichen Gymnastikkurses auf der Matte gelegen, und die Trainerin hatte sie angewiesen, den eigenen Atem zu beobachten und nichts weiter zu denken. Vera hatte nicht zum ersten Mal darüber nachgegrübelt, wie das gehen sollte. Und was genau meinte sie eigentlich? Nichts denken? Oder an das Nichts denken? Und auf einmal hatte Vera ein ungeheuerliches Gefühl erfasst. Sie hatte tatsächlich spüren können, wie unsicher das Band war, das sie auf der Erde hielt. Und wie brüchig deren Anziehungskraft. Kaum mehr als eine nachgiebige, poröse Nabelschnur. Während eine unbekannte, unheimliche Macht an ihr zerrte und drohte, sie in die Unendlichkeit fortzuziehen. Wie fragil, ja dürftig ihre Bindung an dieses Leben war. Ihre und die aller Lebewesen.

Dieses Gefühl hatte Vera seither nie ganz verlassen. Dass sie jederzeit fortgesogen werden konnte, ins All. Jetzt, da sie es kennengelernt hatte, blieb es ihr treu. Licht fiel in einem keilförmigen Korridor aus dem kleinen Bad in den Raum und wies wie ein Pfeil auf Gernots Paket. Das immer noch unausgepackt war. Zum ersten Mal verspürte Vera den Wunsch, ihn zu sprechen. Einfach nur eine vertraute Stimme zu hören. Aus seinen SMS-Nachrichten wusste sie, dass er sich immer noch in Afrika befand. Dass es ihm gut ging. Dass er sie zurückhaben und alles erklären wollte. Gernot hatte auch in diesen kleinen Texten nur von sich geschrieben. So hatte er logischerweise auf Granit gebissen. Vera hatte ihm nicht geantwortet und ihn kaum vermisst. Er konnte ihr gestohlen bleiben. Sie hatte ein neues Leben begonnen. Und sei es auch nur auf Zeit. Hier waren diese Kinder, die sie wahrhaftig brauchten. Hier tobte das Leben. Hier war Percival. Und hier hatte sie heute getanzt. Vera hatte sich schon seit Ewigkeiten nicht mehr so lebendig gefühlt. Zugleich bekam sie in diesem Augenblick die Schattenseiten zu spüren. Die Quittung für ihren kleinen Rausch. Helligkeit erzeugte nun mal Schatten, und Glück spülte immer auch Melancholie mit ans Licht. Es war, als hätte sie eine Box geöffnet und alles strömte daraus hervor. Ein

Schwall von Gefühlen, ein Wust in allen Farben des Regenbogens, ein heilloses Gewirr.

Vera stand auf und öffnete das Paket. Es lag kein Brief darin, nur eine Anweisung und ein ledernes Etui. Typisch Gernot, liebevolle Gesten hatten ihm schon immer ferngelegen. Vera klappte den Deckel zurück. Darin lag ein kleiner Tabletcomputer. Sie schloss ihn an, er hatte sogar an einen Adapter gedacht, und folgte den Anweisungen auf dem Zettel. Irgendein Programm öffnete sich, es machte ein wählendes Geräusch, und ehe Vera begriff, was vor sich ging, tauchte Gernots Gesicht schon auf dem Display auf. War das ein Bild, das er aufgenommen hatte? Aber nein, es bewegte die Lippen. Vera fiel vor Schreck das Gerät aus der Hand. Plötzlich erklang seine Stimme im Raum, und sie war unangenehm laut.

»Da bist du ja endlich!«

Vera blickte bestürzt auf das leuchtende Quadrat zu ihren Füßen.

»Was hast du gemacht? Hörst du mich? Hallo?«

Vera näherte sich vorsichtig. Sie spähte auf den Bildschirm. Gernot saß in einer Art luxuriöser Zeltunterkunft. Er trug ein verschwitztes Oberteil und einen neuen Bart. Er sah aus wie ein schlechter Statist.

»Heb mich auf, Vera, ich kann dich sehen!«

In einem abgeschmackten Kolonialepos.

»Vera, verdammt, mach jetzt hin!«

»Um Himmels willen, was … ich … ich …«

Misstrauisch umkreiste Vera das quäkende Ding.

»Meine Güte, das ist moderne Technik, kein Zauberwerk! Stell dich bitte nicht so an.«

Vera atmete einmal durch. Diesen Ton hatte sie nun ganz bestimmt nicht vermisst. Es wurde Zeit, dass Gernot der Vera von heute begegnete. Sie hob in aller Ruhe den Computer auf und setzte sich damit aufs Bett.

»Gernot. Hallo. Du hast dich nicht verändert, scheint mir. Trotz Sabbatical und Afrika. Immer noch die alte Ungeduld.«

Sie kroch wieder unter die Decke und lehnte den Computer schräg an die Wand.

»Was man von dir leider nicht behaupten kann. Was hast du bitte mit deinen Haaren angestellt?«

»Gefallen sie dir?«

Vera guckte kokett.

»Selbstverständlich nicht. Und darf ich dich daran erinnern, dass dir Rosa schon immer zuwider war? Was soll das sein, ein Scherz? Karneval? Irgendein komischer Test?«

Vera fragte sich, was man denn mit rosafarbenen Haaren testen können sollte, beschloss aber, diese ohnehin rhetorischen Fragen schlicht und einfach zu ignorieren. Wie sie es immer getan hatte. Bei Gernots Angewohnheiten und Macken. Es schnürte ihr ein bisschen die Kehle zu. Ihr wurde auch elend zumute. Irgendwie richtig schlecht. Sie verstand. Und sie überlegte es sich anders. Sie hatte sich lange genug angepasst. Weggeduckt. Verbogen. Und versteckt, was sie wirklich dachte. Alles um des lieben Friedens willen. Damit war jetzt Schluss.

»Weißt du, ich finde ja wunderbar, mit welcher Überzeugung du die Ehrlichkeit hochhältst, aber ich glaube, es wird langsam Zeit, dass auch du es erfährst. Du hast Aufrichtigkeit schon immer mit Grobheit verwechselt. Ganz abgesehen davon, bist du ja wohl nicht gerade in der Position, dich damit zu brüsten. Und was die Farbe betrifft, ich habe sie gehasst, ja, das stimmt. Bloß habe ich seit gestern so viele anerkennende Blicke geerntet wie in den ganzen letzten Jahren nicht. Und deshalb überlege ich ernsthaft, ob ich diesen Rosaton nicht einfach behalte. Manchmal ist ein Unfall oder eine Katastrophe exakt das, was man braucht. Dabei fällt mir ein, auch das solltest du eigentlich wissen. Weißt du, dieses unmögliche Rosa ist irgendwie Ausdruck meiner Veränderung. Die in meinem Inneren stattgefunden hat. In den letzten Wochen ist so viel passiert, ich wüsste gar nicht, wo ich anfangen soll. Vorausgesetzt selbstverständlich, du würdest mich fragen, wie es mir geht. Ach ja, das mit den Haaren, das war ein Streich, von Zoë. Sie ist fünf und das lustigste und zugleich tapferste Wesen, das du dir nur vorstellen kannst. Jeder, der sie kennt, liebt sie, keiner kann anders, wenn er sie trifft. Aber davon mal abgesehen, ist mir so gar nicht nach Scherzen zumute, und wenn du dir die Mühe machen würdest, mal kurz nachzudenken oder vielleicht sogar hinzusehen, dann könntest du das lesen! In meinem Gesicht.«

Gernot starrte ihr schweigend vom Bildschirm entgegen. Er musterte sie ausgiebig.

»Du hast getrunken, stimmt's?«

»Ich wüsste nicht, was dich das angeht.«

Vera guckte grantig zurück. Keiner rührte sich. Eine klassische Pattsituation. Mindestens eine Minute verging, ohne dass einer von beiden etwas sagte. Irgendwann räusperte Gernot sich leise, fuhr sich mit der Hand übers Gesicht.

»Du bist meine Frau, oder etwa nicht?«

»Ich weiß es nicht.«

Der Rest des Gesprächs verlief bald im Sand. Sie tauschten ein paar Fakten aus, Vera erfuhr, wo Gernot war und was er unternommen hatte, um seinen angekratzten Ruf wiederherzustellen, doch kam es ihr eher vor, als streiften sie beide langsam wieder ihre gewohnten Maskierungen über. Und da sie einander fremd waren und so weit voneinander entfernt wie seit Jahren nicht, musste Vera ihm auch nichts von der drohenden Untersuchung erzählen oder von ihrer bodenlosen Angst. Und auch nichts von der Sehnsucht, die sie bis in ihre entlegenste Faser erfüllte. Sie schwieg sich über alles, was wichtig war, aus. Sie verabredeten sich lose für den kommenden Abend. Vera stellte das Gerät ab und besah sich selbst im Spiegel auf der Kommode.

»Ich finde, sie passt zu mir.«

23

Am kommenden Tag begannen die Ferien. Doch statt wie versprochen Zeit mit seinen Töchtern zu verbringen, blieb Mr. Hastings den halben Tag unsichtbar. Er blieb in seinem Versteck im Arbeitszimmer, und als Vera einmal an der Tür klopfte, wies er sie ab. Erst am späten Nachmittag verließ er das Zimmer und schlüpfte ungesehen aus dem Haus. Vera hörte gerade noch, wie die Haustür ins Schloss fiel, da war er schon weg. Nach zwei Stunden kehrte er schwer bepackt mit Lebensmitteltüten zurück und verschwand in der Küche, allerdings nicht, ohne vorher ein Abendessen für alle anzukündigen, *pünktlich um acht*.

Als er sie zum Essen bat, musste Vera zugeben, er hatte sich ziemliche Mühe gemacht. Es gab Salat mit Pinienkernen und Avocado und Spaghetti mit Fleischklößchen, er hatte Limonade aus Zitronen und Minze gemacht, und der Tisch war einladend gedeckt. Vera stellte erstaunt fest, dass er nicht nur kochen konnte, er kannte auch das einzige Gericht, das all seine Töchter mochten.

Doch was als Versöhnungsessen geplant war, geriet zum Misserfolg. Auch wenn die Kräfte genau andersherum verteilt waren als bisher. Jetzt blieben die Kinder ihrem Vater gegenüber frostig, während er derjenige war, der um ihre Zuneigung warb. Ganz gleich, welches Thema er anschnitt, das Gespräch stockte immer wieder, und unangenehme Stille breitete sich aus. Mr. Hastings gab sich alle Mühe, die Stimmung zu heben. Er machte Amanda ein Kompliment, er fragte Ruby nach dem Garten, er zauberte sogar Zoës geliebten Applecrumble aus dem Ofen hervor und hatte wahrhaftig echte Vanillesauce dazu besorgt. Nichts davon half jedoch, sodass es nicht lange dauerte, bis der oberflächliche Frieden zu Ende war.

»Daddy?«

Ruby legte den Kopf schief und sah ihren Vater vorsichtig an.

»*Yes, Ruby*? Was möchtest du?«

Er lächelte auffordernd zurück.

»Ich brauche ein Leiter, die man lang machen kann. Sie muss groß sein … ungefähr so, wie unseren Haus in die Höhe ist.«

»Vergiss es, so etwas Unsinniges ich kaufe sicher nicht.«

Ruby flehte ihn förmlich an.

»Es ist *very, very important* für mich.«

»Das kann ich mir nicht vorstellen, wozu brauchst du die?«

Sie sah ihrem Vater unbeugsam ins Gesicht.

»Das ich nicht kann sagen … nicht jetzt …«

»Dann es tut mir leid.«

Damit war die Sache für ihn erledigt, das war nicht zu

übersehen. Ruby stand auf und verließ den Raum. Vera sah ihr nach. Was konnte sie mit einer Leiter wollen? Doch ehe sie weiter darüber nachdenken konnte, meldete sich schon Amanda zu Wort. Dem Klang ihrer Stimme war sofort zu entnehmen, dass sie unterschwellig auf Krawall gebürstet war.

»Ich will das Tattoo.« Amanda legte provozierend den Kopf zurück und deutete auf die Haut unter ihrem Ohr. »Und ich will es hier!«

»Du weißt, das ist lange schon von die Tisch.«

»*No. It is not*! Eine kleine *snake*, in *colour*. Mama *allowed it*.«

»Vorsichtig!«

Mr. Hastings stand auf.

»Was? *You want me to call her*? Du kannst *ask her yourself*?«

Es sah aus, als überlegte Mr. Hastings ernsthaft, von Drohungen zu Taten überzugehen. Seine Hand zuckte leicht. Vera dachte nicht darüber nach, aber sie wusste, sie musste etwas tun. »Amanda, bitte hör auf!«

Amanda verstummte, sie sah zu Vera, dann zu ihrem Vater. Jeder Furor war aus ihrem Gesicht verschwunden und einer reinen Traurigkeit gewichen.

»*This won't end well. And you know it.*«

Sie stand auf und ging aus dem Zimmer.

Vera sah sich nach Zoë um, die sich eben eine weitere Portion Nachtisch auf den Teller lud und sofort mit dem Verspeisen begann. Vera tat es ihr nach. Auch Mr. Hastings aß seine Portion. Zoë leckte ihren Löffel sorgfältig ab und hob den Teller vors Gesicht, um auch ihn mit kleinen, katzenhaften Schleckern restlos sauber zu lecken.

»I want to go to Bristol.«

Mr. Hastings starrte wie vom Blitz getroffen die Rückseite des Tellers ihm gegenüber an.

Er hatte schweigend begonnen, die Küche aufzuräumen, und es wie üblich Vera überlassen, sich um die Kinder zu kümmern. Statt die Zeit mit ihnen zu nutzen, wann immer es ging. Vera wurde ganz fuchsig, wenn sie daran dachte. Andererseits konnte sie ihn ja nicht zwingen. Oder vielleicht doch?

Vera half Zoë dabei, sich bettfertig zu machen.

»Liebes, was ist denn in Bristol, das du so gerne sehen möchtest?«

Zoë bürstete ihre Zähne und dachte nach, während sie Veras Gesicht im Spiegel hinter sich musterte. Offenbar überlegte sie angestrengt, ob sie ihr restlos vertrauen konnte.

»Eine Brücke, die ich besuchen will.«

»Du interessierst dich für ein Bauwerk? Warum denn das?«

Zoë spuckte die Zahnpasta aus.

»Das sag ich nur Herr Schultz!«

»Weiterputzen.«

Vera deutete auf die Eieruhr, die auf dem Glasbord stand und erst halb durchgelaufen war. Zoë stopfte sich die Zahnbürste erneut in den Mund und schrubbte wie wild darin herum. Vera wusste, sie würde es morgen wieder genauso probieren. Wie auch übermorgen.

Endlich war der Sand durchgelaufen, und Zoë ließ ermattet die Hand mit der Zahnbürste sinken. Sie spülte sich den Mund und angelte nach der Haarbürste, die auf der gläsernen Ablage lag. Sie reichte sie Vera und drehte ihr auffordernd den Rücken zu, während sie wichtig in das Plüschohr wisperte. Vera bürstete Zoës weiche Locken, die sofort wieder in ihre Form zurücksprangen, ließ man sie los.

»Es ist dir ganz wichtig, stimmt's?«

»Auch Herrn Schultz!«

»Okay. Ich schaue mal, was ich machen kann.«

Vera legte die Bürste zurück, Zoë rannte in ihr Zimmer und sprang ins Bett. Vera folgte ihr, und Zoë wedelte schon auffordernd mit dem Märchenbuch. Sie setzte sich neben das Kind und begann zu lesen. Wieder einmal gelangte sie bei den letzten Zeilen der kleinen Meerjungfrau an. Wo sie sich in ein Luftwesen verwandelt, das irgendwann einmal Unsterblichkeit erlangen kann. Wenn sie ein Menschenwesen dazu bewegt, wahrhaftige Liebe für sie zu empfinden. Wenn sie genug Gutes getan hatte. Die Tochter der Luft. Vera hatte unzählige Fragen dazu beantworten müssen. Fragen zu einer Geschichte, die sie selbst nicht ganz verstand. Besonders der Prinz und sein herzloses Verhalten waren ihr selbst immer noch ziemlich schleierhaft. Andererseits, vielleicht gab es einen ganz einfachen Schlüssel. Er liebte sie nicht. Punkt.

Wie jeden Abend dauerte es aber kaum drei Sätze, und Zoë schlief schlagartig ein. Vera legte das Buch vorsichtig zur Seite und versuchte ihren Arm unter dem kleinen, warmen Leib hervorzuziehen, ohne dass sie wach wurde. Zoë klammerte sich an Veras Strickjackenärmel, als hinge ihr Leben davon ab. Sie murmelte etwas Unverständliches. Behutsam löste Vera die Finger von der Wolle.

»Ich will, dass du bleibst.«

Das hatte wach geklungen und klar, aber Zoë schlief tief und fest. Wer weiß, was sie meinte, ob sie überhaupt von Vera sprach. Hoffentlich träumte sie nicht wieder so schlecht. Zoë wurde immer noch häufig von Albträumen gequält. Andererseits, war es tatsächlich so abwegig, wenn sie sich wünschte, dass Vera noch nicht ging? Die anderen Au-pairs hatten erzählt, dass sie alle mindestens ein halbes Jahr blieben. Auch Frau Grass hatte ihr eine E-Mail geschrieben, und sie hatte auf diesem Weg erfahren, dass es zwar nicht üblich war, zu verlängern – den älteren Nannys traute man offenbar nicht zu, länger als drei Monate durchzuhalten –, es aber vorkam. Und dass die Hastings noch keinen Nachfolger für sie gefunden hatten. Vera schlich aus dem Zimmer und lief hinunter in den Wintergarten. Sie beobachtete die Dämmerung gern dabei, wie sie sich am Himmel verteilte. So wollte sie es auch heute tun. Es hielt sie so schön vom Nachdenken ab.

Heute aber hatte sie bald genug gesehen. Vera sah nach, ob mit Ruby alles in Ordnung war. Es schien ihr gut zu gehen. Sie hatte sogar ein wenig Gewicht zugelegt. Jetzt allerdings lag sie nicht, wie so oft, auf ihrem Lieblingsast im Baum, sondern lief in obskuren Mustern mit einem Wasserschlauch durchs Gras. War das ein Fernrohr, das da um ihren Hals baumelte? Eigentümlich. Doch sie schien guter Dinge zu sein. Und das war die Hauptsache.

Zuletzt ging Vera zu Amandas Zimmer, um auch dort nach dem Rechten zu sehen. Die Tür war verschlossen, wie in den vorangegangenen Tagen immer am Abend. Denn Amanda telefonierte über Stunden, und es war scheinbar überlebenswichtig, dass sie dabei unter keinen Umständen gestört wurde. Ziemlich sicher sprach sie mit Klaas. Oder mit einer Freundin, dann aber über Klaas, von Klaas und um Klaas herum. Vera musste grinsen, als sie an Amandas Verwandlung dachte. Ihre Arroganz war einem Staunen gewichen, ihr Missmut einem feinen Schimmer, der ihr ganzes Wesen wie mit Perlglanz überzog, und ihr Körper hatte binnen Tagen eine selbstverständliche Grazie entwickelt. Wäre nicht klar gewesen, dass Klaas dafür verantwortlich war, Vera hätte glatt begonnen, an Zauberei zu glauben.

Etwas berührte sie plötzlich an der Schulter. Vera wirbelte erschrocken herum. Ihr Gesicht kam direkt vor dem von Mr. Hastings zum Stehen.

»Wollen Sie mich loswerden? Mittels eines Herzinfarkts?«

Vera hielt sich am Türrahmen fest.

»So alt sind Sie noch nicht. Dass das schon einen Risiko ist.« Er flüsterte, immerhin versuchten sie beide gerade Amanda zu belauschen, und es war nicht wirklich so, dass sie das merken musste.

»Wie charmant ...« Vera lachte trocken.

»Ich drucke mich nicht gut aus.« Er wirkte beinah ein wenig zerknirscht.

»Das kann man wohl sagen.«

Er schwieg. Sie sah ihn auffordernd an. Ob da noch etwas kam? Er tat nichts, als Vera im Halbdunkel des Flurs ins Gesicht zu gucken. Er sah aus wie ein Mann, der am Ende seiner Weisheit angekommen war. Der nicht mehr weiterweiß. Vera erbarmte sich seiner.

»Ich weiß auch nicht viel. Doch ich weiß, dass das, was Zoë sich in ihrer Fantasie ausmalt, sich aus Fetzen von Informationen und Halbwissen zusammenstückelt, wesentlich erschreckender und beunruhigender ist als jede Realität.«

»Sie ist glücklich in ihrer Welt. Wie soll ich, der sie liebt, und mehr als alles, was es gibt … das für immer zerstören? Sie ist so … jung …«

Seine Stimme war kaum noch wahrzunehmen. Vera berührte ihn am Arm, ohne darüber nachzudenken, ob das angebracht war.

»Das wird sie immer sein.«

»Ich kann nicht … Es, es ist, als würde es unumstößlich wahr, wenn erst Zoë es weiß …«

Und weil es dunkel war und sie flüsterten und weil es niemand erfahren würde und weil es auch egal gewesen wäre, legte er seine Hand auf ihre.

»Ich bin hier. Ich werde Ihnen helfen. Aber wenn Sie es ihr bis Sonntag nicht gesagt haben, dann werde ich es tun.«

»Was für ein Tag ist heute?«

Die Tür wurde aufgerissen.

»Es ist *Sunday*, schon den ganzen Tag. Ich weiß, ihr seid da. Also hört auf endlich, vor meine Tür zu lungern. Ich habe auch ein Recht auf *privacy*. Auch wenn ich nur eine Teenager bin!«

Amanda verdrehte die Augen und wandte sich wieder ihrem Telefongespräch zu.

»You'll never guess what just happened with these childish adults …!«

24

Am nächsten Tag erwachte Vera mit einem grässlichen Katzenjammer. Sie wusste genau, woran das lag. Ihre letzte Woche war angebrochen. Vera war sich bewusst, dass es furchtbar werden würde. Der Abschied. Aber vielleicht auch die Rückkehr. Sie fragte sich, ob es nicht klüger wäre, hierzubleiben. Zu verlängern, um weitere drei Monate. Sie war hier noch nicht fertig. Der Gedanke, zurückzukehren, in ein Leben, das eventuell nicht mehr zu ihr passte, das höchstwahrscheinlich eingelaufen war wie ein zu heiß gespültes Kleidungsstück, war Vera ganz und gar nicht geheuer. Und noch etwas anderes beunruhigte sie. Der vermaledeite Arztbesuch. Sie quälte sich eben aus dem Bett, als sie ein deutliches Watscheln vernahm. Zoë war hereingekommen, und sie war patschnass. Vera hatte ihr den Schwur abgenommen, unter keinen Umständen allein in der Badewanne zu üben, es ihr aber schließlich, zermürbt vom taktisch klug gelegten, nachtschlafenden Verhandlungszeitpunkt, in der Dusche erlaubt. Seitdem duschte das

Kind am Morgen in voller Montur, allerdings hielt sie sich mithilfe der Eieruhr geradezu vorbildlich an die erlaubten dreizehn Minuten, das in zähen Verhandlungen abgetrotzte Maximum. Doch damit würde es an diesem Nachmittag vorbei sein, denn heute durfte Zoë die Mermaidflosse zum ersten Mal im Schwimmteich ausprobieren. Das hatte Vera ihr versprochen, und daran erinnerte Zoë sie gerade nachdrücklich, als ein merkwürdiges Geräusch sie unterbrach.

»Was ist das? Es tutet ja!«

»Das, liebes Kind, ist mein Ehemann.«

Zoës Augen wurden untertellergroß.

»Hast du ihn in deine Bett versteckt?«

»Sozusagen … Er ist hier.«

Vera reichte ihr das Tablet, von dem der Anruf ausging. Zoë guckte konzentriert und tippte auf den gläsernen Bildschirm. Gernots Stimme erfüllte herrschsüchtig den Raum.

»Was zum Teu…!«

Zoë drückte erschrocken auf irgendein Symbol. Es machte ein wuschartiges Geräusch.

»Ich glaube, ich habe ihn weggemacht.«

»Keine Sorge, der ist sicher irgendwo.«

»Aber wo?«

»Na, da, wo ich zu Hause bin.«

Vera hatte binnen Sekundenbruchteilen ihr Wohnzimmer im Hintergrund erkannt.

Zoës Unterlippe begann zu zittern. Sie konnte sich nicht an den Gedanken gewöhnen, dass Vera wieder abreisen würde, und Vera hatte beschlossen, es war besser, das Thema möglichst wenig anzusprechen. Zumindest nicht, bis sie selbst sich darüber klar geworden war, was sie mit ihrer Zukunft anfangen sollte. Vera legte den Arm um die kleine Gestalt, die da feucht neben ihr hockte. Auf dem Bildschirm konnte sie einen Miniatur-Gernot winken sehen. Vera machte eine ratlose Geste, formte mit den Lippen stumme Fragen und stellte sich ausführlich dumm. Der effektivste Weg, Gernot zur Weißglut zu bringen. Zoë lugte vorsichtig kichernd um die Ecke. Doch Gernot tobte leider nur kurz. Wie nicht anders zu erwarten, wusste er sich zu helfen. Er schrieb einen Zettel, den er in die Kamera hielt, wie ein Entführungsopfer die Lösegeldforderung.

Du musst auf das Mikrofonsymbol drücken!!!

»Muss ich das?«

Vera sah ihn fragend an.

»Willst du deinen Mann nicht mehr?«

Eine gute Frage. Vera war immer wieder erstaunt über die Hellsichtigkeit dieses Kindes.

»Besser, du ihm erzählst, was in dir ist. Und was nicht.«

Vera nickte, Zoë hatte vollkommen recht. Sie tippte mit der Fingerspitze auf das Symbol, während Zoë vorsichtshalber hinter Veras Schulter in Deckung ging. Dieser Mann war ihr verständlicherweise nicht geheuer. Die Lautstärke, mit der er sprach, ließ auch Vera nichts Gutes vermuten.

»Du bist wieder zu Hause?«

»Das hätte ich dir schon gestern gesagt, aber du gehst ja nicht an das ... Ding!«

»Ich hatte keine Zeit.«

Überraschend versöhnlich lenkte Gernot ein.

»Nun ja, das verstehe ich. Es gibt allerdings eine Menge Neuigkeiten. Falls es dich interessiert.«

Wieder eine seiner kleinen Spitzen, er konnte es einfach nicht lassen. Einmal Richter, immer Richter.

»Das tut es. Aber zuerst solltest du jemanden kennenlernen, einen meiner Schützlinge. Zoë, darf ich vorstellen? Das da ist Gernot, mein Ehemann.«

»How do you do?« Gernot klang wie ein übergroßer Basset-Hund.

»Was meint der damit?«

Zoë sah mit großen Augen zu Vera hoch.

»Das sagte man früher so.« Vera wandte sich an Gernot. »Du kannst gerne Deutsch mit ihr sprechen. Sie ist sehr gut darin.«

»Oh. Danke schön!« Ein weiterer willkommener Anlass für Zoë, Vera ein paar Zärtlichkeiten zu verpassen.

»Hmmrrrhhh.« Gernot räusperte sich vernehmlich. Er wollte offensichtlich ihre Aufmerksamkeit zurückerlangen. Vera tat ihm den Gefallen.

»Du bist also wieder zu Hause?«

»Ja, ich musste mich langsam mal dem Blödsinn stellen, den ich verzapft habe, findest du nicht?«

Ungewohnt ehrliche Töne, fand Vera, und ziemlich direkt. Das konnte sie auch.

»Was ist bloß in dich gefahren? So etwas durch und durch Unvernünftiges, nein absolut Hirnrissiges zu tun, das passt gar nicht zu dir!«

»Vielleicht war das der Grund? Dafür, dass ich mich so verrannt habe.«

»Du musst doch gewusst haben, dass sie dich in der Luft zerfetzen würden. Dass alles irgendwann ans Licht kommen würde. Dass du deine gesamte Existenz aufs Spiel setzen würdest! Unsere Existenz. Einfach so? Wegen fortgeschrittener Langeweile?!?«

»Du hast etwas vergessen …«

»Ach ja, und was?«

»Ich habe damit auch unsere Ehe aufs Spiel gesetzt. Das ist es, was mich am meisten schmerzt. Das sogar die Scham über meinen unrühmlichen, feigen Abgang übertrifft. Dass ich dich verletzt habe. Mit dem, was ich getan habe.«

»Bittest du mich etwa um Verzeihung?«

Veras Stimme klang alarmiert. Sie spürte einen ungeheuren Zorn in sich aufsteigen. So leicht war das alles ganz sicher nicht aus der Welt zu schaffen.

»Dafür ist es zu früh. Das ist mir selbstverständlich bewusst. Ich versuche nur, eine Erklärung zu finden. Und dafür brauche ich dich!«

Gernot blickte Vera geradeheraus an. Zoë, deren Blicke zwischen Vera und ihm hin- und hergeflogen waren wie bei einem rätselhaften Tennismatch, tat es ihm gleich. Vera fühlte sich ein wenig unbehaglich. Und beobachtet.

»Ich denke darüber nach …« Sie nickte generös und verabschiedete sich rasch.

Zoë winkte noch schnell um die Ecke, dann drückte Vera auf *Beenden.* Sie holte tief Luft. Der letzte Montag in England hatte begonnen.

Anderthalb Stunden später half die Assistentin Vera auf die Liege, während sie ihr das Prozedere erläuterte. Vera musste ganze dreißig Minuten still liegen und möglichst ruhig atmen. Und wenn ihr das nicht gelang? Wozu war der Notfallknopf wirklich, den sie ihr in die Hand drückte? Wie oft wurde der wohl benutzt? Und woher wusste sie, dass er nicht gerade heute seinen Geist aufgegeben hatte? Vera hatte sowieso keine Ahnung, was das alles auf Englisch hieß, sie presste die Lippen aufeinander und schwieg und versuchte an ihren Sauerstoff zu kommen. Trotz der Furcht, die in ihrem Inneren anstieg wie ein Pegel. Ein Pegel des Grauens. Die Frau verschwand hinter einer gläsernen Wand und ließ sie allein. Irgendwo da draußen betätigte sie den Startknopf, und Vera wurde samt der Liege in das röhrenförmige Monstrum geschoben.

Ihr Herz raste. Die Liege kam am Ende der Röhre zum Stehen. Das Klopfen begann, ganz wie versprochen. Trotz der Kopfhörer, die sie ihr übergestülpt hatten, war es nervenzerfetzend laut. Vera fragte sich, wie um alles in der Welt sie das bitte schön eine halbe Stunde über sich ergehen lassen sollte. Sie bemühte sich, weder in gefährliche Schockstarre noch in eine Tobsucht zu verfallen. Obwohl das Herz ihr aus dem Brustkorb zu platzen drohte. Sie versuchte einfach nur weiterzuatmen. Wie sie es in den letzten Wochen im Grunde die ganze Zeit geübt hatte. Ein Testlauf für diesen Moment. Sich beherrschen, auch wenn um einen die Welt untergeht. Und innen Stürme heftig wüteten. Contenance.

Vera bemühte sich, an Blumenbeete zu denken, oder an das Meer. Doch hatten diese Wald- und Wiesenmethoden bei ihr unglücklicherweise noch nie gefruchtet. Sie versuchte, sich mit dem zu beruhigen, was sie noch alles vorhatte, nicht im Leben, das wäre ihr makaber vorgekommen, sondern in dieser, ihrer letzten Woche in der Familie. Sie wollte noch ein Gespräch über Liebe mit Amanda führen.

Herausfinden, was genau Ruby da immer im Garten trieb. Und Mr. Hastings dabei helfen, Zoë die Wahrheit zu sagen. Sie verstand ihn ja, aber das hier wurde zu gefährlich. Er durfte diesen entscheidenden Moment im Leben seiner Tochter einfach nicht dem Zufall überlassen. Der Zufall war launisch und spielte gern mit dem Leben der Menschen oder brachte sie sonst wie in Gefahr. Er war wie ein sprudelnder Brunnen, der mit kleinen, hohlen Plastikbällen spielte. Die armselig springenden Bälle, das waren sie, die Menschen, deren Existenz ihm nicht mehr war als ein läppischer Zeitvertreib. Ob er auch mit ihrem Leben sein Spiel trieb? In den letzten Wochen war es Vera häufig so vorgekommen. Ein unberechenbarer Schabernack, in den sie irgendwie verwickelt war. Manchmal glaubte sie, irgendwo ein leises Lachen zu hören. Das Lachen des Zufalls. Sie spürte, wie eine ungute Nervosität in ihr aufstieg.

Vera versuchte sich mit dem Gedanken an Percival abzulenken. Was wie immer blendend funktionierte. Sie konnte Stunden damit verbringen, in der Dunkelheit auf ihrem Bett zu liegen und sich in Tagträumen zu verlieren. Sie liebte es, sich an einzelne Augenblicke zu erinnern, oder sich an Details zu freuen wie ein echter Teenager. Neulich erst, bei ihrer letzten Zusammenkunft, war ihr aufgefallen, wie zerbrechlich er im Grunde war. Seine feingliedrigen Fingerknöchel hatten es ihr verraten. Wie unglaublich hübsch seine hellen Handteller waren. Sie konnte sich nicht sattsehen an ihm. Sie hätte Tage allein damit zubringen können, ihm mit ihren Blicken zu folgen, seine Bewegungen zu beobachten. Dem Spiel der verschiedensten Ausdrücke in seinem Gesicht zu frönen. Dem Wechsel des Lichts in seinem

Haar zuzuschauen. Plötzlich fiel Vera ein, dass sie vergessen hatte, sich die *Ophelia* anzusehen. Das musste sie unbedingt nachholen. Mit Percival.

Eine Stunde später verließ Vera das Krankenhaus, in dem die Untersuchung stattgefunden hatte. Obwohl sie zwei Mal nachgefragt hatte, hatte sie nichts von dem verstanden, was der freundliche Arzt gesagt hatte, als er ihr die Befunde aushändigte. Sie hatte versucht, in seinem Gesicht zu lesen, doch war es ihr auch bei diesem Exemplar eines reservierten, immer höflichen Engländers nicht möglich gewesen zu erkennen, was Fassade und was Botschaft war. Vera hatte sich bedankt und war mit dem Umschlag hinausgestolpert. Innerlich fluchend, doch eigentlich erleichtert über eine weitere Gnadenfrist.

Jetzt saß sie mit klappernden Zähnen am Kings Cross Pond und versuchte sich selbst Mut zuzusprechen. Sie hatte es versprochen, also würde sie jetzt in diesem komischen künstlichen Teich voller Entengrütze und schleimigen Algenfäden und Wunder was noch alles mit Zoë das Schwimmen als Mermaid üben. Vera fror erbärmlich. Und sie hatte extrem schlechte Laune. Lag das am gestrigen Alkoholkonsum? An der unklaren Diagnose? Oder an etwas ganz anderem? Denn sosehr sie es sich auch verbot, Vera konnte den Gedanken nicht unterdrücken, der in ihr herumtanzte wie ein nervtötender Kobold. Sie wollte hier nicht weg! Jemand rief ihr etwas ins Ohr.

»… jetzt endlich helfen?«

Zoë rüttelte mit aller Kraft an Veras Arm.

»Hast du etwas gesagt?«

Zoë musterte Vera misstrauisch. Machte sie Witze? War sie vielleicht plötzlich taub oder wunderlich geworden? Vera war, als könnte sie buchstäblich Zoës Gedanken lesen. In ihren Augen musste sie demnächst Methusalemalter erreichen, da konnte man schon mal hexenhaft unberechenbar werden.

»Mach dir keine Sorgen, ich habe nur ein bisschen Weltschmerz …«

»Mhmmm.«

Zoë nestelte an ihrem Kostümoberteil herum. Sie hatte kein gesteigertes Interesse an Veras Gemütszuständen, und wer konnte ihr das verdenken angesichts des ungeheuer bedeutenden Moments. Ihrer ersten echten Mermaid-Schwimm-Erfahrung, die unmittelbar bevorstand. Vera musste mit aller Macht ein lautes Lachen unterdrücken, als sie Zoës vergeblichen Versuch beobachtete, sich in den künstlichen Fischschwanz zu quetschen.

»Komm, *love*, ich helfe dir.«

Zoë guckte dankbar und ließ erleichtert von ihrem Gezerre ab. Vera rollte das strumpfartige Gebilde zusammen, half ihr, mit den Füßen hineinzuschlüpfen, und wenige Sekunden später war es so weit, Zoë trug ihr Meerjungfrauenkostüm. Seelig sah sie an sich herab. Über ihrem kleinen runden Bauch spannten sich himmelblaue Glitzerschuppen, die sich in aquamarinfarbenem Farbverlauf in Richtung ihrer Füße zu einem einzigen Fischschwanz verjüngten. Ein Oberteil in Türkis komplettierte die bezwingende Kombination.

»Warte. Du bleibst hier liegen, und ich hole dich gleich. Ganz still! Hast du mich verstanden?«

Zoë lächelte vielsagend, sie war ja ab sofort stumm. Vera stieg die Leiter ins Becken hinab, es war gar nicht so schlimm wie erwartet, und schob ihre Arme unter das erwartungsvolle Paket.

»Bist du bereit?«

»Aye, aye …«

Zoë hatte das mit dem Stummsein der Meerjungfrauen schon wieder vergessen. Ihr Lächeln wurde womöglich noch beglückter. Sie sah aus, als hätte sie soeben erfahren, dass sie für den Posten der Prinzessin der Unterwasserwelt ausgewählt worden sei. Mindestens. Vera schob ihre Arme vorsichtig unter den kleinen Nixenkörper und hob Zoë hoch, um sie gleich darauf, immer noch gehalten, ins kühle Wasser abzusenken. Zoë quietschte nicht wie erwartet, sie guckte stattdessen sehr feierlich, und Vera wurde klar, das hier war in irgendeiner Weise eine Art Initiationszeremonie. Sie küsste Zoë auf die Stirn. Zoë schloss die Augen für einen winzigen Moment. Sie holte tief Luft und ließ sich vertrauensvoll von Veras Armen ins Wasser rollen. Sie streckte sich aus und begann sachte mit dem Fischschwanz zu paddeln. Dann schwamm sie los.

Sie glitt mit offenen Augen durch das Wasser, mit schwereloser Leichtigkeit, als habe sie nie etwas anderes getan. Sie drehte sich um die eigene Achse. Sie schwamm einen Kreis, ihre Arme vollführten formvollendete, sanfte Paddelbewegungen. Zoë war in ihrem Element angekommen.

Dann war der Zauber vorbei. Zoë tauchte auf, um nach Luft zu schnappen. Sie schlug mit ihren Händen auf die Wasseroberfläche, aufgeregt wie ein junger Hund. Vera schwamm zu ihr und schob die Arme unter ihren Körper und hielt sie, so dass sie nicht untertauchte. Das schwerelose Märchenwesen verwandlte sich binnen Sekunden zurück zur ungestümen Quasselstrippe.

»Hast du gesehen mich? Ich bin geschwebt! Ob ich ein *mermaid* werden kann? Ich meine in echt? Und unter Wasser leben? Für immer vielleicht? Es ist so ... so ... das *Pond*, das umarmt mich, ganz fest. Und es blubbert überall, wie manchmal in mein Bauch. Ich möchte keine Mensch mehr sein, bitte erlaub es mir. Aber ich komme hoch sonntags und besuche dich, ich winke. Das verspreche ich! Ja?«

»Ich meine, wir sollten erst mal das mit dem Atmen klären.«

»Oh, ja, vielleicht.« Zoë dachte eine kleine Weile nach. »Hast du mal von diese Luftflaschen gehört?«

25

Dienstag nahm sich Vera frei. Es war überraschend heiß geworden, schon am Morgen war es beinah schwül. Und Vera wurde von bohrender Sehnsucht geplagt. Es half nichts, sie konnte sich nicht länger dagegen wehren. Ganz gleich, was es sie kosten würde, sie musste ihn einfach sehen. Vera zog sich ihren schönsten Rock an und schminkte sich sorgfältig, ähnlich, wie Amanda es getan hatte, wenn auch etwas dezenter. Schließlich war heute ein gewöhnlicher Wochentag. Sie überlegte, ob sie Rouge auftragen sollte. Warum nicht, dieser Tag war einmalig und verdiente gefeiert zu werden. Vera steckte sich noch eine Brosche an und verließ zufrieden ihr Zimmer und das leere Haus.

Die Familie hatte sich im Garten versammelt. Oder vielmehr verteilt. Denn jeder ging seiner Beschäftigung für sich alleine nach. Mr. Hastings hatte sich mit einem Berg von Papieren auf der Veranda niedergelassen, Ruby mähte den Rasen, Amanda übte Schrittfolgen, und Zoë sammelte Himbeeren in einem Körbchen, angeblich für später, wenn ihr verschmierter Mund auch Bände sprach. Vera konnte hören, wie sie Herrn Schultz erklärte, dass die Früchte Tieren höchstwahrscheinlich Bauchschmerzen machten. Im Gegensatz zu Kindern, für die seien sie *extragesund*. Vera winkte und verschwand schnell um die Ecke, so bestand weniger Gefahr, dass sie eines der Kinder abwimmeln musste, und die Chance wuchs, dass sie allein fortkam.

Der Pub wirkte ziemlich ausgestorben. Vera hatte nicht damit gerechnet, dass Percival nicht da sein könnte. Erschrocken stand sie auf der Straße, mitten im Getümmel der Großstadt, und hatte nicht den blassesten Schimmer, was sie als Nächstes tun sollte. Sie konnte ja schlecht hier auf dem Bürgersteig warten. Vera sah sich um. Wie sehr sie diese wilde Mischung vermissen würde. Sie liebte es, ihre Blicke wandern zu lassen, über die schier unendliche Menge der Londoner. Selbst in der vergleichsweise ruhigen Ecke, in der die *Blue Frog Tavern* lag, wimmelte es von den unterschiedlichsten Menschen. Ein Mann mit Zwirbelbart radelte irgendwie schüchtern vorbei, er trug eine gepunktete Kniebundhose zur Schau. Ein asiatisches Mädchen im goldenen Overall ließ sich auf einer Fensterbank nieder und aß Aal. Kurz darauf überquerte ein Herr die Straße. Er sprach Vera an.

»Are you waiting for the train?«

Er lachte ihr ins Gesicht.

»Not exactly. I am here to see the owner of this pub, over there. I want, I would like to go to the museum, with him, I suppose …«

»Oh, I'm sure he will be delighted to hear that, my dear.«

Er formte die Hände zum Trichter, und bevor Vera ihn abhalten konnte, rief er auch schon.

»Percy, there is someone here to see you. A German Lady. And she is at least as lovely as you are …!« Ein spöttisches Grinsen im Gesicht spazierte der Mann davon.

Vera überlegte eben, ob sie in den nächsten Bus springen und damit zu flüchten sollte, ganz egal, wohin der fuhr, als sich ein Fenster direkt über dem Pub öffnete und Percivals Gesicht darin auftauchte.

»Hi.«

Mehr brachte Vera beim besten Willen nicht hervor.

»Hi.«

Percival hatte offenbar alle Zeit der Welt. Er sah irgendwie zerknautscht aus und trug eine Art Kimono. Augenscheinlich war er noch nicht lange wach. Er rekelte sich. Vera kramte ihren gesamten Mut zusammen.

»Well, I thought, maybe, you want to join me? It is my day off, the last one, you know …?«

Veras Sprachvermögen war zu seinem Ausgangspunkt vor drei Monaten zurückgeschnurrt. Doch er verstand, dass sie ihren letzten freien Tag mit ihm verbringen wollte, und es schien ihm offenbar das Natürlichste der Welt.

»Sure, what's the plan?«

»I want to see Ophelia. At the Tate.«

»Splendid idea. I'll be with you in a minute.«

Eine halbe Stunde später standen sie ihr gegenüber. Der erbarmungswürdigen Frau, die im Fluss ihrem Ende entgegentrieb. Vera betrachtete die berückend schöne Gestalt, die da umgeben von *Vergissmeinnicht* und anderen vielsagenden Blumen im Wasser lag und ihrem irdischen Ende entgegenschwamm, doch sie konnte kein Mitleid empfinden. Zu sehr bewunderte sie die Kunstfertigkeit der Arbeit und genoss den Augenblick. Mit ihm, der still neben ihr stand. Vera konnte ihre Gesichtszüge nicht länger beherrschen. Ein Lächeln wogte darauf, von einer Seite bis zur anderen.

»*Interesting. You never know what lies behind a picture.*« Percival las in einem Papierfaltblatt.

»*Behind? I am not sure I understand …*« Vera hätte am liebsten zu schnurren begonnen, so gern sah sie ihn einfach an.

»*The model you see here was called Elizabeth Eleanor Siddel. She was quite famous in her time. She was an artist too and she was so devoted to this work, she was required to pose over a four month period in a bath full of water kept warm by lamps underneath. The lamps went out on one occasion, causing her to catch a severe cold. She didn't say anything for hours. Because she didn't want to disturb the work of the painter. She almost died …*«

Vera fischte das deutschsprachige Faltblatt aus der Tasche und las die Stelle nach. Elizabeth Eleanor Siddel, das Modell, war selbst Künstlerin und gab sich der Arbeit dermaßen hin, dass sie daran beinah starb. Als sie über einen Zeitraum von vier Monaten in der Badewanne posierte, die von unterstehenden Lampen erwärmt wurde, und einmal die Lampen ausgingen. Sie schwieg und hielt über Stunden stumm die Kälte aus, infolgedessen sie eine schwere Erkältung bekam. Sie wollte die Arbeit des Malers nicht stören.

»*Ridiculous!* Was für ein einfältiges Ding.«

Mit solchen Albernheiten würde Vera niemals etwas anfangen können, was auch immer noch in ihrem Leben geschah, diese Art Kitsch war und blieb ihr zutiefst fremd.

»You don't think she was a Saint of the Art?«

»Eine Heilige? *Definitely not!*«

Vera registrierte, dass sie wohl ein bisschen heftig reagiert hatte. Sie versuchte, ein wenig milder zu klingen.

»Martyrs never seemed interesting to me.«

Innerlich fragte Vera sich allerdings, wie man selbst ernannte Märtyrer nur bewundern konnte. Nun ja, vielleicht, wenn man ein hoffnungsloser Romantiker war. Interessant, das hatte sie nicht geahnt. Andererseits, es passte zu ihm, zu seiner Makellosigkeit, seiner gepflegten Erscheinung, seiner ganzen Gestalt. Vera beschloss, ein wenig Gnade walten zu lassen. Vielleicht war sie eifersüchtig auf diese unbedingte Hingabe.

»On the other hand, maybe you are right and I'm only jealous of her, how do you say that, devotion?«

Vera sah in Percivals Gesicht. Er hatte sich wieder dem Gemälde zugewandt. Er seufzte aus tiefster Seele. *»Later she killed herself, with laudanum.«*

So, so, das dumme Ding hatte sich zu allem Überfluss mit Opium umgebracht. Gegen diese Art von Verklärung war sie glücklicherweise immun. Und doch, ohne dass sie etwas dagegen tun konnte, stiegen vor Veras Augen Bilder von Samtanzügen, nebligen Wäldern und flackernden Kerzenstummeln auf. Vera wünschte sich eine Naturkatastrophe herbei. Vielleicht einen Vulkanausbruch? Gemeinsam würden sie die Treppen hinauf und aufs Dach fliehen. Unter ihnen würde langsam das Gestein erkalten, während sie zum Schutz aneinandergeschmiegt den Nachthimmel betrachteten. Unwahrscheinlich, in diesen Breitengraden. Leider. Aber ein leichtes Erdbeben, eine Springflut müsste doch drin sein? Wenn sie inständig darum bat? Sie würde sich an ihn klammern müssen, um zu überleben. Er würde sie halten, und sie würden zusammen durch die Gänge des Museums geschwemmt …

Rettungslos verliebt, sang es in ihrem Kopf, *du hast dich rettungslos verliebt* … Vera hatte auf einmal das dringende Bedürfnis nach frischer Luft.

»Excuse me, I'll go outside and catch some air …«

Sie drehte sich weg und lief hinaus. Sie wollte auf gar keinen Fall, dass er ihren Gesichtsausdruck sah.

Als er wenig später zu ihr nach draußen kam, hatte Vera sich wieder im Griff. Percival lud sie zum Mittagessen ein, das sie auf einem *street food market* zu sich nahmen, auf dem es auch Spezialitäten aus dem Heimatland seiner Familie gab. Riesige flache Töpfe, in denen jamaikanisches Essen köchelte, scharf und dunkel und fremd. Vera musste sich insgeheim überwinden, vom *Jerk Chicken* zu kosten, aber es lohnte sich, denn hinter dem vordergründig öligen Brennen tauchten die köstlichsten Geschmäcker auf. Ingwer und Piment, Thymian, Honigsüße und Muskat. Gefolgt allerdings von einer heimtückischen Welle einer hypnotischen Schärfe ganz neuer Qualität. Percival amüsierte sich königlich über sie und ihren vergeblichen Versuch, Unempfindlichkeit vorzugaukeln, während, wie er mit vollem Ernst bemerkte, angeblich kleine Rauchwolken aus ihren Ohren traten. Er bestand darauf, dass Vera sich einmal quer durch die Karte probierte. Nur durch vehementes Protestieren konnte Vera, nach Escovitch Fish und Patties, Maisbrot und Pfeffersuppe, einem Stück Süßkartoffeltorte entgehen.

Stattdessen orderte sie Kaffee für sie beide und lehnte sich erschlagen zurück, so weit das ging, in der Nähe einer lauten Straße, an einem verklebten Tisch, mit einer antiken Brandmauer im Rücken. Und mit dem Bauch eines mittelgroßen Rhinozerosses.

»*Percival?*«

»*Mhhhhmmm?*«

»*Do you know how a rhinoceros sounds?*«

»*It sounds happy.*«

Auf dem Weg zum Haus der Hastings, es war inzwischen schon Nachmittag, sah Percival auf einmal anders aus.

»*What are you thinking about?*«

»*I'm thinking about happiness. Dancing was the only thing that counted for me, for years. There was only ever dancing, nothing else. Now that I'm wounded, I have to find it everywhere, somewhere, in the world.*«

Daher kam sein leichtes Humpeln. Er hatte eine schwere Verletzung erlitten. Und er war gezwungen gewesen, seinen Traum zu beerdigen. Aber daher kam auch seine fast überirdische Anmut, der Fluss seiner Bewegungen, seine Fähigkeit, die Lust am Leben zu tanzen.

»*Can you tell me how it is? Being a dancer?*«

»*No, that is the wonderful part of it. You can't compare it to anything else. Or describe it with words. It's impossible.*« Er schwieg eine lange Weile. Ihm fehlten die Worte dafür, das konnte sie verstehen. Vera wagte nicht, ihn anzusehen. Doch sie spürte die Veränderung. Irgendetwas ging mit ihm vor. Und auf einmal sprang er, ohne jede Vorwarnung, über eine Bank. Er drehte sich und sank in sich zusammen. Er schlang sich um den nächsten Laternenmast. Er bog sich, wie eine Feder, rollte und wirbelte, er schlich schräg gelegt, er stand still und bewegte auf einmal nur noch seine linke Hand. So etwas wie Schwerkraft schien für ihn nicht zu existieren. Er schnellte hoch, flog wie in Zeitlupe zu einer Wiese hin und landete lautlos und vollkommen weich im Gras des Vorgartens der Hastings.

Vera applaudierte beglückt, Percival bedankte sich mit einer kleinen Verbeugung und verzog gleich darauf schmerzverzerrt das Gesicht. Vera lief zu ihm hin. Sie wollte sich zu ihm hinunterbeugen, aber er stoppte sie mit seiner Hand.

»*I'm alright, don't worry.*«

Er lächelte Vera beruhigend an, doch er rieb sich das Bein.

Amanda kam aus dem Haus gelaufen, sie sah irgendwie komisch drein. Percival verabschiedete sich eilig, er musste den Pub öffnen. Beide sahen ihm nach.

»Was weißt du eigentlich von ihm?« Amanda versuchte eindeutig, möglichst beiläufig zu klingen. Was ihr nicht wirklich gelang.

»Wie meinst du das?« Vera fand diese Frage ziemlich seltsam und auch unverschämt.

»Guten Tag!«

Vera erkannte die Stimme sofort.

»Was machst du denn hier?«

»Ein bisschen Freude heucheln wäre durchaus angebracht, findest du nicht? Immerhin haben wir uns beinah drei Monate nicht gesehen.«

»Amanda, das hier ist mein Ehemann.«

Sie hatten eine Weile im Garten gesessen und geredet. Es war nicht leicht gewesen. Vera war nicht mehr an Gernot gewöhnt, er kam ihr jetzt beinah klotzig vor, und sie fand seine Art übertrieben harsch. Und doch, unter der Schicht der Jahre konnte sie immer noch den Menschen erkennen, in den sie sich verliebt hatte, einst. Und als Vera über den ersten Schreck hinweggekommen war, stellte sich nach und nach wieder so etwas wie Vertrautheit ein, zwischen ihm und ihr.

»Wenn du nicht mehr antwortest, dann komme ich eben zu dir. Du kennst mich doch, lange fackeln war noch nie mein Ding.« Gernot griff mit einer kleinen, aber unmissverständlich besitzergreifenden Geste nach ihrer Hand.

»Auf die Idee, dich irgendwie anzukündigen, kamst du nicht?« Vera entzog sich ihm, indem sie so tat, als jucke es sie am Knie und sie müsse sich augenblicklich dort kratzen.

»Ich hatte gehofft, du bist froh, mich zu sehen.«

»Und ich habe nicht das Gegenteil gesagt …« Vera hatte Lust, widerborstig zu sein.

»Ich habe ein Interview gegeben. Ich bin zu Kreuze gekrochen, habe alles gestanden und öffentlich erklärt, dass ich in eine Krise geraten bin. Alles wird wieder gut. Jetzt musst nur noch du mit mir kommen.«

»Lass mir bitte ein wenig Zeit. Ich denke noch nach.« Vera fand es plötzlich überaus wichtig, den Himbeerbusch einer genauen Betrachtung zu unterziehen. Sie pflückte eine Frucht und hielt sie ihm hin.

»Was soll … aua!«

Ein kleiner Zapfen traf Gernot an der Stirn. Er rieb sich über die Stelle und sah Vera erschrocken an, wie ein verwundetes Tier, das nicht begreift, was ihm hier gerade widerfährt.

»Du findest mich im Great Northern.«

Gernot verschwand, ohne sich noch einmal umzusehen. Vera steckte sich die Himbeere in den Mund und ließ sie sich auf der Zunge zergehen. Sie hatte völlig vergessen, wie stolz er war.

»Denkst du nicht, du übertreibst?« Vera hatte schon vorher gewusst, dass er nicht reagieren würde, aber was er konnte, das konnte sie auch. Stolz sein und unabhängig und ihm hinterherrufen. Sie bückte sich, um den Zapfen aufzuheben, und sah sich nach der Werferin um.

26

Am Mittwoch wachte Vera früher auf als sonst. Unruhe plagte sie, eine Art innerer Druck, und sie wusste sofort Bescheid. Alles schmeckte fad an diesen Tagen, alles fühlte sich einen Hauch unangenehm an, nichts und niemand konnte sie wirklich erreichen. Sie kannte diese Phasen schon, und sie verabscheute sie. Dazu kam, dass sie einfach nicht herausfand, wie sie sich entscheiden sollte.

Vera stand auf und zog die Kleider von gestern an. Dazu Turnschuhe und nur eine Spur Make-up. Sie hatte nicht die geringste Lust, verführerisch zu wirken, anziehend oder sonst wie Gernots Zuneigung zu provozieren. Sie wusste nicht einmal, ob sie von ihm gewollt werden wollte. Und doch, sie würde diesen Tag mit ihm verbringen, das war sie ihm schuldig. Schließlich war er extra hergereist. Sie fand sich zu blass. Also doch etwas Lippenstift. Ein etwas kräftigeres Rot vielleicht. Das sah besser aus. Passte zu dem Rosaschimmer, der immer noch ihr Haar durchzog. Hoffentlich konnte sie heute etwas Klarheit gewinnen, was ihre Gefühle für ihn betraf. Das wäre ein Anfang, und Vera hatte die Hoffnung, die Klarheit würde sich von dort auf andere Bereiche ausbreiten. Wie beim Zen. Beim Domino. Oder bei einem Flächenbrand.

Vera machte sich auf den Weg in die Küche. Sie hatte Lust auf Tee. Es nützte ja nichts, sie würde diesem Tag ins Gesicht sehen, wie sie es auch mit den vorangegangenen getan hatte. Sie war sogar ein wenig stolz auf sich. Bisher hatte sie die Zeit in England nicht schlecht gemeistert, sah man von ein paar Kleinigkeiten mal ab. Vera suchte Gernots Nummer heraus und rief in seinem Hotel an. Er war selbstverständlich schon wach.

»Ja, bitte?«

»Ich schätze mal, du ahnst, dass ich es bin?«

»Vera, meine Liebe, willst du hier ein Fragespiel veranstalten? Ist es dafür nicht noch ein bisschen früh? Oder hast du mir etwas zu sagen? Etwas von tatsächlichem Belang?«

»Wer veranstaltet hier ein Fragespiel?«

»Erwischt.«

»Danke schön.«

»Weißt du noch, damals in unserem ersten Urlaub, als …«

Vera erstickte seinen aufkommenden Anflug von Sentimentalität im Keim. »Die Kakerlaken, den endlosen Schneesturm und das grottenschlechte Abendessen? Nein, das könnte ich nie vergessen.«

»Hast du deswegen angerufen? Um dich zu beschweren? Über unsere ach so fürchterliche Vergangenheit?« Gernot klang ernsthaft gekränkt. So verletzlich hatte Vera ihn gar nicht in Erinnerung.

»Ganz bestimmt nicht. Ich wollte dir vorschlagen, dass wir diesen Tag miteinander verbringen.«

Er schwieg einen Moment.

»Das wäre sehr schön.«

Seine Stimme klang ganz warm. »Ich hole dich ab.« Wie eine Decke aus Mohair.

»Ich warte hier auf dich.«

Vera legte den Hörer auf und sah hinaus. Es versprach ein verlockend schöner Tag zu werden.

»Kann ich mit?«

Zoë stand an der gleichen Stelle wie damals, als Vera sie zum allerersten Mal gesehen hatte. Auf der gleichen Treppenstufe kauernd warf sie ihr bettelnde Blicke zu und versuchte besonders niedlich zu erscheinen. Vera musste unwillkürlich lachen. Was gut war, zerbröselte ihr innerlich doch langsam das Herz.

»Na klar!«

Zoë drehte sich um und peste die Treppe hinauf.

Vera sagte an der Rezeption Bescheid und wartete mit Zoë zusammen auf dem Platz vor dem Hotel. Zoë verfütterte einen alten Keks, den sie aus ihrem Täschchen geklaubt hatte, an eine Schar Tauben, als Gernot hinaustrat. Vera hatte ihn nicht vorgewarnt, aber er nahm die Tatsache, dass sie den Tag offenbar zu dritt verbringen würden, gelassen auf, und falls er doch ein bisschen enttäuscht war, ließ er sich jedenfalls nichts davon anmerken.

»Du magst Vögel?« Gernot trat vorsichtig an Zoë heran, die versuchte, die Krümel gerecht zwischen den Tauben zu verteilen. Etwas, das angesichts der unterschiedlichen Temperamente und Durchsetzungskräfte der Vögel vollkommen aussichtslos war.

»Ich mag alle Tiere. Und Lebewesen. Außer die, die gemein sind. Warum sind Leute böse, oder *animals*? Die wollen das doch nicht? Weil sie dann ja keiner mehr mag, wenn sie so was einmal gemacht haben, ich denke. Meinst du, es gibt Menschen, die keine *family* und keine Freunde brauchen? So wie *owls* vielleicht?«

Gernot verschlug es angesichts dieses Monologs erst einmal die Sprache. Vera machte ein Tut-mir-leid-so-ist-sie-nun-mal-Zeichen und antwortete an seiner Stelle.

»Weißt du was? Es gibt mehr Sterne als Idioten.«

»Was soll das heißen denn?«

Zoë hibbelte verzückt von einem Bein auf das andere.

»Ich weiß nicht, ich hab das gelesen, und ich fand's irgendwie schön …«

»Wie meinst du das? Trifft das auch noch zu, wenn man die Hälfte der Sterne abzieht? Ich meine selbstredend diejenigen, die bereits verglüht sind, wenn wir sie zu Gesicht bekommen.« Gernot hatte seine Stimme wiedergefunden. Nicht jedoch sein Zartgefühl.

»Die Sterne sind *toooot*?« Zoë sah ihn mit riesenhaften Augen an, in denen rasant der Wasserpegel stieg. Vera machte Gernot ein Zeichen, auf der Stelle die Klappe zu halten. Das hatte er nun von seinen düsteren Reden. Ein entsetztes Kind. Gernot beeilte sich, seinen Lapsus wiedergutzumachen.

»Aber nein, die Atome bleiben ja erhalten. Sie sind nur in eine andere Materie übergegangen …« Ihm ging auf, dass das vielleicht ein wenig zu anspruchsvoll formuliert war für ein immerhin erst fünfjähriges Kind, und er versuchte es mit einem neuen Anlauf: »Es verwandelt sich, wie alles, meine ich. Wie zum Beispiel Holz sich in Asche verwandelt, wenn man es ins Feuer legt.«

»O ja, oder Limonade, die zu Pipi wird.«

Die Gefahr eines dramatischen Gefühlsausbruchs schien fürs Erste gebannt.

»Genau, oder Mais zu Popcorn.«

»Oder Meerjungfrauen zu Schaum.«

Klar, das verstand er nicht. Wo er doch sonst immer Bescheid wusste. Gernot sah fragend zu Vera. Die zuckte mit den Schultern, sie dachte nicht daran, ihm aus der Patsche zu helfen. Lieber genoss sie diesen kümmerlichen, aber köstlichen Triumph. »Wenn du das Märchen nicht kennst, ist das jetzt wirklich zu kompliziert.«

»Ich kenne vielleicht das Märchen nicht. Aber ich habe eine Idee.«

Gernot brachte sie zum Tower. Offenbar hatte er darüber irgendwann mal in einem Baedecker gelesen und erinnerte sich jetzt daran. Doch wenn er glaubte, Vera mithilfe symbolträchtiger Federtiere nahezukommen, lag er falsch. Zoës Aufmerksamkeit eroberte er damit zwar kurz, allerdings war der Sieg nicht von Dauer. Zuerst fand sie die Legende vom Beitrag der Raben zur Erhaltung der Monarchie beeindruckend. Doch dann erfuhr Zoë, dass den Tieren die Flügel gestutzt wurden, damit sie nicht fliehen konnten, und war empört. Vera versuchte sie schnell abzulenken, indem sie ihr deren Namen vorlas. Was auch ein bisschen funktionierte, immerhin waren so erlesene wie Hugine oder Baldrick dabei.

»Schön! Trotzdem, sobald ich größer bin, entführe ich sie und mache sie frei!«

Einer der Guards in seiner roten Fantasieuniform hatte diesen Satz wohl genau jetzt einmal zu viel gehört und deutete auf ein vergittertes Fenster hinter sich.

»*Are you sure? The punishment would be 101 years. In there. Alone.*«

»Hör nicht auf den, er macht bloß Witze. Und zwar ausgesprochen miese! *Even British humour should have its limits, especially when it comes to vulnerable children!*« Vera schnappte sich Zoë, bevor die Lage weiter eskalierte, und verfrachtete sie zum Ausgang.

»Jetzt ist mir auch klar, warum man die *Beefeater* nennt. Wenn auch *Menschenfresser* passender wäre …!«

Gernot folgte ihr ziemlich beeindruckt. »Du bist ja kaum wiederzuerkennen. Nein, eigentlich *bist* du wiederzuerkennen!«

Das Krähentrauma ließ sich im Laufe des Tages mithilfe einiger Törtchen und dem gemeinsamen Füttern der – freien und durch und durch zufriedenen – Grauhörnchen im St. James's Park beiseiteschaffen. Am Ende tollte Zoë als zähnebleckender *cannibal* über die Wiese, während die Hörnchen als Menschen herhalten mussten. Vera und Gernot ließen sich auf zwei Liegestühle nieder. Vera wusste, er würde sie nicht mehr lange verschonen. Sie schloss die Augen und tat, als überkäme sie Schläfrigkeit. So blieb ihm nichts, als zu schweigen.

Vera brauchte noch einen Augenblick, um sich über das, was in ihr vorging, klar zu werden. Sie hatte sehr wohl bemerkt, wie Gernot sie den Tag über beobachtet hatte. Er hatte sich bemüht, sich von seiner besten Seite zu zeigen. Ja, er hatte regelrecht um sie geworben. Ihr erklärt, wie anziehend er sie fand, in ihrer neuen Unabhängigkeit. Doch Vera konnte sich nicht helfen, ihre Ehe kam ihr vor wie ein Joghurt, bei dem sich der Deckel bereits bedrohlich wölbte. Irgendwie abgelaufen. Zumindest im Moment. Aber Gernot konnte einfach nicht aus seiner Haut. Und obwohl ihm ihre verhaltene Reaktion auf sein Werben nicht entgangen sein konnte, ließ er nicht nach, selbst jetzt. Er beugte sich zu ihr hinüber und flüsterte in ihr Ohr: »Ich bitte dich inständig, übermorgen mit mir nach Hause zu kommen. Ich brauche dich.«

»Versuchst du mich gerade zu verführen?«

Statt einer Antwort legte er ihr doch glatt seine Hand aufs Bein. Vera überlegte fieberhaft, wie sie sich vorsichtig entziehen und sie beide möglichst unbeschadet aus der Situation entkommen konnten. Sie griff nach seiner Hand und drückte sie freundschaftlich. Was sollte sie nur sagen?

»Kann sein, Amanda wartet schon.«

Zoë war unbemerkt herangekrabbelt. Sie blickte feindselig auf die Hand ihres Konkurrenten und stieß ein gefräßiges Knurren aus. Gernot zog unwillkürlich seine Hand zurück. Immerhin lag es ja im Bereich des Möglichen, dass kleine Kinder von Zeit zu Zeit bissig waren.

»Ach du Schreck. Wie spät ist es denn?«

»Viertel vor vier.« Gernot wirkte nicht gerade erfreut über die Störung, aber er gab sich Mühe, nett zu sein. Er machte eine kasperhafte Kopfbewegung, die er fälschlicherweise für kindgerecht hielt. »Ich hoffe, ich kann mit?«

Zoë sah ihn an und überlegte, augenscheinlich ziemlich hin und her gerissen. Vera konnte ihre Gedanken förmlich hören. War dieser Mann auch ziemlich beschränkt, so hatte er doch immerhin die Törtchen spendiert. In Zoës Gesicht machte sich der unvergleichliche Ausdruck breit, den die Hastingsmädchen beherrschten wie niemand sonst. Mitleidig, belustigt und blasiert zugleich.

»Natürlich, du bist doch Besuch.«

Zoë tätschelte ihn aufmunternd, dann rannte sie schon mal vor.

Amanda hatte sie jedenfalls nicht vermisst. Sie stand knutschend mit Klaas vor der Tür zum Karatestudio.

»Ist sie dafür nicht ein bisschen zu jung?« Gernot hatte zu seiner gewohnten Meinungsfestigkeit zurückgefunden.

»Tja, andere Länder …«

Vera hatte das Gefühl, die Liebe zwischen den beiden mit Händen greifen zu können. Irgendwie anrührend, wie sie da standen. Verloren für die Welt, ineinander versunken, geschützt von einer selbsterküssten Blase aus Ewigkeit. Zoë riss sich von Veras Hand los, rannte zu ihnen hin und sprang ungestüm auf Amandas Rücken, was die überhaupt nicht komisch fand.

»*You are such a Trampeltier!*«

»*No, I am a Plagegeist, Vera told me … And I eat people!*«

Zoë fletschte eifrig die Zähne. Amanda beschloss offensichtlich, sich vor Klaas keine Blöße zu geben, und lenkte ein. Sie nahm ihre kleine Schwester huckepack und ritt mit ihr davon.

»*See you tonight!*« Klaas sah Amanda vielsagend nach.

Vera und Gernot liefen den beiden hinterher.

»Moment, was meint er denn mit *tonight*, bitte schön?«

»Lass dich überraschen!«

Amanda sah Vera geheimnisvoll an und trabte mit Zoë voran.

Nach dem Abendessen, Gernot hatte sich ins Hotel zurückgezogen, saß Vera in ihrem Zimmer und wollte eben über ihre Zukunft zu grübeln beginnen, als es klopfte.

»Herein!«

Amanda schob sich ins Zimmer.

»Hast du schon etwas vor? *Tonight?*«

»Wieso? Ich hatte wie gewöhnlich geplant, ins Bett zu gehen.«

Vera konnte sich nicht helfen, sie witterte Ärger. Amanda aber strahlte sie an.

»Du würdest dein eigenes Abschiedsparty verpassen.« Sie hatte offenbar etwas organisiert. »Um elf. Treffen wir uns vor dem Haus?«

»Okay.« Vera blieb wohl nichts anderes übrig, als hinzugehen. »Ich freue mich!«

Vera war eingefallen, dass es wohl nur einen Ort gab, der sich für ihr Fest eignete. Amanda drehte sich an der Tür noch einmal um.

»Was ist das für ein großer Brief auf deinem Tisch? Ist er in Englisch? Brauchst du Hilfe von mir, ihn zu verstehen?«

»Oh, nein, danke, nicht wirklich, nicht jetzt.«

Vera schob ihn schnell unter ihr Portemonnaie und stellte ihren Ellenbogen darauf. Als ob das irgendetwas nützen würde.

Die Party begann harmlos. Amanda und Klaas hatten sich um Musik gekümmert und eine Auswahl der abstrusesten Chipssorten der Insel besorgt. Die anderen Au-pairs waren gekommen, und sie überboten einander mit den gruseligsten Geschichten der letzten Wochen, von vorgetäuschten Kinderkrankheiten und den hilfreichsten Mitteln gegen Heimwehattacken, von plötzlichen Verführungsversuchen bis zu den rätselhaftesten Familienritualen. Sie lachten, bis ihnen die Tränen die Wangen hinunterliefen. Klaas drehte die Musik lauter. Alle sprangen auf. Nur Vera blieb lieber sitzen, ihr war nicht wirklich nach Tanzen zumute. Percival winkte ihr von seinem Platz hinterm Tresen zu. Sie zwang sich zu lächeln. Ein unerfreuliches Ziehen bahnte sich seinen Weg durch ihre Brust. Jemand stellte ein Glas Wasser vor sie hin. Sie griff danach und trank es in einem Zug leer. Vera dachte an Evelyn. Sie würde sich noch nicht fortschleudern lassen von den Zentrifugalkräften. Sie hatte hier noch zu tun. Sie hatte noch eine Menge vor. Und zu geben. Hier und überhaupt. Vera blickte hoch, Percival stand am Tisch und sah sie an. Sie hatte gleich gewusst, dass er es war, der das Glas gebracht hatte. Sie konnte ihn spüren. Und sie wusste immer, wo er war. Ein neues Lied begann. *Dreams are my reality?* Wenn das witzig sein sollte, diese abgehangene Schmalzmusik ausgerechnet heute zu spielen … Percival breitete ironisch die Arme aus. Evelyn hatte keine Angst gehabt. Nicht ein bisschen. Damals, an ihrem letzten Tag. Vera sah in Percivals Gesicht. Ehe sie sich's versah, war sie aufgestanden und fand sich in seinen Armen wieder. Er roch nach Shampoo, und ein wenig nach Safran. Er hielt sie, und doch fühlte sie sich frei. Sie konnte seine Muskeln spüren, wie sie spielten, unter seiner Haut. Vera wünschte, es wäre möglich, diesen Augenblick anzuhalten. Mehr hätte sie nicht gebraucht. Nie wieder etwas anderes tun. Nur weitertanzen.

Dann war der Song zu Ende. Percival ließ sie los. Sie fühlte sich verlassen. Er griff nach ihrer Hand und küsste sie im Spaß. Der nächste Song begann. Irgendetwas von Bowie. Er fasste ihre Schultern mit beiden Händen. Percival beugte sich vor und rief in ihr Ohr: *»I would love to make you happy, so very much. But I can't. I'm gay.«*

Vera verstand nicht. Sie erstarrte mit dem Rest eines Lächelns in sein Gesicht. Irgendetwas war falsch an diesem Satz. Er wollte sie glücklich machen, das hatte er doch gesagt. Dann dämmerte es ihr. Jetzt verstand sie, was sie die ganze Zeit gespürt hatte. Was so offensichtlich war, dass sie es nicht gesehen hatte. Er war homosexuell. Vera spürte, wie ihre Kehle sich krampfhaft zusammenschnürte. Sie bemühte sich, sich nichts anmerken zu lassen. Es ging ihn auch nichts an. Vera wollte ihm ihre alberne Verliebtheit nicht aufbürden. Eher wäre sie in die Themse gesprungen. Am liebsten sofort.

»I know. Don't worry. I am very happy tonight.« Vielleicht eine Lüge, zugleich aber auch wahr. Wer wusste schon, wo der Unterschied lag? Zum Abschied drückte er ihr einen kleinen Papierschirm in die Hand. Er hatte ihn die ganze Zeit im Haar getragen.

Die Schockwelle traf sie etwas später, aber sie traf sie doch. Alle hatten bestimmt sehen können, wie es sie erwischt hatte, und keiner hatte es ihr sagen wollen. Und sie selbst war vollkommen blind gewesen. Einer gigantischen

Illusion erlegen. Es war grauenhaft. Und furchtbar peinlich. In ihrem Alter so dumm zu sein. Ein furchtbar schöner schwarzer Mann hatte ihr das Herz gebrochen, nur so, im Vorübergehen. Vera wurde schlecht, und sie überlegte gerade, ob sie sich auf der Stelle übergeben sollte, als Amanda sie am Arm fasste und mit sich nahm, raus an die frische Luft. Vera ließ sich auf eine Fensterbank sinken. Sie konnte sich nicht erinnern, jemals so beschämt gewesen zu sein.

»*He also would have been too young ...*« Amanda setzte sich vorsichtig neben Vera auf den Sims.

»Ich weiß, aber das geht niemanden außer dir und mir etwas an. Bitte, erzähl es nicht weiter.«

»*I won't. I promise.*«

Amanda hob die Hand zum Schwur.

Als sie wenig später durch den Garten Richtung Hintertür schlichen, hörten sie plötzlich ein Geräusch. Das irritierende Röhren, das in ein nervenaufreibendes Röcheln überging, fuhr Vera durch Mark und Bein. Sie blieben bewegungslos stehen und lauschten in die Dunkelheit. Das Geräusch wiederholte sich, schwoll an, ebbte langsam wieder ab.

Amanda griff nach Veras Hand und flüsterte aufgekratzt.

»*You think it's an animal?*« Sie fing hemmungslos zu kichern an.

»Oh, nein, ich weiß, was es ist.«

Das Kichern sprang auf Vera über. Sie zog Amanda mit sich in die Richtung, aus der das schaurige Geräusch kam.

»Wach auf!«

Gernot schreckte in seinem Liegestuhl hoch und sah sich

verwirrt um. Der Schatten von Veras Silhouette fiel auf sein kantiges Gesicht.

»Wo bist du gewesen? Ich warte schon eine Ewigkeit.«

Vera griff sich an den Kopf, der bereits zu schmerzen begann. Meine Güte, warum konnte er dieses unsympathische Poltern nicht mal lassen? Sie spürte, wie ihr das letzte bisschen Geduld abhandenkam. »Warum hast du nicht angerufen? Du hast gesagt, dass du sehr müde bist. Du wärst selbstverständlich eingeladen gewesen.«

»Zu was?«

Vera schwieg. Sie hatte ein schlechtes Gewissen. Natürlich hätte sie ihn anrufen sollen. Sie hatte ihn schlicht vergessen, oder eigentlich eher verdrängt. Vera fühlte sich noch elender als vorher, falls das überhaupt möglich war.

»Es war ein Überraschung und sie wusste vorher nicht. Ich habe das alles gemacht, das kleine Party, okay?«

»Entschuldigt mich bitte, ich glaube, ich sollte mich tatsächlich hinlegen.« Vera machte einen Schritt Richtung Haus.

»Vera, komm mit mir. Ich bitte dich.« Gernot griff nach Veras Händen. Nicht schon wieder.

»Ich melde mich. Entschuldige mich. Gute Nacht.«

Vera stolperte ins Haus, erklomm mit Mühe die Treppe und fiel in Mantel und Schuhen auf ihr Bett. Wenige Sekunden später war sie eingeschlafen. Das zerdrückte Papierschirmchen hielt sie immer noch in ihrer Hand.

27

Der Donnerstag war ein schwarzer Tag. Vera war früh am Morgen mit rasenden Kopfschmerzen aufgewacht, hatte kalt geduscht, zwei Tabletten genommen und etwa einen Liter Milch getrunken, nichts hatte geholfen. Sobald die Kinder aus dem Haus waren, legte sie sich wieder ins Bett, wo sie die nächsten Stunden blieb, und jammerte kläglich vor sich hin. Ein räudiges Häuflein Elend, das einer Selbsttäuschung hinterhertrauerte. All ihre Träume, ihre pathetische Sehnsucht, ihr kurzzeitiger Glaube an eine glänzende Zukunft, alles war dahin. Geplatzt wie ein gigantischer, überflüssiger Luftballon. Ihr tat die Seele weh. Als würde ihr Inneres von einem kalten Feuer verzehrt. Vera badete in Selbstmitleid, suhlte sich in ihrer eigenen Dummheit und umarmte den Schmerz. Gleich einem alten Freund, der lange auf Reisen gewesen und nun zurückgekehrt war, hieß sie ihn willkommen und wunderte sich nur, wo er so lange gewesen war. Irgendwann klopfte es an der Tür. Vera verkroch sich unter das Kissen. Es klopfte noch einmal. Sie antwortete nicht. Sie war einfach nicht in der Lage dazu. Die Tür wurde aufgerissen.

»Mrs. Klapproth?«

Vera fuhr der Schreck durch die Glieder, das war die Stimme von Mr. Hastings, der sie in ihrem Zimmer aufsuchte. Ausgerechnet in dem Moment, in dem sie in diesem erbarmungswürdigen Zustand war.

»Ich habe etwas für Sie.«

Er balancierte ein schwindelerregend hohes Ungetüm, das wohl ein Sandwich darstellen sollte, stellte es vor sie hin und hüstelte bescheiden.

»Wir nennen es … *well* … Hastings-Spezial-Emergency-Sandwich. Und es wirkt. Meistens jedenfalls …«

Zweifelnd betrachtete Vera den Turm aus Eiern, Gürkchen, Corned Beef und jeder Menge undefinierbarer Zutaten. War das da eine Anchovis, eingequetscht zwischen zwei Toastbrotscheiben? Er sah sie väterlich an.

»Probieren Sie.«

Vera knabberte eine kleine Ecke ab.

»Oh, es schmeckt wirklich … kräftigend. Vielen Dank.«

»Na dann, *I'll leave you alone*, okay?«

Vera nickte verzagt. Mr. Hastings bewegte sich nicht vom Fleck. Zweifellos wollte er etwas sagen, wusste aber nicht, wie er es anfangen sollte. Er druckste eine ganze Weile herum, sah Vera beim Essen zu, was sie gar nicht schätzte, blickte im Zimmer umher und machte immer noch keinerlei Anstalten zu gehen. Endlich platzte er mit seinem Anliegen heraus. »Ich wollte Sie fragen, möchten Sie noch drei Monaten bleiben, bei uns?«

Vera sah ihn perplex an. Ein schlechteres Timing hätte er

für diese Frage nicht finden können? Etwas in der Art war ihm scheinbar auch gerade klar geworden. Weshalb er sich rückwärts in Richtung Zimmertür drückte.

»Vielleicht denken Sie noch einmal nach? Ja, das wäre eine bessere Idee, denken Sie auch? Nun, ich muss auch los. *See you later. Bon appetit!*«

Wäre nicht die ganze Welt immer noch ein Jammertal gewesen, Vera hätte über seinen Abgang lachen müssen. So aber ließ sie sich zurück ins Kissen sinken, schloss die Augen und brach in Schluchzen aus.

Zwei Stunden später wachte Vera wieder auf, weil etwas schmuddelig Riechendes ihr die Luft zum Atmen wegnahm. Es stellte sich als Herr Schultz heraus. Zoë musste ihn hereingeschmuggelt haben, während sie schlief. Vera konnte nicht umhin, das anrührend zu finden. Es fehlte nicht viel und sie hätte ihn geknuddelt. Doch dazu war ihr sein Fell dann doch zu wenig geheuer. Sie dachte eben darüber nach, ob es wohl möglich wäre, das Tier, von Zoë unbemerkt, zu entwenden, ihn zu waschen und über Nacht trocken zu föhnen, als ein lautes Geschrei ihre Gedanken unterbrach. Das musste aus dem Garten kommen. Zugleich ertönte ein vernehmliches Rumpeln, das von irgendwo aus dem Inneren des Hauses kam. Mit einem Satz war Vera am Fenster und sah hinaus. Amanda stand regungslos auf der Wiese und sah hinauf in Richtung Dach. Vera folgte ihrem Blick. Auf dem First konnte sie ein dünnes Bein ausmachen, und einen Fuß. Mehr sah sie von ihrer Position aus nicht. Aber es war eindeutig ein sehr dünnes Bein, das zu niemand anderem gehören konnte als zu Ruby.

»Are you completely nuts?« Amandas Stimme überschlug sich vor Angst.

»No. I am not. You'll see …«

»Do not move. Not one inch. Do you understand?«

Mr. Hastings kam aus dem Haus gerannt, gefolgt von Zoë. Vera griff nach ihrem Telefon und winkte damit.

»Who do I call? I am here …!«

»Fire brigade, 999!« Mr. Hastings konnte vor lauter Angst kaum sprechen, er schnappte nach jeder Silbe einmal nach Luft.

Vera tat es einfach, ohne einen Gedanken daran zu verschwenden, ob sie in der Lage war, die korrekten Worte zu finden, es war egal. Ebenso wie gleichgültig war, dass sie keine Schuhe anhatte, als sie vier Minuten später die Treppe hinunter und zu den anderen in den Garten lief. Vera rannte raus und sah hoch. Oben auf dem Dach hockte Ruby und ließ merkwürdig zufrieden die Beine baumeln. Sie winkte Vera fröhlich zu.

»Halt dich fest, Ruby, ich bitte dich!«

»Kommt rauf alle zu mir! Ich habe leider kein Leiter, aber ihr könnt die Baum benutzen. Ist ganz leicht, verspreche ich … *And then you'll see!*«

»Mir reicht, was ich sehe …«

Mr. Hastings beherrschte sich offensichtlich nur mit Müh und Not. Er sah aus, als drohte er jeden Moment umzukippen. Zum Glück bog in diesem Augenblick der Wagen der Feuerwehr um die Ecke, und er hatte damit zu tun, die Lage zu erklären. Die Feuerwehrmänner begannen sofort damit, ihren Wagen am Haus zu postieren und die Leiter auszufahren. Einer der Männer kletterte kurz darauf aufs

Dach. Er sprach mit Ruby, die ihm irgendetwas erklärte. Sie deutete auf den Rasen, er nickte, kroch zu ihr und hielt sie fest. Aber sie stiegen nicht hinab. Stattdessen unterhielten sie sich seelenruhig über etwas, das man unten nicht verstehen konnte. Der Mann blickte sich um, er nickte, dann sprach er in ein kleines Funkgerät. Worauf sein Kollege, der am Fuße der Leiter wartete, sie alle zu sich winkte. Was sollte das bedeuten?

»*You'll see, just follow me to the roof.*«

Vera wollte ihren Ohren nicht trauen. Sie sollten aufs Dach klettern? Waren diese Engländer jetzt alle übergeschnappt? Doch dann siegte ihre Neugier, und Vera nahm die Hand des Feuerwehrmanns, die er ihr galant entgegenstreckte, und ließ sich von ihm auf die erste Sprosse der Leiter hinaufhelfen.

»*Nice nightie …*«

Er grinste breit. Du lieber Himmel, Vera hatte komplett vergessen, dass sie noch im Nachthemd war. Er würde ja wohl nicht versuchen, darunter zu gucken? Sie sah sich um. Aber er war ganz damit beschäftigt, Zoë in einer Art Gestell festzuschnallen. Er steckte seine Arme durch die Henkel und folgte Vera nach. Der jetzt nichts anderes übrig blieb, als die Leiter weiter hinaufzuklettern. Oben angekommen, stellte sie fest, das Dach war lange nicht so gefährlich, wie es von unten ausgesehen hatte. Es gab einen kleinen Vorsprung, hinter dem sie so etwas wie Schutz fanden. Vera krabbelte den First entlang und hielt sich an den beiden Schornsteinen fest. Sie fürchtete sich. Wenn auch die Aussicht über Belsize Park beeindruckend war. Vera atmete tief durch und ließ ihren Blick einen kurzen Moment über

Baumkronen und Dächer hoch zum Himmel schweifen. Und dann sah auch sie es. Ein Schriftzug aus Blumen verlief quer durch den Garten. AMALIA stand da. Vera wusste sofort, was das bedeutete. Ruby hatte den Namen ihrer Mutter gesät.

28

Am nächsten Tag beschloss Vera heimlich abzureisen. In aller Frühe war sie aufgewacht und hatte schlagartig erkannt, der Gedanke, sich von den Mädchen zu verabschieden, war ihr unerträglich. Es schien ihr auf einmal logisch, die Familie allein zu lassen, mit dem, was sie jetzt leisten musste. Vielleicht hatte sie einfach nur Angst und nichts dazugelernt, auch egal. Sie wollte hier weg, jetzt, sofort. Schnell packte sie ihre Siebensachen und rief sich ein Taxi, das sie zum Flughafen bringen sollte. Sie verbot sich, an irgendetwas anderes auch nur zu denken. Oder an irgendwen. Im Haus war es noch dunkel, als Vera die Treppen hinunterschlich. Bemüht, so wenig Geräusche wie möglich zu machen, schleifte sie ihren monströsen Koffer im Zeitlupentempo hinter sich die Stufen hinunter. Er war viel zu schwer. Sie würde machen, dass sie wegkam. Und zwar ohne Gefühlsduselei. Das würde klappen, wenn sie niemanden mehr traf. Sie würde anrufen, alles erklären, irgendeine Ausrede erfinden … Nur hatte Vera nicht mit den Kindern gerechnet. Die drei erwarteten sie unten im Flur, aufgereiht zu einer absteigenden Mauer, die ihr den Weg versperrte.

»Wohin willst du denn? So früh am Tag? Und ganz allein?« Amanda sah aus, als klopfte sie mit dem Fuß auf den Boden oder als verstecke sie eine Waffe hinter dem Rücken, auf jeden Fall aber entschieden vorwurfsvoll.

»Ich?«

»Siehst du noch eine andere Kindermädschen hier?« Zoë klang genau wie einer dieser Westernschurken.

»Oh, nein, natürlich. Ich habe eine Überraschung … für euch …?« Vera überlegte fieberhaft, was das sein könnte.

»Wirklich? Jetzt gleich? Ein Ausflug vielleicht?« Amanda sah Vera durchdringend an.

Zoë hatte noch ihren Schlafanzug an. Er war mit pinkfarbenen Monden und Sternen bedruckt, sogar der Saturn war darunter. Sie sah aus wie ein verschlafenes Alien. Eine Außerirdische mit ansteigender Laune. Vera begann geschäftig zu flüstern. »Ganz genau! Ich wollte euch eben wecken. Aber wir sollten leise sein, euer Vater kommt nämlich nicht mit …«

Sie hatte das Gefühl, sich um Kopf und Kragen zu reden, darum verstummte sie. Ruby ergriff das Wort.

»Wir fahren zur Brücke? Nach Bristol? Das ist ein sehr gutes Idee …«

Zoës kleines Gesicht wurde schlagartig ernst, und Vera glaubte zu verstehen, dass diese Brücke eine irgendwie geartete große Bedeutung hatte.

»Hast du es dir anders überlegt?« Vera strich Zoë übers Haar. »Du kannst es mir sagen. Alles. Das weißt du doch?«

Aber Zoë schüttelte nur stumm den Kopf. Vera war sicher, die zwei würden es ihr schon erklären, und aus dieser Sache kam sie jetzt sowieso nicht mehr raus.

Eine Stunde später hatte Vera ihr Gepäck in der Kammer verstaut, die Kinder hatten sich mucksmäuschenstill angezogen, und sie waren gemeinsam aus dem Haus geschlichen. Jetzt standen sie am Bahnhof und warteten auf den Zug nach Bristol. Vera fragte sich, was um alles in der Welt in sie gefahren war, sich mit den dreien auf diese Reise zu machen. Ohne zu wissen, worum es hier eigentlich ging. Sie hatte zwar eine vage Ahnung, aber sie verbot sich, dieser weiter nachzugehen. Sie beschloss sich einzureden, dass sie hier einfach reingeschlittert war. Darin hatte sie ja jede Menge Erfahrung, sich selbst irgendwelchen Quatsch aufs Brötchen zu schmieren. Das hier war aus irgendeinem Grund wichtig, also zogen sie das jetzt durch. Alles Weitere würde sich finden. Hoffentlich. Das Geräusch des einfahrenden Zuges übertönte glücklicherweise das Telefon, das in ihrer Tasche nachdrücklich zu läuten begann.

Im Zug erreichte Vera eine Flut von Nachrichten. Obwohl sie das Telefon inzwischen auf stumm gestellt hatte, rüttelte es vernehmlich und andauernd. Während Vera so tat, als wäre nichts, und Kakao und Muffins verteilte, überlegte sie fieberhaft, wie sie am besten reagieren sollte. Immerhin bestand die Gefahr, dass der Vater der Kinder durchdrehte, die Polizei verständigte und sie der Kindesentführung schuldig befunden und eingesperrt wurde. Vera hatte zwar keine genaue Vorstellung vom Zustand britischer Gefängnisse, doch sie hatte auch wenig Verlangen, in dieser Hinsicht mehr zu erfahren. Wenn sie genauer nachdachte, konnte sie es ihm nicht einmal verdenken, wenn er sie hinter Gitter brachte. Es rüttelte schon wieder. Eine Nachricht traf auf ihrem Telefon ein. Vera sah es ratlos an. Amanda schnappte sich Veras Telefon und tippte eine Antwort. Es musste sich um den Anfang eines Romans handeln oder eine Generalbeichte, so lange wie sie auf die Oberfläche des Telefons einhackte. Endlich ließ sie davon ab und sah hoch.

»*Everything will be fine …*« Amanda sah aus dem Zugfenster auf die vorbeifliegende Welt.

»*You think so?*«

»*No, I hope so.*«

»*You are a very bright girl, Amanda Leopoldina Hastings … And …* Ich hoffe es auch.«

Vera nahm sich einen Muffin aus der Tüte und biss nachdenklich hinein. Ihr gegenüber saßen Zoë und Ruby, aneinandergeschmiegt wie zwei Welpen schliefen sie tief und fest. Vera schloss die Augen. Sie fühlte sich auf einmal müde und ausgelaugt.

»Du kannst uns noch nicht allein lassen. Wir haben Kummer, der größer ist als wir.«

Amanda sah sie nicht an. Sie blickte einem Schwarm von Vögeln nach, der draußen vorüberzog. Vera machte ihre Augen wieder zu. Ihre Stimme war kaum hörbar, doch sie wusste, Amanda hörte sie. »Ich verstehe. Und ich verspreche dir, ich denke darüber nach.«

Bristol war eine ziemlich interessante Stadt, alt und rau, und man roch das Meer, das nicht weit von hier war. Nur hatte Vera keine Ahnung, was sie hier sollte. Sie liefen durch die Straßen, kauften Klebetattoos und schmückten einander damit. Sie amüsierten sich wie auf einem ganz normalen Ausflug, aber Vera wurde die Ahnung nicht los, das hier war nichts als eine Art Ruhe vor dem Sturm.

Sie spazierten weiter, bis sie zum Hafen kamen. Ein altes Schiff lag dort vor Anker. Es war aus Eisen und mit goldenen Einhörnern verziert, die Zoë, die den ganzen Tag ungewohnt ernst gewesen war, in eine Art melancholisches Entzücken versetzten. Sie beschlossen, es zu besichtigen.

Überall saßen lebensgroße historische Puppen, die etwas Unangenehmes ausstrahlten. Sie stellten Alltagsszenen nach, hockten vor künstlichen Obstkörben, blickten gequält aus Bullaugen oder saßen nutzlos herum. Sie ignorierten die gespenstischen Figuren so gut es ging und erklommen die Stufen zum Oberdeck.

Oben nahm Vera Ruby zur Seite. »Sag mal, kannst du mir vielleicht sagen, was wir hier eigentlich tun?«

Ruby beugte sich zu Vera, ohne den Blick von ihrer kleinen Schwester zu lösen, die an ihnen vorbeistromerte. Zoë stoppte am Bug und wollte unbedingt über die Reling und am Schiff hinuntersehen. Amanda half ihr dabei und hielt sie fest.

»*Hey there!* Ich sehe ein *unicorn*!« Falls es so etwas gab wie ein glückliches Krakeelen, dann war es das. Ruby fiel es sichtlich schwer, zu sagen, was sie jetzt aber sagen musste. »Wir waren hier schon mal. In die Ferien, im Herbst.« Ruby stockte, sah zu Boden und holte tief Luft. »Unser Mutter, sie hatte eine Auftrag hier in der Nahe, wir haben sie besucht und …«

Sie wurde von einem jähen und ziemlich verärgerten Geschrei unterbrochen. Es kam von unten und stammte aus Mr. Hastings' Mund. »Könnt ihr erklären bitte, was zum Hölle ihr hier macht?«

Ertappt kletterten sie allesamt von Bord und bildeten eine Reihe vor ihm. Sogar Vera senkte den Kopf, doch sie sah vorsichtig in sein Gesicht.

Mr. Hastings war gar nicht wirklich wütend. Eher sah er aus wie einer, der kurz vor einer übermenschlichen Herausforderung steht. Eine Stadt vor einem Vulkanausbruch zu retten oder das Verhindern einer verheerenden Epidemie. Oder endlich die Wahrheit zu sagen. Er nahm Vera beiseite und bat sie um einen letzten Aufschub, um eine winzige Gnadenfrist. Morgen werde er alles erklären. Er griff ihre Hände und sah sie flehentlich an. Versprach es ihr, bei allem, was ihm heilig war. Er wisse auch schon, wann und wo. Noch bevor Vera antworten konnte, hatte er sich abgewandt und alle zum Mittagessen eingeladen, in einem Restaurant am Quai.

Sie versuchten zu bestellen, doch keiner hatte Appetit. Alle sahen mehr oder weniger ratlos auf die Karte. Vera entschied sich für Fischsuppe. Sie drehte sich zu Zoë, doch die saß nicht mehr am Tisch. Sie war verschwunden. Sie war einfach weg, und keiner hatte es bemerkt. Auf der Toilette war sie vorhin schon gewesen. Mr. Hastings wurde kreidebleich. Er sprang auf. Sein Glas fiel um. Er rannte aus dem Lokal in Richtung Wasser. Die anderen folgten ihm.

Zoë war noch nicht weit gekommen. Sie bewegte sich gleich einer kleinen Ente mit hektisch ruckelnden Bewegungen schräg vom Ufer weg. Mit einer Hand umklammerte sie Herrn Schultz. Mit der anderen versuchte sie zu schwimmen. Ihr Gesicht wurde von kurzen Wellen umspült. Wasser drang ihr in Nase und Mund. Sie hustete erschrocken, sie röchelte und schnappte nach Luft. Sie würde in den nächsten Sekunden untergehen.

»Zoë! I'm coming! Hang on, Daddy is coming!« Mr. Hastings stürzte sich ins Wasser. Vera nahm die beiden anderen Mädchen in den Arm. Er schwamm zu seiner Tochter, schlang die Arme um sie und sorgte dafür, dass ihr Kopf über der Wasseroberfläche blieb. Sodass sie atmen konnte. Er sprach beruhigend auf sie ein. Er zog sie mit sich in Richtung rettendes Ufer. Er hob sie Vera entgegen, die eine glitschige Leiter, die ins Hafenbecken hinunterführte, hinabgeklettert war. Zoë war viel schwerer als sonst, in ihren vollgesogenen Kleidern, zusammen mit dem klatschnassen Herrn Schultz, den sie sich weigerte loszulassen. Doch sie atmete wieder ruhiger und sah die anderen an. Mit einem irgendwie verwunderten Ausdruck im Gesicht. Amanda setzte sich hinter Zoë und wiegte sie im Arm. Ruby strich ihr die Haare aus der Stirn. Alle beruhigten sich ein wenig. Bis Zoë ein Geheul ausstieß.

»Herr Schultz ist getrunken. Guck doch, er atmet nicht!«

Sie drückte den schlaffen Leib des Kuscheltiers an sich. Sie pustete unermüdlich Luft in sein Maul aus Plüsch, um ihn wiederzubeleben. Sie tat alles, um ihn aufzuwecken, doch offenbar war das nicht möglich. Zoë war untröstlich, er war ihr bester Freund gewesen.

Es blieb ihnen nichts anderes übrig, als Herrn Schultz zu bestatten. Sie hoben ein Loch aus, an einem sandigen Uferabschnitt hoben sie ein Loch aus. Zoë schlug das Stofftier in ihr neues Tuch ein, Vera hatte es ihr heute erst geschenkt, und legte ihn in sein Grab. Zoë vergoss heiße Tränen und steckte die anderen damit an. Es folgte eine würdige Zeremonie, samt Gänseblümchen und einer Trauerrede. Ruby hielt sie mit angemessenem Ernst. Und endlich wurde Herrn Schultzens wahre Identität enthüllt.

»Er war ein gute Faultier und seine Leben war erfüllt.«

Zoë schluchzte noch einmal zum Steinerweichen. Dann sah sie ihren Vater an. *»I'm hungry.* Kann ich haben *fish and chips*?«

Später am Abend, sie hatten ein Hotelzimmer genommen. Was nicht einfach gewesen war, irgendein Kongress hatte beinah sämtliche Zimmer der Stadt belegt. Es war nur noch eine einzige Suite frei gewesen, in der sie alle zusammen übernachten mussten. Mr. Hastings hatte ein zusätzliches Bett für Vera bestellt, die mit den Mädchen im Schlafzimmer übernachten sollte, während er selbst mit dem Sofa vorliebnehmen würde. Vera saß in der Lobby und war sehr zufrieden damit, in den Kamin zu gucken, wo eines dieser halb echten Feuer leise vor sich hin glomm, und sonst rein gar nichts zu tun. Sie fragte sich, ob sie jemals so ruhebedürftig gewesen war wie in diesem Moment. Mr. Hastings war unbemerkt aufgetaucht. Seine Stimme klang beinah still, so weich, wie sie war.

»Sie möchte Sie sehen.«

»Oh … ja, ich gehe dann hoch.«

Er nickte abwesend und nahm Veras Platz ein. Vor ihm tanzten die Flammen und beleuchteten sein Gesicht. Es sah mindestens so erschöpft wie ihres aus. Sie ließ ihn allein.

Die beiden Großen sahen sich im Wohnzimmer einen Film an. Im Schlafzimmer war Zoë, bis unter die Nase zugedeckt, gerade dabei einzuschlafen. Vera küsste sie auf die Stirn. Zoë machte ein unwilliges Geräusch.

»Schlaf gut, tapferes Mädchen ...«

Zoë murmelte leise vor sich hin. »Ich hatte mein Flossen nicht dabei. Sonst hätte ich sie gefunden, bestimmt ...«

»Wen meinst du damit?« Vera strich ihr beruhigend über den Kopf.

»Ich will ein *Luftwesen* sein ... wo sie ist ...«

Dann war sie komplett in den Schlaf eingetaucht.

Vera befand, sie könnte einen Drink vertragen. In der Hotelbar bestellte sie sich einen Rum. Er kam aus Jamaika, wie Percival, ihr verblassender Schwarm. Vera nahm einen tiefen Schluck. Es war gut gewesen und richtig, ihre Gefühle zu verschwenden. Sie gingen ja nicht aus, im Gegenteil. Sie vermehrten sich.

Es war laut in der Bar. Eine ganze Horde lärmender Kongressteilnehmer war offensichtlich beim lockeren Teil des Abends angelangt. Vera dachte an Gernot. Was er wohl gerade machte? Und wie er reagieren würde, wenn sie ihren Aufenthalt in London verlängerte? Vermisste er sie? Mochte er ihre Veränderung wirklich? Und was war mit ihr selbst? Wollte sie ihn noch einmal kennenlernen, mit ihm Zeit verbringen, eine weitere Chance für dieses Leben, das ihr gemeinsames gewesen war? Vera leerte ihr Glas und bestellte einen weiteren Drink. Mr. Hastings nahm auf dem Nebenhocker Platz.

»Make that two.«

Beide wussten, dass das Ultimatum morgen auslaufen würde. Sie schwiegen eine Weile. Die Getränke wurden gereicht, und sie tranken stumm. Vera überlegte gerade, ob sie Grund hätte, sich zu entschuldigen, als er das Wort ergriff.

»Haben Sie es?«

»Ich verstehe nicht.«

»Der Brief. Ruby sagt, sie weiß nicht, ob Sie gesund sind. Oder krank. Sie hat mir von dem *doctor* erzählt. Und sie glaubt, ich könnte Ihnen helfen zu verstehen.«

Vera holte den Brief aus ihrer Handtasche, reichte ihn ihm und leerte ihr Glas. Er öffnete den Umschlag und las. Vera fiel auf einmal die plätschernde Musik auf, die anderen Stimmen, das Gläsergeklirr. Mr. Hastings sah sich um. Er stand auf und lief in die Lobby. Er kehrte zurück und sprach leise mit dem Barkeeper. Der deutete auf eine Gruppe in einer Ecke der Bar. Mr. Hastings ging hinüber und sprach sie an. Einer der Männer antwortete. Mr. Hastings zeigte ihm den Brief, fragte etwas, nickte, fragte noch einmal, hörte zu, dankte und verabschiedete sich. Dann kam er zu Vera zurück.

»Ich bin nicht sicher, dass ich absolut das verstanden habe. Ich habe versucht, die Nüchternsten zu finden von ihnen. Ich kenne auch nicht Details, denn das keine Fachdoktoren sind. Ich bin aber sicher, da steht, Sie sind gesund.«

Vera schlug die Hände vor ihrem Gesicht zusammen. Sie schüttelte den Kopf. Sie wusste, Engländer schätzen keine überschwänglichen Gefühlsausbrüche. Und dieser hier war ein besonders zurückhaltendes Exemplar. Aber Vera konnte nicht anders, sie fühlte sich wie aus einem dunklen Verlies entlassen, wie frisch geschlüpft und vom Glück geküsst. Sie fiel ihm einfach um den Hals.

»*Thank you, Mr. …*«

»*Call me Lawrence.*«

Er sah sie an und strahlte. »Noch eine Getränk?«

29

Es versprach ein wolkenloser Tag zu werden. Lawrence weckte sie in aller Frühe. Sie frühstückten, verschlafen und kurz, und versammelten sich vor dem Hotel. Keines der Mädchen sagte ein Wort. Es wurde ganz langsam hell. Ein Taxi brachte sie zu einer großen Wiese. Auf der ein Heißluftballon sie erwartete. Er lag auf der Seite, wie ein halb schlafender Koloss. Vera erschrak. Sie hatte immer unter Höhenangst gelitten. Andererseits, war das nicht in ihrem früheren Leben gewesen? Der Pilot war ein schweigsamer Mann. Er hatte alles vorbereitet und zeigte ihnen nur, was zu tun war. Ruby lächelte beklommen. Amanda nahm ihre Hand, während Mr. Hastings erst Vera, dann Zoë beim Besteigen des Korbs behilflich war. Die Sonne kroch aus ihrem Versteck und begann vorsichtig die Welt zu wärmen. Ruby und Amanda kletterten zu ihnen in den Korb, der Pilot ließ das restliche Helium in die Hülle, machte die Leinen los, und sie stiegen auf.

Wie allein für sie ausgebreitet, lagen Wiese und Wälder

im sich langsam auflösenden Morgennebel. Unten liefen Hirsche und Hasen übers Feld. Ein Falke flog nicht weit entfernt durch die Luft. Es wurde still. Getragen von dem sanften Riesen schwebten sie dahin. Zwischen Himmel und Erde. Der Wind bestimmte ihre Richtung. Unter ihnen floss der Avon. Am Horizont wurde eine große, alte Kettenbrücke sichtbar. Sie führte in beeindruckender Höhe über eine Schlucht. Zoë griff nach Veras Hand.

»*She fell from that bridge over there.*«

Zoë blickte zu ihrem Vater hoch.

»*I wanted to be with her. But it's too far, without my mermaid tail. And no bottle with air.*«

Mr. Hastings kniete sich vor Zoë hin. »*You know, my love. She wanted to be with us as fast as she could. She lost control. I think it was very windy that day. Her car fell from the bridge, into the water. It sank very fast. And she didn't have a chance at surviving. I wish I could say something to make it easier. But I just can't. I don't know where she is. Or if we can see her again. I wish I could tell her how much we love her. But I can't. All we can do is think about her and feel our love for her. Forever. Do you understand?*«

Zoë nickte und wischte ihrem Vater die Tränen vom Gesicht.

Sie würden die Traurigkeit irgendwann besiegen. Vera wusste das. Sie sah über das Land. Der Wind strich durch ihr Haar. *Wanderlust*. Auch so ein Wort. Die Engländer benutzten es. Dahinten irgendwo musste Frankreich liegen. Vielleicht sollte sie irgendwann mal nach Marseille fahren, das hatte sie schon immer gewollt. Und südlich davon lag auch schon Afrika. Vera würde sich nicht fortschleudern lassen. Sie hatte hiermit noch nicht abgeschlossen. Sie würde bleiben. Wer weiß, wie lange noch. Niemand wusste das. Aber jetzt, in diesem einen Augenblick, hier oben immerhin, war alles gut, so wie es war.

Lieblingsworte von Zoë, Vera und Amanda

Nacktschnecke

Luftschloss

Trampeltier

Leckerbissen

Gewitterhexe

Drachenfutter

Blitzkrieg

Spinatwachtel

Seebär

Plagegeist

Huckepack

Angsthase

Sterbenswörtchen

Weißglut

Fingerspitzengefühl

Hirngespinst

Mucksmäuschenstill

Klitzeklein

Heimsuchung

Fuchsteufelswild

Wanderlust

Mama